Las alas de Sophie

Novela

Alice Kellen
Las alas de Sophie

Planeta

Obra editada en colaboración con Editorial Planeta – España

© 2020, Alice Kellen
Autora representada por Editabundo Agencia Literaria, S. L.

© 2021, Editorial Planeta, S. A. – Barcelona, España

Derechos reservados

© 2022, Editorial Planeta Mexicana, S.A. de C.V.
Bajo el sello editorial BOOKET M.R.
Avenida Presidente Masarik núm. 111,
Piso 2, Polanco V Sección, Miguel Hidalgo
C.P. 11560, Ciudad de México
www.planetadelibros.com.mx

Adaptación de portada: Booket / Área Editorial Grupo Planeta a partir de la
idea original de Looktacia.com

Primera edición impresa en España en Booket: octubre de 2021
ISBN: 978-84-08-24789-0

Primera edición impresa en México en Booket: marzo de 2022
ISBN: 978-607-07-8413-2

Impreso en los talleres de Impresora Tauro, S.A. de C.V.
Av. Año de Juárez 343, Col. Granjas San Antonio,
Iztapalapa, C.P. 09070, Ciudad de México
Impreso y hecho en México / *Printed in Mexico*

Biografía

Alice Kellen nació en Valencia en 1989. Es una joven promesa de las letras españolas que acostumbra a vivir entre los personajes, las escenas y las emociones que plasma en el papel. Es autora de las novelas *Sigue lloviendo*, *El día que dejó de nevar en Alaska*, *El chico que dibujaba constelaciones*, *33 razones para volver a verte*, *23 otoños antes de ti*, *13 locuras que regalarte*, *Llévame a cualquier lugar*, *Nosotros en la luna*, *Las alas de Sophie* y *Tú y yo, invencibles*, de la bilogía *Deja que ocurra: Todo lo que nunca fuimos* y *Todo lo que somos juntos*, y de la *Serie Tú: Otra vez tú* y *Tal vez tú*. Es una enamorada de los gatos, adicta al chocolate y a las visitas interminables a librerías.

 https://www.facebook.com/7AliceKellen/

 @AliceKellen_

 @AliceKellen_

 https://www.pinterest.es/alicekellen/

Para aquellos que han aprendido a vivir con grietas.

La Muerte juega con nosotros al escondite inglés, ese juego en el que un niño cuenta de cara a la pared y los otros intentan llegar a tocar el muro sin que el niño les vea mientras se mueven. Pues bien, con la Muerte es lo mismo. Entramos, salimos, amamos, odiamos, trabajamos, dormimos; o sea, nos pasamos la vida contando como el chico del juego, entretenidos o aturdidos, sin pensar en que nuestra existencia tiene un fin.

La ridícula idea de no volver a verte,
ROSA MONTERO

ENERO

1
ÁMSTERDAM, 2017

Somos los últimos clientes que quedan en el restaurante. Simon tiene los ojos vidriosos por culpa de la botella vacía de vino que está a su derecha y yo aún saboreo el regusto dulce en los labios. Su pierna roza la mía por debajo del mantel de cuadros. Me estremezco con cierto regocijo, porque me gusta que después de nueve años juntos aún siga despertándome un delicioso cosquilleo. Él sonríe sin dejar de mirarme.

—Deberíamos irnos ya.

—Sí, antes de que nos echen.

—Aunque me siento tan llena que no sé si voy a conseguir levantarme de la silla. Quizá tengas que ayudarme, Simon. Y puede que ni por esas. ¿Tienes el número de los bomberos a mano? Será lo más rápido.

Se echa a reír y levanta el brazo para pedir la cuenta. Nos atienden enseguida, deseosos de que nos larguemos. Cuando salimos todavía me siento como si estuviese flotando en una nube y no quiero bajar; estoy bien aquí arriba, soñando despierta y mecida por el vino y la lasaña que he pedido para cenar.

—Te brillan los ojos —dice Simon.

—A ti también —contesto riendo.

Las tardes en invierno son tan cortas que ya ha anochecido y las luces de la ciudad parpadean en la oscuridad. Apenas unas semanas atrás, todo Ámsterdam estaba lleno de adornos navideños, espumillones brillantes, Sinterklaas en tamaño real por las esquinas y escaparates tan maravillosos que casi daba pena pensar en desmontarlos. Ahora que las fiestas han quedado atrás, lo único que permanece intacto es la densa nieve que se amontona sobre los tejados de los edificios, las aceras, las farolas y cualquier superficie que encuentra a su paso. Los copos siguen cayendo silenciosos y sin descanso, pero en este momento no me importa en absoluto y giro sobre mí misma mirando al cielo oscuro.

—Ven. —Simon tira de mí y me abraza—. Estás preciosa esta noche, Sophie.

—Tú siempre me ves con buenos ojos.

—Lo digo en serio. Si no te conociese y te viese por primera vez aquí, en medio de la calle, buscaría la manera de hablar contigo.

—¿Y qué me dirías?

—Ni idea. ¿Estás perdida?

—¿Bromeas? Tengo GPS en el móvil.

Simon permanece pensativo mientras echamos a andar y subimos por un puente. Vivimos en un laberinto de canales concéntricos que se cruzan, en una ciudad hecha de piedra, madera, agua y vidrio. La luna distorsionada se refleja en el canal donde se mecen un par de barcas y yo me abrocho el último botón del abrigo con los dedos entumecidos.

—Entonces te diría directamente que me gustas.

—¿Te das cuenta de lo perturbador que sería que un tío al que no conozco de nada me entrase así en la calle? Creo que huiría de ti. O correría a la comisaría de policía más cercana. Créeme, no es la mejor manera de ligar. Piensa algo distinto, Simon.

Me coge de la mano mientras recorremos la calle. No hay demasiada gente alrededor y es una noche tranquila de finales de enero. Pasamos por delante de un local abierto que huele a *pizzas* recién horneadas. Simon sigue intentando que se le ocurra algo bueno, pero no está siendo su mejor día. Jugamos a menudo a imaginar otras posibilidades y nos preguntamos cosas que no han ocurrido. Es una vieja costumbre. «¿Qué harías si mañana te despertases y estuvieses en el cuerpo de otra persona?». «¿Cómo crees que sería tu vida si no nos hubiésemos conocido?». «¿Qué superpoder elegirías?». «¿Dónde crees que estaremos dentro de cincuenta años?». Y no respondemos lo primero que se nos pasa por la cabeza, sino que podemos estar horas divagando. Lo llamamos «Imagina que».

—Te preguntaría la hora.

—Vale, aunque pensaría que eres un poco rarito por no llevar un móvil encima.

—Después de preguntártela, te miraría con esta cara. —Simon deja de andar y me coge del codo para obligarme a ver su expresión seductora—. Y entonces añadiría que me he quedado sin batería. Puede que dijese algo así como «soy un maldito desastre, perdona».

—Mmm, eso habría captado mi interés, pero...

—La palabra «desastre» te habría hecho dudar, lo sé.

Cualquiera que me conozca sabe que soy una persona extremadamente organizada. Trato mi agenda como si fuese una biblia, tengo un calendario lleno de colorines donde lo apunto todo a pesar de que también lo hago en las notas del teléfono y, además, las listas son mi pequeña adicción. Listas de todo. De la compra. De sueños. De planes futuros. De cosas negativas que dejar atrás. De ideas. De trabajo. Lo que sea. Siento un placer profundo al enumerar las cosas y tacharlas después. Y también cuando todo está en orden a mi alrededor.

—Aun así, es la mejor opción hasta ahora.

—Podría arreglarlo diciéndote que no suelo ser así habitualmente, pero que llevo un día terrible. Quizá tú habrías sido tan amable como para preocuparte por mí y con la excusa empezaríamos a hablar —concluye con satisfacción.

Nos olvidamos del asunto cuando llegamos al portal. Saco las llaves del bolso y las encajo en la cerradura. Después, a oscuras porque hace dos días se fundió la bombilla del rellano, subimos las viejas escaleras que crujen a cada paso que damos. El edificio donde vivimos está en el corazón de la ciudad. Lo alquilamos hace dos años a un buen precio y lo consideré mi hogar desde el primer día que puse un pie en él. Es un apartamento antiguo, con los techos altos, las paredes recubiertas de papel pintado y los suelos de parqué con algunos restos de la antigua moqueta que alguien decidió arrancar, pero tiene alma. Eso es lo que siempre le digo a mi madre cuando me pregunta si no estaríamos más cómodos en otro sitio más amplio. Y sí, es pequeño, pero más que suficiente para nosotros dos. No sé qué haremos en el futuro, de momento seguimos enamorados del incómodo sofá de color mostaza, la cocina poco agraciada y las ventanas de madera que chirrían.

Simon me besa en cuanto atravesamos la puerta. Me río cuando las llaves se me caen al suelo y nos movemos a trompicones hasta la habitación, que está al fondo, junto al salón. La casa está helada porque hemos olvidado encender la calefacción antes de irnos, pero cada caricia nos aleja más del frío y acabamos desnudándonos antes de caer en la cama. Simon coge la manta más gruesa para taparnos a los dos y yo vuelvo a besarlo rodeándole el cuello con los brazos. Froto mi mejilla contra la suya. Me gusta sentir el tacto de la barba incipiente. Y también la familiaridad de su cuerpo. Nunca he entendido a las personas que desprecian lo placentero que resulta encajar con un cuerpo conocido. Esa confianza. Esa intimidad que es imposible lograr con un ligue cualquiera. La sensación de calma al deslizar la mano por su espalda y comprobar que el lunar que tan bien conoces sigue justo ahí, cerca de las costillas. Y saber por su respiración jadeante que está a punto de dejarse ir contigo. Esa noche, después de hacerlo y alcanzar juntos la cima, permanecemos abrazados en silencio.

—Todos los días deberían ser así —dice Simon.

Estoy de acuerdo, pero no lo digo en voz alta porque se me cierran los ojos. Me acurruco contra su pecho y él hunde los dedos en mi pelo porque sabe que eso me relaja. Lo hemos pasado bien. Nosotros siempre nos lo pasamos bien. En algún momento, mientras escucho el latir pausado de su corazón bajo mi oreja, me quedo dormida.

La luz se cuela por la ventana cuando abro los ojos.

Noto la presencia de Simon a mi lado y me giro hacia él, un poco sorprendida al encontrarlo aún allí. Por las mañanas es el primero en levantarse y cuando yo consigo hacerlo, el aroma a café ya llena la casa y se escucha el ruido de las cañerías porque Simon está en la ducha. Sigue ese mismo ritual los fines de semana, aunque no tenga que ir a trabajar.

Pero hoy no. Hoy Simon continúa acostado boca arriba. Me acerco a él con una sonrisa, porque me gusta la idea de poder despertarme a su lado, y lo abrazo. Pero entonces noto su piel. Fría. Su piel está fría. Me incorporo un poco. Lo miro. Tiene una expresión de calma en el rostro, como si estuviese disfrutando de un sueño agradable. Sus labios suaves entreabiertos, los ojos cerrados y el cabello rubio como la miel despeinado.

—¿Simon?

No responde. Lo zarandeo.

—¡Simon, despierta!

Tengo un nudo en la garganta. Lo cojo del brazo y, sin éxito, tiro de él como si fuese una marioneta e intentase levantarlo. Me quedo mirándolo. Su pecho no se mueve. No respira. Y un escalofrío me atraviesa, porque de repente comprendo que Simon está muerto.

FEBRERO

ÁMSTERDAM, 2017

Jamás había meditado seriamente sobre la muerte. ¿Quién lo hace a los veintinueve años? Se supone que tienes el mundo a tus pies, un puñado razonable de tiempo por delante y tantos sueños por cumplir que no puedes perder un minuto pensando en qué ocurriría si todo se fuese al traste. Es como una idea irreal, algo un poco abstracto; como esos cuadros modernos llenos de trazos y garabatos en los que se supone que tienes que ver algo profundo, pero eres incapaz de hacerlo. En teoría, tiene sentido ir reflexionando sobre la muerte conforme vas celebrando cumpleaños. A los cincuenta empiezas a preocuparte por tus hábitos y te propones dejar de fumar. A los sesenta se te cruza algún pensamiento fugaz. A los setenta empiezas a sentir una presencia oscura a tu espalda. Y, a partir de los ochenta, has aceptado que el tiempo se te escapa de las manos. Pero, en realidad, la muerte puede aparecer en cualquier momento: un accidente de coche, un atraco a mano armada, una caída tonta limpiando los armarios altos de la cocina o un resbalón bajando las escaleras. Somos terriblemente frágiles. Cuando el servicio sanitario llegó a casa, me dijeron que, en el caso de Simon, probablemente se había tratado de «un paro cardiaco mientras dormía».

Nunca lo consideré una posibilidad.

Nunca lo hubiese podido imaginar...

Pero hoy, día dos de febrero, estoy a punto de asistir al funeral del amor de mi vida. Faltan apenas unas horas para que lo entierren. Ahí, solo, bajo tierra. Su madre ha insistido en ello y he cedido, porque Simon nunca especificó ninguna preferencia al respecto. Si hubiese dependido de mí, lo habría incinerado y luego me habría llevado la urna con sus cenizas a casa. Nuestra casa. Y la habría colocado en algún lugar luminoso, como por ejemplo la estantería del salón. ¿O mejor sobre la cómoda? También podría haberla puesto en su mesilla de noche y de esa manera seguiríamos compartiendo el dormitorio, aunque sería un poco perturbador explicárselo a las visitas cuando viniesen a casa.

Dejo de pensarlo al escuchar el telefonillo de casa. Mis padres son los primeros en llegar y Amber viene con ellos. Me veo sepultada por varios abrazos que no soy capaz de corresponder. Mi madre se adentra en la pequeña cocina y deja sobre la encimera las dos bolsas que lleva en la mano. Empieza a sacar fiambreras de forma compulsiva y a meterlas en la nevera, que está casi vacía. Viste un abrigo largo de color verde botella que tiene varias décadas, lo sé porque de pequeña me encantaba acariciar con los dedos el relieve de los botones dorados que ahora se está desabrochando.

—Cariño, seguro que no has comido nada estos últimos días. Te he traído puré de guisantes, ternera con salsa, caldo de verduras, patatas al horno y bizcocho casero de limón.

—Gracias, mamá.

—¿Te apetece picar algo ahora?

—No.

Regreso al salón y me dejo caer en el sofá. Vuelvo a mirar la estantería y pienso en lo bien que quedaría ahí la urna, junto a sus libros. A Simon le encantaba leer poesía y clásicos de aventuras de Julio Verne, Jack London, Robert Louis Stevenson o Daniel Defoe.

Mi hermana se sienta a mi lado mientras escucho a mis padres cuchicheando en la cocina. Amber fue la primera persona a la que llamé cuando ocurrió, aunque todavía no sé por qué. Podría haber telefoneado a mi mejor amiga. O a Koen, a pesar de que sabía que no estaba en la ciudad. Pero la busqué a ella. Y puede que no tengamos mucho que ver la una con la otra, pero canceló todos los eventos que tenía en la agenda y ha estado desde entonces a mi lado para ayudarme a organizarlo todo. Y con «todo» me refiero al funeral de mi marido: elegir la lápida y la inscripción, las flores, la música, avisar a familiares y amigos...

Cuando mis padres aparecen en el salón, lo hacen con una cafetera, leche caliente y cuatro tazas. Yo rechazo la mía. Apenas me he llevado nada a la boca en las últimas horas, pero tengo el estómago revuelto. Mi madre sirve a los demás y luego suspira.

—¿Ya está todo listo? ¿Qué hora es?

—Las nueve —contesta Amber.

Dentro de dos horas, el mundo se despedirá de Simon. El mismo Simon que iba a ser el padre de mis hijos. Simon, con el que me casé el día menos pensado. Simon, el chico de los ojos cálidos y la sonrisa más bonita que he visto en toda mi vida.

Mi Simon.

—Cariño...

Mi madre me coge de la mano, pero la aparto junto al resto de los recuerdos que se empeñan en llenarlo todo. No puedo dejarlos pasar. Sencillamente, no puedo. Cada vez que uno me atraviesa, siento que me ahogo como si alguien acabase de darme un golpe seco en el pecho. Así que me aferro al vacío. En el vacío todo es diáfano y no hay hueco para el dolor, la tristeza o la amargura. El vacío es la nada. Una ausencia latente. Y me encuentro justo ahí: en medio de ese espacio en blanco aséptico y carente de vida.

—He olvidado preguntar si habrá botellitas de agua en el tanatorio.

—¿Qué? —Mi madre parece preocupada.

—Botellitas de agua. Lo puse en la lista.

—¿De qué lista hablas?

—La lista del funeral de Simon. En una situación así, pensé que sería agradable para la gente tener agua a mano. Creo que es importante hidratarse.

Mis padres y mi hermana intercambian una mirada.

—¿Seguro que estás bien, cariño?

—Sí. —Cojo mi móvil—. Muy bien.

—¿Me dejas ver esa lista, por favor?

Todavía distraída por el asunto del agua, la busco entre el montón de papeles que hay sobre la mesa auxiliar del salón y se la enseño. Ella frunce el ceño antes de empezar a leerla en voz alta, cosa del todo innecesaria puesto que me la sé de memoria.

FUNERAL DE SIMON

1. Conseguir acta de defunción.

2. Escribir obituario.

3. Avisar a familiares y amigos.

4. Pensar frase para la lápida.

5. Flores (¿lirios o gladiolos?).

6. Elegir el ataúd.

7. Música.

8. Contratar cóctel.

9. Decirle adiós a mi marido.

—Podríamos haberte ayudado si nos hubieses dejado, cariño —dice mi madre doblando el papel y devolviéndomelo—. No tienes que hacerlo todo tú sola.

—Será mejor que me acostumbre ahora que Simon ya no está.

—Yo podría quedarme unos días aquí contigo.

—No es necesario.

—Pero...

—Deberíamos ir saliendo.

—Aún falta bastante.

—Es mejor ir con antelación.

Noto que me tiemblan un poco las piernas mientras busco mi bolso. Luego me miro en el espejo de la entrada y compruebo que todo esté en orden. Llevo unas medias finas y oscuras, un vestido negro y tacones del mismo color. Me he recogido el pelo en una coleta apretada y me he maquillado. Si no fuese de buena mañana, cualquiera podría pensar que estoy a punto de salir a cenar con unas amigas. Pero no. Voy al funeral de mi marido. Me lo repito una vez más. Quizá si lo hago unas mil veces empiece a creérmelo.

De camino allí, sentada en el taxi, pienso en lo ajena que me resulta la idea. Tengo la extraña sensación de estar dentro de una película o de que esto le está ocurriendo a otra persona, a esa prima lejana que no veo desde la infancia o a cualquiera de las vecinas con las que me cruzo alguna vez. Por un momento, me convenzo de que, cuando todo termine, regresaré a casa, me quitaré los zapatos y me acercaré al sofá para dejarme caer en el regazo de Simon. Lo abrazaré y él apartará la mirada de la televisión y me sonreirá.

—¿Te lo has pasado bien? —preguntará.

Yo negaré con la cabeza y hundiré los dedos en su pelo.

—¿Bien? Vengo de un funeral, Simon. Te lo dije anoche. Nunca recuerdas las cosas que te digo. Pero no importa, ya estoy aquí. ¿Cenamos?

—¿Fajitas o *pizza*?

Y ese será mi gran dilema, elegir de qué prefiero atiborrarme junto a mi maravilloso marido mientras vemos cualquier cosa en la televisión o charlamos sobre el día.

Solo que eso no va a pasar.

Mi hermana busca mi mirada cuando nos acercamos al final del recorrido. Me fijo en sus uñas negras con purpurina, y en los pantalones y en el suéter del mismo color. Aprecio que no se haya puesto esas altísimas botas con plataforma que suele llevar, sino algo más apropiado para la ocasión. Amber tiene nueve tatuajes, tres *piercings* y tendencia a vestir de la forma más estrafalaria posible. Pese a ello (o, mejor dicho, por ello), la siguen más de seiscientas mil personas en Instagram. Es decir, que es una *influencer*. A pesar de sus muchas explicaciones, sigo sin saber qué significa exactamente eso, pero lo que está claro es que vive de ello y que a la gente le gustan sus peculiaridades y rarezas.

Cuando entramos en el edificio empiezo a marearme.

La familia de Simon no tarda en llegar. Su madre, Victoria, me abraza como si hiciese meses que no nos vemos, a pesar de que estuvimos juntas hace dos días. Han venido tíos, sobrinos, sus hermanos y hasta unos vecinos de sus padres. No mucho después, aparecen antiguos amigos de la universidad e Isaäk se acerca para darme un beso en la mejilla; está pálido y triste, algo tan inusual en él que me cuesta reconocerlo. También han venido compañeros del instituto donde Simon trabajaba dando clases. Y cuando comienzo a sentirme agobiada en aquel lugar, veo a Ellen entrando por la puerta principal. Parece un tanto alterada mientras me busca con la mirada; cuando me ve, corre hacia mí y me abraza.

—Oh, Sophie. —Nos mecemos en silencio—. Pensaba que no conseguiría llegar a tiempo. Ese maldito taxista iba tan despacio que he estado a punto de darle un empujón y robarle el jodido coche. Pero, dime, ¿cómo estás? Mierda, menuda pregunta. Ignórame.

Hemos hablado por teléfono todos los días, aunque tan solo era capaz de responder con monosílabos y ella se encargaba de alargar la charla, pero tenerla delante es justo lo que necesito. Puede que Simon fuese los cimientos de mi vida, esa base sólida sobre la que fui levantando paredes durante los últimos años, pero Ellen siempre ha sido uno de los pilares indispensables. Apenas ha cambiado desde que nos conocimos hace once años. Sigue llevando una media melena rubia por los hombros, los ojos perfilados en negro, un montón de pulseras tintineando en su muñeca y los labios pintados de un rojo intenso. Destila fuerza. Es como ver de repente un bote salvavidas tras un naufragio.

—Deberíamos entrar... —le digo.

La mayoría de los invitados ya están en la sala donde va a celebrarse la ceremonia. Por un instante, pienso que ojalá los funerales fueran como en otros países, cortos y sencillos. Pero no. Me esperan al menos cuatro horas por delante recordando a Simon. Y en este momento no me importa lo cruel que parezca, pero no quiero (no puedo) pensar en él. Necesito seguir siendo la chica que asiste a un entierro y que cuando regrese a su casa se encontrará a su marido sentado en el sofá mostaza del salón viendo la televisión.

—¿Dónde está Koen? —pregunta Ellen.

—Creo que no va a poder venir. Me mandó un mensaje ayer para decirme que cancelaron su vuelo por culpa del temporal que hay en Nueva York. Estaba allí por trabajo.

—Pero no es posible...

—Lo sé —la corto.

La idea de que el mejor amigo de Simon no esté en su funeral me encoge el corazón, pero hago un esfuerzo por mantenerme serena. Ellen me coge del brazo y entramos juntas en la sala. Hay un pequeño grupo de compañeros de Simon hablando al fondo, de pie, pero el resto de los invitados ya están sentados y a la espera de que comience la ceremonia. Yo me acomodo entre Ellen y mi hermana, cerca de mi suegra. No sé cuánto tiempo pasa exactamente, pero todo el mundo se silencia cuando de repente suenan las primeras notas de una canción. Una canción que conozco bien porque la escribió Simon. Y la escribió para mí.

La voz rasgada de Koen sale por los altavoces, se desliza por el suelo, trepa por las paredes y se queda suspendida en el aire. Y por un instante, siento que es como si estuviese aquí mismo, en el funeral de su amigo. Si cierro los ojos, casi me entran ganas de sonreír al verlos al fondo de cualquier taberna en donde estuviesen dispuestos a dejar tocar a un grupo de amigos a cambio de cervezas gratis. De todas las canciones que compusieron durante esos años, *Las alas de Sophie* era mi favorita. Ellen me aprieta la mano con tanta fuerza que me giro hacia ella y entonces veo que está llorando en silencio. Sacude la cabeza, me suelta para abrir su bolso y saca un paquete de pañuelos. Cuando le tiende uno a mi hermana y otro a mí, me doy cuenta de que todavía no he derramado ni una sola lágrima.

Estoy vacía. Dolorosamente seca.

Botellitas de agua. ¿Dónde están?

—¿Tienes sed? Les pedí que sirviesen agua a los invitados, pero está visto que aquí la profesionalidad brilla por su ausencia —le digo a Ellen, que me mira como si acabase de salirme un cuerno de unicornio en la frente—. Espera, iré a preguntar.

Antes de que pueda levantarme, me coge del brazo:

—Es el funeral de Simon —puntualiza cada palabra.

Así que me quedo donde estoy, tensa e inmóvil durante toda la ceremonia como si fuese el típico árbol de aderezo en una obra teatral. Estoy ahí, sobre el escenario, pero en realidad no participo en la obra. Permanezco sentada mientras se suceden horas de música, condolencias y discursos llenos de anécdotas. Varios amigos y familiares de Simon suben al altar para hablar de él. Isaäk recuerda el día en el que todos nos bañamos en una playa helada al perder una apuesta. O esa otra vez que Simon le gastó una broma al camarero de Rango (aunque, en realidad, la idea fue de Koen). Su prima cuenta que siempre le robaba sus gominolas de frambuesa, porque todo el mundo sabe que le volvían loco. Y uno de sus hermanos recuerda los días de verano en que eran pequeños y hacían guerras de agua en el jardín, o cuando le enseñó a conducir y estuvo a punto de estrellar el coche de sus padres.

Sigo mareada cuando llega la hora de irnos al cementerio. Nos despedimos de algunos de los invitados porque hemos decidido que el entierro sea para la familia y los amigos más cercanos. Apenas soy consciente del trayecto hasta allí sentada en el asiento trasero entre Ellen y mi hermana. Cuando llegamos, solo puedo fijarme en las hierbas que crecen entre los adoquines. Alguien debería arrancarlas. Le da un aire de abandono al lugar que no puedo soportar. Pienso decírselo a quien sea que esté al mando del cementerio.

Me siento como una niña que acaba de perderse en un parque de atracciones cuando dejamos de caminar y contemplo el hueco que hay junto a un montón de tierra oscura. Una tumba. La tumba de Simon. ¿Ahí va a vivir a partir de ahora? ¿En ese lugar lúgubre, húmedo y solitario? Mi padre me dice algo, pero no llego a escucharlo porque me pitan los oídos. El aire frío y punzante azota las copas de los cipreses que nos rodean y las flores que hay junto a las otras lápidas. El ataúd resplandece bajo la pálida luz del mediodía.

No puedo respirar. Es como si tuviese los pulmones llenos de agua mientras da comienzo el entierro con todos reunidos alrededor de ese hueco que me parece inmenso. Tengo la sensación de estar en la cima de un acantilado e intento tomar aire, pero algo falla, aunque sé que estoy respirando, lo hago, solo que es insuficiente...

Hasta que lo veo de pronto. Es como un bálsamo. Koen aparece entre la niebla y camina con paso decidido hacia mí. Me abraza y siento su mejilla helada junto a la mía. Cuando se separa para mirarme, apenas reconozco sus ojos enrojecidos.

—Has llegado.

—He llegado.

Entonces me siento un poco mejor, como si el agua de mis pulmones empezase a drenar. El entierro prosigue en una extraña calma. La madre de Simon lanza una rosa blanca cuando bajan el féretro y por un instante me pregunto si una parte de mí también se hunde con él. Después, nos dirigimos a una pequeña sala de tonos marrones y naranjas donde se sirve café, pastas recién hechas y tarta de frambuesa con nata, la preferida de Simon.

—Come un poco, cariño —insiste mi madre.

—Gracias, pero no quiero nada.

Deambulo un rato por el sitio hasta que me siento incapaz de escuchar más anécdotas sobre Simon, condolencias o irritantes frases hechas. «Era tan joven». «Tenía toda la vida por delante». «Es horrible que les pasen estas cosas a personas tan buenas». «Seguro que ahora está en un lugar mejor». Respiro hondo cuando salgo. Qué ironía que alguien pueda pensar eso. ¿Qué «lugar mejor»? Simon era feliz. Los dos lo éramos. Él no tenía que irse a ninguna parte. Esto no tenía que ocurrir. Nadie nos avisó. En las visitas médicas rutinarias jamás detectaron anomalías. No es justo. No es justo. No es justo.

Me derrumbo en unos escalones de piedra que están rodeados de dichosas malas hierbas, y empiezo a arrancarlas con rabia y saña y enfado, hasta que escucho voces. Dos voces que conozco bien. Ellen y Koen están apenas a unos metros de distancia, al doblar la esquina del edificio, pero no pueden verme desde allí.

—Creo que está bloqueada, en la fase de negación. Ni siquiera ha llorado, cuando es capaz de hacerlo viendo los anuncios de Navidad. Esto ha sido tan inesperado que no sé si está preparada para salir adelante. Va a ser duro.

—Necesita tiempo. —El tono de Koen es más sereno.

—Ya, pero me preocupa no poder estar cerca de ella. Le pregunté a mi jefa si podía cogerme las vacaciones por adelantado, pero me dijo que era imposible.

—Yo estaré aquí. Termino en breve con las entrevistas.

Oigo a Koen expulsando el humo de un cigarrillo y me pongo en pie, alterada y con el corazón latiéndome tan fuerte que temo que me escuchen, aunque me da igual que lo hagan. Me da igual todo, en realidad. Vuelvo a entrar en la sala y paso allí un rato más hasta que la mayoría de los asistentes empiezan a despedirse y se marchan. Qué agradable debe de ser llegar al calor del hogar y ver a tus seres queridos, suspirar aliviado al darte cuenta de que siguen ahí, sonriendo, cocinando, sentados en el sofá o haciendo cualquier otra cosa. «Pobre Sophie, qué desgracia», pensarán, y luego seguirán adelante con sus vidas; decidirán qué cenar y buscarán algo interesante que ver en la televisión antes de irse a dormir.

¿Y qué hay de mí? ¿Qué me queda al volver a casa?

Mi madre se pone el abrigo y me coge del brazo con esa confianza que solo se comparte con los más cercanos. Me aparta algunos mechones del rostro como si fuese una niña desvaída y perdida. Probablemente sí que lo sea.

—Me quedaré contigo esta noche, cariño. Tu padre se irá con Amber, así estaremos más tranquilas, ¿de acuerdo? Podemos cenar un poco de puré de guisantes. Está delicioso. O ternera con salsa, lo que prefieras. Tienes que reponer fuerzas.

—Gracias, pero quiero estar sola.

—No digas tonterías, Sophie.

—Eso —interviene Ellen—. Además, te recuerdo que no me ha dado tiempo a buscar un hotel, así que tendrás que acogerme en tu casa. Me niego a pasar más tiempo con mis tíos que el estrictamente necesario en las vacaciones navideñas.

Una hora más tarde, las tres entramos en mi apartamento. El sonido de las llaves al caer sobre la mesa del recibidor me resulta absurdamente familiar y me reconforta. Luego llega el frío. Un frío helador que lo congela todo a su paso cuando avanzo hasta el salón. Simon no está allí. No hay rastro de él en el sofá, ni en la cocina, ni en la habitación.

—¿Te apetece tomar algo, cariño? —insiste mi madre.

Me quito los zapatos de tacón y los dejo en mitad del pasillo. Tiro el bolso un poco más allá, sin mirar dónde cae. Ellen y mi madre intercambian una mirada cargada de preocupación; es posible que sea una de las primeras veces que me ven dejar algo fuera de sitio. Siempre he creído que el orden es sinónimo de seguridad, estabilidad y calma. Pero ahora nada de eso importa. Camino arrastrando los pies hasta mi dormitorio.

—Me voy a acostar ya. Buenas noches.

Cuando me meto en la cama me doy cuenta de que no me he quitado el vestido, pero me da igual. Me hago un ovillo, cierro los ojos con fuerza y no tardo en quedarme dormida. Sueño con hierbas. Malas hierbas creciendo por todas partes; entre los adoquines, por las grietas de las paredes, las ranuras de las ventanas, el hueco de la chimenea... Intento arrancarlas con las manos. Tiro con fuerza, rompo cada brizna que encuentro y me hago heridas en las manos, pero mis esfuerzos son insuficientes y al final me veo engullida entre las raíces retorcidas hasta dejar de ver la luz del sol.

3

LEIDEN, 2006

A los dieciocho años pensaba que, cuando entrase en la universidad, mi vida se convertiría en una sucesión de fiestas, citas y días emocionantes. No fue así. Al menos, no durante el primer curso. Me entusiasmaba la idea de empezar una nueva etapa en Leiden. Me había criado en un pueblo pequeño costero donde todos los vecinos me habían visto crecer. Era imposible tener secretos en un sitio así. Cuando empecé a salir con Niko, mi madre se enteró dos días después porque la señora Reen nos vio cogidos de la mano delante de la pescadería. Cuando cortamos medio año más tarde, la noticia llegó a sus oídos antes de que quisiese contárselo. Mis padres eran protectores y cariñosos. Él coleccionaba monedas y me llevaba a pescar los domingos. Ella siempre estaba atareada y cuando no tenía nada que hacer buscaba cualquier cosa para seguir manteniéndose ocupada. Yo estaba acostumbrada a encontrar comida caliente en la mesa, la colada preparada y una pulcritud que no tenía nada que envidiar a la limpieza exhaustiva de un hospital. Accedí a trasladarme a una residencia para contentar a mi madre. «Así el cambio será más paulatino», me aseguró con una sonrisa.

La despedida fue dramática. Mi padre fue el único que se comportó con cierta normalidad cuando llegamos a la estación del tren. Mi madre lloraba y se secaba las lágrimas con un pañuelo floreado mientras me repetía la importancia de hacer cinco comidas al día. La pequeña Amber, que acababa de cumplir diez años, había dejado muy claro que estaba enfadada conmigo por marcharme de casa y dejarla sola. Le había prometido que cuando fuese más mayor lo entendería y ella también echaría a volar.

Yo estaba deseando sentirme adulta. Cuando me miraba al espejo me incomodaba seguir encontrando al otro lado a una chica aniñada que me devolvía la mirada. Tenía unas facciones suaves, casi dulces, mi rostro era de una normalidad anodina; ningún rasgo resaltaba, ni en el buen ni en el mal sentido. Siempre pensé que era la típica joven que en las películas consigue un papel secundario o la que se confunde rápido, esa que tiene que escuchar a menudo «me recuerdas a alguien». Por aquel entonces deseaba ser diferente.

Las primeras horas en Leiden fueron complicadas. Estuve a punto de perder mi equipaje y me equivoqué de autobús, así que cuando por fin llegué a la residencia de estudiantes estaba malhumorada. En la recepción me dijeron que mi compañera de habitación llegaría unos días más tarde, un golpe de suerte para poder acomodarme a mis anchas. La habitación era pequeña y la luz del mediodía apenas la iluminaba. Probé los dos colchones; deduje que eran exactamente iguales, así que me decidí por la cama de la derecha. Un escritorio largo ocupaba toda la pared de la ventana. Había un armario, mesillas de madera de pino con lámparas de noche y un baño minúsculo.

En el bolsillo trasero de los vaqueros tenía una servilleta en la que había escrito una lista con todo lo que necesitaba comprar al llegar a la ciudad. La repasé y luego empecé a deshacer la maleta. Apilé los libros en mi lado de la mesa, organicé la ropa por colores y coloqué en mi parte del baño las cosas de aseo. Cuando acabé, decidí ir a dar una vuelta y, de paso, comprar unas sábanas nuevas para la cama. Había oído que Leiden era la ciudad más bonita de Holanda y puede que fuese cierto;

estaba repleta de canales, molinos y de historia. Allí estaba la casa de Rembrandt y la universidad más antigua del país. Terminé recorriendo Harlemstrat, una de las calles comerciales más famosas, y en una tienda pequeña elegí una colcha clara llena de tulipanes de colores.

Aquel día, el primero de mi nueva vida, mi madre me llamó seis veces. En todas las ocasiones me preguntó si había comido, algo que no hice hasta que llegó la hora de la cena en la residencia. Me sorprendió el bullicio del lugar; los estudiantes reían animados, se saludaban y caminaban de un lado a otro con las bandejas en las manos. Comprendí que la mayoría de ellos, menos los de primer curso, ya se conocían. Esperé en la cola hasta que llegó mi turno. Patatas, carne estofada y natillas de postre. Me senté en una mesa casi vacía y comí en silencio. Esa noche, en la cama, cogí la libreta que tenía en la mesilla y la apoyé sobre mis rodillas antes de empezar a escribir una nueva lista:

MI PRIMER DÍA EN LA UNIVERSIDAD

PROS: Habitación luminosa, he encontrado una colcha bonita, tiempo para acomodarme, el agua caliente funciona bien.

CONTRAS: El baño es muy pequeño, mamá ha llamado seis veces, el colchón hace ruido cada vez que me muevo y no conozco a nadie.

No hablé más de cinco palabras con nadie durante los siguientes días. Una chica me pidió la hora en el pasillo y la cocinera me preguntó si quería el pollo con salsa picante o barbacoa. La única persona que parecía tener ganas de darme conversación era mi madre, que llamaba más de lo necesario. Estaba deseando que el lunes empezasen las clases. Mientras tanto, para matar el aburrimiento, fui a un supermercado y olí todos los suavizantes que tenían antes de decidirme por uno de aroma océano y otro con un leve regusto a colonia infantil. Ese día compré desinfectante y limpié la habitación hasta dejarla reluciente.

Y entonces, cuando empezaba a desesperarme, llegó ella.

La puerta se abrió y una chica rubia entró arrastrando una maleta. Era alta, tenía los ojos grandes y, cuando sonrió, mostró unas palas separadas que le daban un aire travieso. Vestía un mono de tirantes de color teja y se movía con confianza.

—Vaya, no está nada mal —dijo mirando el reducido espacio antes de reparar en mí, que me puse en pie para saludarla—. Me llamo Ellen.

—Encantada. Yo soy Sophie.

Se acercó a la ventana para ver las vistas (nada reseñable, solo una calle con una peluquería y una tienda de alimentación). Luego volvió a fijar sus ojos en mí y me sonrió.

—¿Llevas muchos días aquí?

—Solo tres.

Ellen olfateó el aire y después pasó la punta del dedo por una de las baldas de la estantería. Alzó las cejas gratamente sorprendida.

—No mentían en el folleto. El servicio de limpieza es excelente.

—En realidad, es obra mía. Me aburría. Además, hacía falta una segunda pasada. Tienen poco cuidado con las esquinas y las superficies más altas, no entran mucho en detalles.

—Fascinante.

No supe a qué se refería exactamente, pero pensé que sería una buena idea dejar a un lado mi entusiasmo por el orden y la limpieza en aquella primera toma de contacto. Abrí el armario de dos puertas que compartíamos y le señalé la parte derecha.

—Ese es tu lado.

—¿Ordenas la ropa por colores?

—Sí. Es más práctico.

Ellen comenzó a guardar sus cosas sin mucho cuidado. Tuve que reprimir las ganas que tenía de levantarme y colocar bien los cuellos de las camisas, los vestidos en las perchas o las prendas sin abotonar. Cuando acabó, se giró hacia mí y volvió a sonreírme. Tenía una de esas sonrisas de media luna que llegaban hasta los ojos.

—El resto puede esperar, ¿nos vamos a tomar algo?

—Claro, aunque no conozco ningún sitio.

—No importa, improvisaremos.

Terminamos en un *pub* casi vacío porque aún era temprano. Pedimos dos cervezas. Pronto descubrí que Ellen era extrovertida, divertida y sincera de un modo tan directo que probablemente mi madre la hubiese considerado maleducada. Disparaba todas esas palabras que a veces a mí se me atascaban. Yo era más cauta, más serena. Ella había crecido en un pueblo del interior, pero cuando sus padres se divorciaron se mudó con su madre a Róterdam, así que ahora se consideraba una chica de ciudad. Tenía dos hermanas, cuatro gatos y soñaba con ser periodista y viajar con lo puesto por todo el mundo tras la noticia, nada de quedarse en una oficina y ver la vida pasar.

—No podría soportarlo. La idea de coger todos los días el autobús, ir al trabajo y ver las mismas caras cada mañana no es para mí.

—Te van las emociones fuertes.

—Eso mismo. ¿Y qué hay de ti?

—Digamos que valoro la estabilidad.

Vivir a la aventura me resultaba tentador, pero no como algo indefinido. Antes de morir, mi abuela me dijo que yo era como un pájaro que desea extender sus alas y echar a volar libre, pero que también anhela regresar más tarde y acurrucarse en su nido. Siempre pensé que no había una frase que pudiese definirme mejor.

—¿Sales con alguien ahora mismo?

—No. ¿Y tú? —pregunté mirándola.

—Tampoco. Ni ganas. Digamos que tuve un año ajetreado. —Despegó con aire distraído la etiqueta del botellín de cerveza—. Primero estuve cinco meses con Sarah y la cosa no terminó bien. Y luego me colgué de un chico llamado Mike que, por lo visto, no acaba de entender eso de la fidelidad. Mala suerte, supongo.

—No es culpa tuya.

—Un poco sí. Me enamoro con demasiada facilidad. Dos miradas y me emociono imaginando que he encontrado al amor de mi vida. ¿A ti no te pasa?

—Pues no. —Me eché a reír.

Ellen soltó una carcajada sincera.

—¿Te das cuenta de que no podemos ser más diferentes? ¿Y de que así es todo mucho más interesante? —Le brillaban los ojos—. Sophie, creo que tú y yo vamos a ser grandes amigas. No me preguntes cómo lo sé, pero soy un poco bruja. Tengo pálpitos.

Pálpitos. Una palabra que Ellen repetiría a menudo durante los próximos años. Pero, curiosamente, no mentía. Todo el instinto que no tenía en el amor lo guardaba para lo demás. Y sí, fuimos amigas. Fuimos las mejores amigas del mundo.

4

ÁMSTERDAM, 2017

No sé si debería preocuparme el alivio que siento cuando todo el mundo se marcha y me quedo a solas. Ellen tan solo pudo conseguir tres días libres ahora que le han asignado un nuevo destino para cubrir las noticias, y mi madre cedió cuando papá la convenció de que había llegado el momento de dejarme algo de intimidad, asegurándole que Amber estaría pendiente de mí, como si de repente hubiese sido asignada mi niñera oficial. A decir verdad, el día que pasé con ellas tras el funeral no fue tan terrible. Estuve tirada en el sofá junto a Ellen viendo reposiciones de *Friends* y alimentándome tan solo de palomitas dulces recién hechas en el microondas. Mamá se pasó horas en la cocina preparando un sinfín de fiambreras que luego etiquetó y congeló. Si se desata una invasión zombi, es posible que todo el edificio pueda sobrevivir durante meses gracias a mi nevera.

Y, sin embargo, nada es comparable al silencio. Este silencio denso, largo y profundo que llena cada rincón de la casa. Creo que también me llena a mí, porque en mi cabeza solo sigo encontrando eso. Vacío. Nada. Ausencia. Silencio. Me siento como si me azotase una ráfaga ininterrumpida de aire frío, pero que no es lo suficiente fuerte como para tirarme al suelo, y es exactamente lo último que imaginé que sentiría cuando Simon muriese.

Si hace meses alguien me hubiese preguntado cómo reaccionaría, mi respuesta hubiese sido esta: enloqueciendo. Me veía a mí misma lanzando objetos contra la pared, llena de rabia e ira por tal injusticia. Me veía... desconsolada, con los ojos rojos, las lágrimas borboteando hacia fuera y el corazón partido en dos de cuajo.

—Cariño, ¿estás bien? —Me preguntó mi madre la noche anterior mientras intercambiaba con Ellen una mirada cargada de palabras no dichas. Luego me cogió de la mano con delicadeza—. Ya sé que lo sabes, pero el llanto es una reacción natural. Un desahogo. A veces resulta casi liberador. O gritar. O enfadarse. Tienes derecho a todo eso.

La miré, pero no dije nada porque no sabía cómo explicarle que, sencillamente, no podía. Yo era la típica persona que lloraba en el cine, viendo un musical o cada vez que salía algo terrible en las noticias, y, sin embargo, me sentía incapaz de hacerlo al morir mi marido. Ni siquiera lo había hecho durante los veinte minutos que tardó en llegar la ambulancia cuando desperté y supe que Simon ya no estaba conmigo. Acaricié su rostro, deslicé los dedos por cada surco de su piel intentando memorizarla, lo abracé envuelta en un silencio angustioso y aplastante pero también hermoso, unos últimos instantes compartidos junto a su cuerpo inerte; casi un regalo. Después, cuando llegaron los sanitarios y tuve que separarme de él, fue como si las lágrimas se congelasen y se quedasen enquistadas en algún lugar profundo del que no podían salir. Tampoco conseguía gritar. Y estaba enfadada, claro que lo estaba, pero era un enfado ridículo porque ni siquiera tenía a quién culpar.

Así que solo me queda este silencio inmenso.

Cuando al fin estoy sola, me siento en el sofá y miro alrededor. En la estantería hay una fotografía en la que salimos Simon y yo con las caras muy juntas y sonriéndole a la cámara. Nos la hicimos dos veranos atrás en un viaje a Grecia. Había sido un día terrible, caluroso y agotador; a mí se me había roto una sandalia a mitad de camino y al final él me había llevado a caballito durante un buen rato. Pero, en medio de aquella odisea, terminamos regateando con un comerciante para que nos vendiese unas alpargatas y, cuando lo conseguimos, decidimos celebrarlo tomándonos un refresco en un local con vistas al mar. Yo no podía dejar de pensar en lo guapo que estaba con los rayos del sol reflejándose en su cabello cobrizo y esa camisa blanca con algún botón desabrochado que se ajustaba a sus hombros. Fue entonces cuando Simon sacó la cámara de la mochila y capturó el momento.

Me levanto, cojo el marco y sigo mirándola un poco más.

Y pienso que quizá mi madre tenga razón. Debería sentir algo. Dolor. Rabia. Frustración. Tristeza. Pero no encuentro nada cuando escarbo en mi interior. Solo ese vacío que parece colarse por todas partes. Vuelvo a dejar la fotografía y me voy a la cama. Cuando me meto dentro siento el impulso de poner el despertador. Amber llamó a la oficina y les comentó que me tomaría un par de semanas libres, pero me pregunto si sería tan terrible pasarme mañana a primera hora para asegurarme de que todo va bien.

El despertador suena a las siete.

Me pongo en pie en cuanto lo apago. Voy a la cocina y me preparo una tostada con crema de cacahuete y un café. Después me ducho y busco algo limpio que ponerme en el armario. Caigo en la cuenta de que llevo una semana sin hacer la colada y anoto mentalmente hacer una lista de todas las tareas que se me han acumulado. Me pongo un gorro de lana mientras bajo las escaleras de dos en dos y el cielo de Ámsterdam me recibe como todos los días invernales, de un gris perla que parece reflejarse en los tejados de las casas. Mi bicicleta verde está justo enfrente, atada a la barandilla que recorre el canal y entre otras muchas bicicletas de colores que parecen apiñarse en una línea irregular.

Siento un alivio inmenso cuando empiezo a pedalear y el viento helado de la mañana me sacude. A mi alrededor hay más gente de camino al trabajo y algún que otro turista madrugador. Es como si de repente, tan solo por unos instantes, volviese a sentir que formo parte del mundo y avanzo a su mismo ritmo. Cuando llego a la oficina sigo teniendo esa reconfortante sensación. Subo al segundo piso, donde reza en la entrada un cartel con el logotipo de Raket, un pequeño cohete rojo. Saludo a la chica de recepción y atravieso el pasillo junto a la zona de *marketing*, aunque tan solo ha llegado Zoe.

—¡Sophie! Qué sorpresa. Quiero decir..., no te esperábamos tan pronto. Nos dijeron que estarías de baja un par de semanas... —balbucea insegura—. Yo... lo siento mucho.

—Gracias. ¿Habéis terminado la campaña de Godelieve?

—Casi. Solo nos falta ultimar algunos detalles.

—Bien. Si me necesitas, estaré en mi despacho.

Dejo atrás a una joven Zoe que me mira aún sorprendida y me encierro en mi pequeño santuario: una habitación tan reducida que pocos presos la cambiarían por su celda. Sin embargo, entre estas cuatro paredes me siento cómoda y segura. Tengo todo lo que necesito. Una pila de trabajo acumulado, un corcho lleno de listas diversas y un sinfín de mensajes en la bandeja del correo electrónico. Despejo un poco la mesa y empiezo a trabajar. La mitad de los *emails* son de propuestas de agentes que termino descartando y también hay muchos de los autores que llevo. Me sorprende encontrar algunos mensajes de condolencias, pero imagino que era inevitable que la noticia se extendiese por la oficina y más allá. Respondo de forma mecánica a todos ellos. «Gracias, en cuanto al manuscrito...».

«Gracias, pero hablemos de la corrección...». «Gracias, te adjunto el contrato...».

Cuando era joven no imaginaba que terminaría trabajando en una editorial de libros infantiles. Igual que no entraba en los planes de Simon ser profesor de Historia en un instituto de la ciudad. En mi caso, la oportunidad surgió poco después de acabar un máster de edición. Entré en Raket como becaria, me contrataron cuando acabé el periodo de prácticas, me convertí en la mano derecha de una de las editoras y ocupé su puesto cuando ella se marchó porque desde la competencia le hicieron una oferta de trabajo que no pudo rechazar.

Me gusta lo que hago. Es curioso terminar amando algo que ni siquiera había valorado como una posibilidad. En todo caso, lo que quería era dedicarme a publicar grandes novelas que terminarían convirtiéndose en superventas; al menos, cuando tomé la decisión de buscar algo estable. Pero editar libros infantiles es maravilloso. Resulta más complicado de lo que parece contentar a los pequeños, dar con historias que despierten su interés e imaginación y ofrecer algo distinto y llamativo. Actualmente me encargo de una colección de libros enfocados en la importancia del reciclaje y la vida sostenible, todos ellos protagonizados por diferentes animales del bosque. Otro de nuestros grandes éxitos es la serie *Amy McAdams*, unos libros para niños más mayores que no solo son divertidísimos (Amy es una chica muy alocada), sino también educativos a la hora de inculcar valores y enseñanzas que los pequeños lectores puedan aplicar en su día a día. Y luego está *La ballena Buba*, la nueva apuesta de este año con la que llevo meses trabajando.

Cuando veo que me ha llegado un correo de la autora, lo abro de inmediato y descubro con satisfacción que ha terminado de introducir los últimos cambios que decidimos hacer. Imprimo el manuscrito con las ilustraciones aún en sucio, apenas unos esbozos sin color. Fuera de la oficina se empiezan a escuchar voces y el ruido habitual al mover sillas, mesas y encender ordenadores y la máquina de café. Me planteo salir para prepararme uno largo de leche, pero lo descarto cuando pienso en todos mirándome y preguntándome qué tal estoy. Lo único que realmente deseo es quedarme trabajando en mi pequeña celda.

Acerco la silla al radiador y cojo el manuscrito.

A la pequeña ballena Buba le cuesta recordar cómo era su vida cuando vivía en el mar. Tenía amigos, mucho espacio para jugar y siempre nadaba detrás de su mamá. Pero una mañana, mientras perseguía a un divertido pez globo, perdió de vista al resto de su manada. De repente estaba sola en medio del océano. «Mamá, mamá, ¿dónde estás?». Nadie le respondió.

Suspiro mientras continúo leyendo.

Estuvo días nadando sin rumbo, llorando y buscando a su mamá, hasta que aparecieron unos humanos con unos buzos negros. La ballena Buba se acercó a ellos para jugar, danzó alrededor y agitó sus aletas. «Nos la llevamos», escuchó que decía uno de los simpáticos buzos.

Las voces fuera se vuelven más fuertes. Imagino que todos han llegado. Puedo visualizar el ajetreo habitual por la editorial: los de prensa atendiendo llamadas, los de *marketing* quejándose del poco presupuesto que les han dado, los correctores frente a la máquina del café, las otras editoras preparando sus tareas diarias y organizando las agendas.

Entonces no imaginaba que no volvería a nadar en el océano. Ahora, vive en un palacio de cristal con muchas paredes y unos cuidadores que insisten para que salte haciendo volteretas o coja al vuelo los peces que le lanzan. Dicen que tiene que ser divertido y que pronto estará lista para el espectáculo. La ballena Buba habla a veces con las otras ballenas que viven allí. Todas están tristes y echan de menos el mar.

Paso la página con un nudo en la garganta.

Unas semanas más tarde llega el gran momento: hay un montón de gente sentada en las gradas y alguien anuncia que el espectáculo está a punto de empezar. La ballena Buba está asustada. ¿Qué hace allí? ¿Por qué tiene que saltar delante de todas esas personas? Gime angustiada. Lo único que quiere es regresar al océano y encontrar a su mamá. La cuidadora le lanza un pescado, pero ella no le hace caso y da vueltas alrededor del recinto. «¡Mamá, mamá, ayúdame, por favor! —grita aterrorizada—. Mamá, ¡te necesito!».

No me doy cuenta de que estoy llorando hasta que noto las lágrimas calientes en las mejillas. Me las limpio con el dorso de la mano sintiéndome estúpida e intento seguir leyendo, pero las líneas se entremezclan y todo se vuelve borroso. De repente, siento que me ahogo. No puedo respirar. Un sollozo agudo escapa de mi garganta y tengo que taparme la cara con las manos para ahogar el llanto que lo sigue. Y entonces me derrumbo delante de la mesa de mi escritorio, encerrada en ese pequeño cubículo al fondo de la oficina.

Soy como un edificio desmoronándose. Es imposible que lo haga lentamente: cuando se desploma un piso caen con él todos los demás. En el momento más inesperado se quiebra un pilar maestro, lo sigue una pared, el techo..., y minutos después tan solo queda en el suelo un montón de escombros en medio de una espesa nube de polvo.

Y ahí, justo bajo esos restos, estoy yo.

Intento calmarme y parar, pero no puedo.

Las lágrimas se agolpan, apenas consigo coger aire entre sollozo y sollozo y tiemblo tanto que necesito varios intentos para buscar el número de Ellen en el teléfono.

—¿Sophie? ¿Cómo estás? Justo pensaba en...

—Mal. Terri-terriblemente... mal... —Me pongo en pie con la intención de serenarme, pero termino doblándome en dos. Es como si acabase de partirme por la mitad. Consigo sentarme en el suelo de la oficina, al lado del radiador—. Ellen...

—¿Qué te ocurre? Sophie, ¿sigues ahí?

—No puedo parar... de llorar...

El suspiro de Ellen es casi de alivio.

—Está bien, eso no es malo.

—El dolor es... insoportable.

—Lo sé. Tenía que llegar, pero aprenderás a gestionarlo. Se irá suavizando con el tiempo, ahora necesitas un poco de espacio, volver a encontrarte a ti misma...

—Estoy en la oficina —susurro.

—Mierda. ¿Qué haces ahí?

—Leer *La ballena Buba*.

—Debería haberlo imaginado...

—No puedo salir así, no puedo... —Inspiro hondo antes de verme sacudida por otro torrente de lágrimas—. Necesito irme a casa. Tengo que irme.

Noto que Ellen se debate entre consolarme o reñirme por haber hecho caso omiso de los consejos de mi familia y amigos e ir al trabajo cuando les prometí que me cogería esas semanas de baja. Al final, gana la primera opción y suaviza el tono de voz.

—Tengo que entrar en directo en menos de diez minutos, pero voy a llamar a Koen. Tú solo quédate donde estás. ¿De acuerdo?

—Sí —gimo.

—Buena chica.

Cuelgo el teléfono tras despedirme entre hipidos y permanezco en el suelo del despacho, rodeada por el montón de papeles que se me han caído. Odio a la ballena Buba, porque cada vez que pienso en la pequeña buscando a su mamá me sacude una nueva oleada de llanto histérico. Tengo las manos manchadas del rímel que surca mis mejillas y una opresión en el pecho que no deja de aumentar. El tictac del reloj que cuelga de la pared me acompaña mientras escucho a lo lejos las voces de mis compañeros de oficina. No quiero que nadie me vea en este estado. No quiero más condolencias, miradas de lástima o que me traten como si me fuese a romper en cualquier momento.

Aunque lo he hecho. Me he roto. Puedo notar que algo se abre dentro de mí lentamente, resquebrajándose. Me pregunto qué habrá dentro y si podré soportarlo cuando lo descubra. Ahora mismo tan solo puedo pensar en salir de aquí.

He perdido la noción del tiempo que ha pasado cuando la puerta se abre con suavidad. Me encojo contra la pared con las rodillas pegadas al pecho. Por fortuna, no es ninguno de mis jefes, ni tampoco Zoe o mi compañera Meghan.

Es Koen. Lleva un abrigo oscuro y su mirada preocupada desciende sobre mí. Cierra la puerta a su espalda y avanza hasta agacharse a mi lado. Apoya sus manos en mis mejillas y yo respiro al fin, pero al hacerlo me sacude otra cascada de lágrimas.

No puedo parar. No puedo. No puedo.

—Shhh, ya está —susurra él.

—Tú no lo entiendes... La ballena Buba está sola..., está tan sola... —Sollozo contra su pecho cuando se sienta junto a mí y me abraza—. Ha perdido a su madre...

—Todo irá bien, Sophie.

No le contesto. ¿Cómo voy a decirle que eso es imposible?

¿Que nada volverá a ir bien a menos que Simon regrese o que inventen una máquina para ir atrás en el tiempo? En ese caso podría cambiar las cosas. Le diría: «Simon, ve al maldito médico, nada de una inspección rutinaria, tienen que evaluarte a fondo». Entonces encontraríamos un tratamiento, seguro que sí. Y entonces las piezas volverían a encajar: esta aquí y esta allá, y el mundo dejaría de tener agujeros y giraría de nuevo con todas sus esquinas y sus bordes lisos.

Pero, pese a todo, su presencia me calma.

Me pasa un pañuelo tras otro. Koen siempre ha sido algo parco en palabras, aunque no las necesita. Algunas personas pueden comunicarse a través del silencio o una mirada. Así que permanecemos callados tras acordar que aprovecharemos para salir del despacho cuando todos se marchen a comer. Yo sigo llorando en silencio. Respiro y lloro. Lloro y respiro. Las dos cosas me parecen de repente necesarias para seguir viviendo. Koen apoya la cabeza en la pared, cierra los ojos y suspira hondo. No me había fijado antes en su aspecto, pero parece terriblemente cansado. Lleva la barba de varios días y se le marcan las ojeras.

Cuando las voces desaparecen, Koen se levanta.

—Iré a echar un vistazo, espera aquí.

Vuelve al despacho instantes después y me indica que es el momento de irnos. En la oficina apenas quedan tres o cuatro personas rezagadas. Me meto el gorro de lana hasta las orejas, deseando ser invisible, y salgo a toda prisa con él a mi lado. El alivio me invade cuando alcanzamos las escaleras. Cojo aire al salir. Está lloviendo, pero no me importa. Ya no me importa nada. Sollozo como una histérica mientras avanzo bajo la tormenta, abro las compuertas y dejo que todo el dolor contenido salga de golpe.

—¡Sophie! ¡Espera! —Koen grita a mi espalda.

Intenta convencerme para que cojamos un taxi, pero no lo

escucho. Ahora tan solo puedo pensar en él. Los recuerdos llegan como una estampida de elefantes que avanza sobre el suelo arenoso y lo aniquila todo a su paso. Simon y su maravillosa sonrisa. Simon y las jirafas. Simon y el lunar bajo su oreja. Simon y su guitarra. Simon y la frambuesa. Simon y cientos de pequeños detalles que se me clavan como esquirlas punzantes.

Dejo que la lluvia me moje, alzo la vista hacia el cielo y me pregunto si me estará viendo. Si, en algún lugar, Simon aún existe y su alma perdura.

—Este va a ser nuestro año —dijo Ellen.

—Creo que eso fue lo que aseguraste el anterior.

—Oh, pero no contaba, solo era un entrenamiento previo. Veamos, el primer curso es experimental. Durante segundo la cosa mejora un poco, pero en tercero..., en tercero todo es maravilloso. Y, además, teníamos que salir de una vez por todas de esa dichosa residencia.

Asentí con una sonrisa. Por fin habíamos encontrado el apartamento perfecto para nosotras dos solas. Llevábamos todo el verano organizándolo y aquel día iban a darnos las llaves. Nos dirigimos hacia el edificio entre risitas nerviosas. La casera estaba esperándonos en el portal con cara de aburrimiento. Nos acompañó escaleras arriba mientras nos contaba quiénes eran los otros inquilinos de aquel edificio de tres plantas. En el primer piso vivía una anciana viuda. El segundo era el nuestro. El tercero lo tenían alquilado unos chicos desde hacía dos años. A nosotras nos daba igual quién viviese alrededor, estábamos emocionadas por la idea de «ser adultas del todo», como solía decir Ellen. Solo habíamos podido verlo en fotografías, así que cuando nos abrió la puerta estuvimos a punto de besar la moqueta del pasillo. Yo lo hubiese hecho si no hubiese tenido pinta de que no la habían limpiado desde el siglo pasado. El salón era pequeño y los muebles antiguos, pero me pareció perfecto.

—Es maravilloso —dije.

—Si tú lo dices... —La casera se encogió de hombros.

—Por supuesto. Me encanta el sofá morado.

—¡Un sofá morado! ¿Te lo puedes creer?

—Bien. Esto..., chicas, recordad que el pago es a principios de cada mes, ¿de acuerdo? Os agradecería que no hubiese retrasos. Y tened cuidado con el hornillo. Es antiguo, a veces uno de los fuegos se atasca, pero basta con darle algún toque.

Escuchamos a medias lo que la mujer nos explicaba. Cuando se marchó, nos miramos y saltamos entusiasmadas. Ellen se dejó caer en el sofá y yo busqué mi maleta con la intención de sacar la ropa antes de que se arrugase. ¿Cómo la organizaría? ¿Por colores? ¿Por estilos? ¿Por tejidos? Ellen se echó a reír cuando lo pregunté en voz alta.

—Estás loca, ¿lo sabes? Pero me caes bien por eso.

—También puedo ordenar tu armario si quieres.

Recorrimos juntas el pasillo que conducía a las habitaciones. Terminamos bailando al ritmo de *Friday I'm in Love* mientras deshacíamos las maletas e íbamos haciendo nuestro aquel piso, conforme lo llenábamos de pertenencias y recuerdos. En aquel momento no me di cuenta de lo maravilloso que era ese instante; dos amigas sin responsabilidades, libres, felices y cantando a voz en grito. ¿Quién podía desear más a los veinte años?

Mi conexión con Ellen había sido electrizante e intensa desde el primer momento. Tras dos cursos siendo inseparables, tenía la impresión de conocerla mejor que a algunos miembros de mi propia familia. Sabía que era perezosa. Le costaba incluso más que a mí levantarse por las mañanas, lavarse los dientes si ya se había metido en la cama y decidirse a abrir los libros para estudiar. También era testaruda, aunque en eso salía perdiendo frente a mí. Y la persona más divertida con la que me había cruzado jamás. Con Ellen podía reírme hasta que me dolía la tripa o tiraba por la nariz el batido que estaba bebiéndome. Era estrafalaria, alocada e impulsiva. No había nada que le diese vergüenza, algo que me fascinaba e incomodaba a partes iguales. Éramos tan diferentes que nos complementábamos a la perfección. Dentro de su caos, Ellen era también muy sensible e intuitiva. Siempre seguía sus pálpitos. Siempre saltaba sin mirar antes qué había abajo.

Cuando acabamos de colocar la ropa, me dirigí a la cocina y abrí todos los armarios vacíos. Me llevé las manos a las caderas y pensé en todo lo que había que hacer.

—Necesita una limpieza a fondo.

—¡Oh, de ninguna manera!

—Hay grasa en el extractor.

—De acuerdo, tienes razón, pero lo solucionaremos en otro momento. Ahora vamos a comprar provisiones para llenar la nevera y la despensa. ¿Oyes eso? Es mi estómago llorando. Será mejor que lo consolemos cuanto antes.

Me reí y me dejé arrastrar. Las calles de Leiden estaban llenas de estudiantes, tiendas y cafeterías. Dimos un paseo en dirección hacia el supermercado más cercano. Hacía un día soleado, algo tan poco habitual que cuando ocurría los parques de la ciudad se llenaban de gente tomando el sol. Frené en seco al pasar por delante de un escaparate de ropa.

—¿Qué es lo que te ha gustado? ¿La chaqueta?

Era una chaqueta negra y larga con cremalleras.

—No. Los pantalones son preciosos.

Eran de un llamativo color menta, con la cintura baja y acampanados.

—Pues entra a probártelos.

—Es que la pana me queda fatal.

—Deja de decir tonterías.

Ellen me ignoró y tiró de mí hacia la puerta de la tienda. El lugar olía a una colonia dulzona con regusto a vainilla. Detrás del mostrador había una mujer que nos sonrió con amabilidad antes de preguntarnos si necesitábamos algo.

Diez minutos más tarde, dentro del probador, me abroché el último botón. La tela de pana se ajustaba a mis caderas y resaltaba cada curva. No estaba acostumbrada a ponerme prendas tan coloridas y por un instante me sentí como una estrella de *rock* dentro del camerino, a punto de salir al escenario. Me miré desde todos los ángulos.

—¿Puedo entrar? Llevas ahí horas.

Abrí la cortina y Ellen silbó.

—¡Estás impresionante!

Salí de la tienda con una bolsa en la mano. Acabamos tomándonos un capuchino en una cafetería cercana. Ellen hablaba de su último ligue, un joven americano que estudiaba comunicación y con el que mantenía una de esas relaciones intermitentes que pocas veces conducían a algo más. Hasta la fecha, Ellen había salido con varias chicas y chicos, le gustaban indistintamente siempre que «su alma tuviese algo que contarle», o eso solía decir entre risas cuando volvía a enamorarse. Yo tan solo me había liado con un chico durante el segundo año y el resultado fue desastroso. Lo había conocido en un bar cuando fuimos a tomarnos unas cervezas. Como Ellen estaba haciéndole ojitos a la camarera, accedí a bailar con él cuando subieron el volumen de la música y el ambiente se animó. Apenas me sacaba unos centímetros, tenía el cabello cobrizo y unos ojos negros insondables. Acabamos liándonos en los baños del bar. Ellen me cogió del brazo en cuanto nos marchamos.

—¡Tienes que contármelo todo!

—No hay mucho que decir.

—Tu aspecto dice lo contrario.

—Nos hemos besado y ha prometido llamarme para que vayamos a cenar.

—No suenas muy entusiasmada.

—¿Tanto se me nota? Es que ha sido desagradable.

—No era tan feo...

—Lo desagradable fue el beso. Un montón de babas.

—Gracias por ser tan gráfica.

Por fortuna, aquel chico nunca me llamó. Después había tonteado con un compañero que se sentaba a mi lado en clase de Historia de la Comunicación, aunque no fue nada que derivase en algo más. En el fondo, anhelaba encontrar un amor intenso y arrollador, pero no tenía prisa y, mientras tanto, estaba bien así, disfrutando el día a día.

Ellen removió su capuchino y se echó a reír.

—¿Sabes quién sigue llorando? Mi tripa.

—¡Lo había olvidado!

—Anda, vamos.

Estuvimos un buen rato en el supermercado comprando provisiones. Queríamos celebrar el próximo fin de semana una fiesta de pijamas para inaugurar el apartamento. Invitaríamos a algunas compañeras de clase, beberíamos un poco, comeríamos palomitas y golosinas, hablaríamos de cotilleos o bailaríamos.

—¿Qué más pone en la lista de la compra?

—No lo sé, nunca entiendo tu letra. Toma.

El ruido empezó justo cuando llegamos a casa y abrí la nevera para colocar dentro la compra. Un ruido infernal e insistente, una especie de pitido ensordecedor. Ellen se llevó las manos a los oídos y me miró alarmada y sorprendida.

—¿Qué demonios es eso?

—No lo sé, pero suena terrible.

Guardé la col, los tomates y las zanahorias antes de que el pitido regresase. Cerramos la ventana de la cocina, pero no mitigó apenas aquel estruendo. Luego me probé de nuevo los pantalones que me había comprado y me miré en el espejo del pasillo. Tras quince minutos de tortura intermitente, Ellen se sacudió las manos y apretó los labios.

—Voy a subir a decirles que pueden meterse ese ruido por...

—Espera. Yo iré —la corté, porque sabía que tenía mal carácter cuando se enfadaba y no quería que empezásemos a llevarnos mal con los vecinos desde el primer día. Además, se me daba bien ser la parte conciliadora cada vez que había problemas.

—Como quieras.

Cogí las llaves y salí del apartamento. Subí las estrechas escaleras hasta el tercer y último piso. En uno de los momentos de silencio, llamé al timbre y esperé fuera un poco nerviosa. Si hubiese dependido de mí, probablemente hubiese preferido aguantar aquello y no decir nada, porque siempre tendía a rehuir los conflictos.

Un chico moreno abrió la puerta. Su mirada era tan gris como el cielo en pleno invierno y tenía una expresión sombría que ya había visto antes. Lo conocía. Nunca habíamos intercambiado ni una sola palabra, pero coincidíamos en varias clases. Él siempre se sentaba al fondo con unos cascos colgando del cuello y cierto aire taciturno.

—Bonitos pantalones.

—¿Qué? Oh. Gracias.

Él me miró fijamente.

—¿Querías algo?

—No. Yo solo... Es decir, sí. Somos las nuevas inquilinas del segundo piso y el caso es que te agradecería que dejaseis de hacer ese ruido... ese ruido infernal... Si es posible. No quiero ser una molestia, pero es que resulta un poco incómodo.

Sonrió lentamente como si aquello fuese divertido.

—Estábamos probando el nuevo amplificador.

—Comprendo. —En realidad, no era cierto.

—Lo dejaremos para otro momento.

—Vale. Gracias.

—Me llamo Koen.

—Yo soy Sophie. Supongo que nos veremos por aquí. Hasta la próxima.

Koen se despidió moviendo la cabeza y se quedó apoyado en el dintel de la puerta entreabierta hasta que di media vuelta y me marché escaleras abajo. Respiré al fin cuando me sentí segura al llegar a mi apartamento. Ellen me miró mientras se comía una manzana.

—¿Y bien? ¿Qué ha pasado?

—¿Recuerdas al chico de los cascos?

—¿El que tiene pinta de bohemio?

—Sí. Pues vive justo ahí arriba.

6

ÁMSTERDAM, 2017

Simon no está.

Ese es el único pensamiento que invade mi cabeza cada minuto que pasa. El tictac del reloj me recuerda el tiempo que llevamos separados desde que él se marchó para siempre.

Simon no está.

Llevo metida en la cama desde que Koen me trajo a casa. No sé exactamente cuánto hace de eso. Creo que días, pero también podrían ser semanas. No me importa. Ahora mismo no concibo la idea de salir de aquí. Podría quedarme para siempre en este lecho que compartimos tantas noches, recordando su sonrisa, el timbre de su voz, sus manos...

El murmullo de la calle me llega de fondo y no puedo evitar sorprenderme al descubrir que el mundo sigue su curso, imparable. Toda esa gente caminando por las calles, hordas de turistas haciéndose fotografías junto al canal que se extiende enfrente de la ventana, niños riendo, perros paseando, bicicletas traqueteando por los adoquines de la calzada... ¿Cómo es posible que continúen con sus vidas ajenos a que la de Simon ha llegado a su fin? Deberían parar. Todo debería hacerlo. Los relojes, los gobiernos, las festividades.

Porque Simon no está.

Pero no lo hacen. Siguen adelante. Y me siento sola en mi pequeño nido lleno de mantas. Me pregunto cómo es posible que días atrás fuese capaz de asistir a su funeral sin derramar ni una lágrima. O de levantarme e ir pedaleando hasta el trabajo. Tengo la sensación de que aquello ocurrió hace años, en una realidad paralela o una especie de simulacro. Hasta que desperté de mi letargo. Fue como si después de una helada intensa amaneciese un día soleado. Con la llegada del calor, el frío se derritió y dejé de sentirme entumecida. Y entonces todo se tiñó de dolor. Un dolor tan profundo que no sé dónde acaba y dónde empieza, pero que hace que me encoja y apriete los dientes ante cada sacudida. Es como el oleaje. El agua lame la orilla una y otra vez, y choca con las rocas con insistencia hasta dejar la superficie plana y libre de aristas. Ese dolor del que hablo permanece estable, arraigado y vivo.

Es duro asumir la fragilidad de aquellos a los que amamos.

Por momentos me pregunto qué va a ser de mi vida a partir de ahora y me doy cuenta de que me cuesta visualizarla. Antes hacía planes. No grandes planes, no me refiero a eso, sino a cosas rutinarias. En mi agenda (una de esas enormes que pesan en el bolso) siempre tenía las páginas de las semanas que estaban por llegar llenas de anotaciones. Trabajo, en su mayoría: reuniones, fechas de entrega, presentaciones o actos infantiles. Pero también había reservas en restaurantes, planes para ir al teatro o al cine, quedadas con amigos o comidas familiares. En estos instantes no estoy segura de que jamás vuelva a ser capaz de coger un bolígrafo y escribir debajo de algún nombre de la semana.

Porque Simon ya no está.

Así que es posible que me quede aquí para siempre. Metida en esta cama, envuelta entre las mantas, escuchando el murmullo de Ámsterdam de fondo, lo único que me recuerda que el mundo sigue girando, que la vida continúa. Saberlo debería aliviarme de algún modo, pero en el fondo solo me angustia más. ¿Cuántas cosas habrán sucedido en esta misma ciudad desde el día que Simon murió? ¿Cuántos niños habrán nacido? ¿Cuántos besos se habrán dado? ¿Cuántas parejas habrán roto? ¿Cuántas carcajadas se habrán oído? ¿Cuántas lágrimas se han derramado? ¿Cuántas canciones han sonado en la radio? Por un instante siento el impulso de levantarme para escribir una lista. La titularía: «Cosas que Simon ya no puede vivir». Pero lo descarto porque soy incapaz de ponerme en pie. Solo he conseguido hacerlo media hora antes para ir al cuarto de baño. Estaba un poco mareada cuando me he sentado en el retrete para orinar y me he quedado ahí unos minutos con la vista fija en las baldosas azules hasta que se me han llenado los ojos de lágrimas. La primera vez que las vimos, Simon dijo: «Son las baldosas más feas que he visto jamás». Yo me reí tras él pensando que estaría exagerando, pero cuando se apartó a un lado y las vi tuve que darle la razón.

Así que volví tambaleándome llorosa hasta la cama.

Sigo aquí desde entonces. Y no dejo de recordar aquel día, cuando nos dieron las llaves del apartamento. Él estaba tan contento y orgulloso de que fuésemos a empezar nuestra nueva vida... Una vez logramos subir por las estrechas escaleras todas las cajas y las maletas con nuestras cosas, nos abrazamos y terminamos haciéndolo encima de la mesa del salón. Cuando acabamos, satisfechos y plenos, me quedé allí tumbada mirando el techo.

—Ojalá no te conociese tan bien —dijo Simon.

—¿A qué viene eso? —Bajé y busqué mi ropa.

—Me gustaría poder decir que estabas pensando en lo espectacular que ha sido lo que acabamos de hacer... —Se rio y chasqueó la lengua—. Pero creo que los dos somos conscientes de que tan solo analizabas el tiempo que llevará ahí la telaraña de la lámpara.

Dejé escapar una carcajada. Era estúpido negarlo. Esa tarde, Simon estuvo cocinando algo especial para cenar y yo organicé la limpieza del apartamento. Empezaríamos por los techos, eso seguro. «De arriba abajo, así se mira a las personas, se conjunta la ropa y se limpia una casa», decía siempre mi madre. La gente que me conocía sabía que me entusiasmaba la idea. No era solo porque al hacerlo mantenía la mente ocupada, sino porque conforme catalogaba la ropa, ordenaba la despensa y les sacaba brillo a los cristales que daban a la calle, también mis propias dudas y problemas parecían ir encontrando su lugar.

Quizá sea simbólico que en estos momentos el apartamento esté hecho un asco. No he limpiado, fregado o recogido nada desde que Simon se marchó. Tampoco pienso volver a hacerlo. Voy a convertirme en una de esas personas que salen en el programa de televisión *Obsessive Compulsive Cleaners*, pero evidentemente no en los que van a limpiar, sino en los que están al otro lado. Es probable que empiece a acumular cosas hasta que deje de ver el suelo del salón, la pila de la cocina se llenará de gérmenes y usaré el sofá como trastero.

—¿Sophie? ¿Sophie, estás bien?

Me sorprende escuchar la voz de mi hermana. Me doy la vuelta en la cama, aturdida. Ni siquiera he oído la cerradura de la puerta. Una expresión de preocupación cruza su bonito rostro. Siempre ha sido la más guapa de las dos, una de esas chicas que están ideales con cualquier cosa que se pongan. En estos momentos lleva unos vaqueros llenos de rotos, sus botas Dr. Martens y una camiseta tan fina que puedo apreciar que no usa sujetador. Alguien debería decirle que estamos en pleno invierno, pero no me siento con fuerzas para hacerlo, así que me limito a girarme. Ella rodea la cama y se sienta a mi lado.

—Estás hecha un asco.

No contesto. Amber suspira, se aleja y escucho cómo trastea en la cocina. Por el ruido de platos y vasos supongo que está poniendo el lavaplatos. Distingo sus pasos por toda la casa, es imposible no hacerlo con esas botas enormes que usa. Me planteo varias veces la idea de levantarme, pero me parece tan imposible en estos momentos como escalar una montaña. No tengo ganas. Voy a quedarme para siempre en mi madriguera.

Mi hermana entra otra vez en la habitación.

—Tenías la pila llena de cacharros sucios.

—Ya. No hacía falta que los recogieses.

—¿Cuánto tiempo hace que no limpias?

—No lo sé. ¿Acaso importa?

Una expresión de desconcierto cruza el rostro de Amber. Si pensaba que un poco de polvo y suciedad me haría reaccionar, se equivoca. Me da igual. Me da igual si el mundo se cae a pedazos, si termino enterrada entre trastos y gérmenes o si mañana no vuelve a salir el sol. Nada de eso me importa ahora que Simon no está.

Amber se recoge el cabello castaño en una coleta. El tono de su pelo es tan oscuro y liso como el mío, las dos con un flequillo abierto, pero ella lo lleva mucho más corto, a la altura de los hombros. Parece incómoda cuando me mira, como si no supiese qué hacer.

—¿Te apetece salir? Podríamos dar un paseo.

—Gracias, pero no. Ve tú. Estoy bien.

—No puedes quedarte aquí para siempre.

—Amber, déjame en paz —mascullo.

—Te ha llamado mamá. Y Ellen. Y Koen. Estaría bien que les cogieses el teléfono para que dejen de incordiarme a mí. Están preocupados por ti.

Ah, sí, eso. Coger el teléfono implicaría alargar la mano hasta la mesilla, apretar un botón y aguantar lamentos y conversaciones que no quiero tener con nadie. Además, escuchar a mis amigos es como masticar una hoja amarga y luego pasarme horas con los restos entre los dientes, porque hacen que recuerde una época mejor en la que no teníamos apenas responsabilidades y sí toda la vida por delante. Una época mágica en la universidad, un apartamento destartalado y un montón de *pubs* que llenamos de música, sueños y sonrisas. La época en la que me enamoré de Simon.

7

LEIDEN, 2008

Invitamos a Evelyn, Jenna y Sue, que nos preguntó si también podía unirse al plan su compañera de habitación. Así que, al final, éramos seis. Las normas de la fiesta eran sencillas: había que ir en pijama, nada de música disco ni ron (Ellen lo odiaba después de vomitar más de seis veces durante una resaca). El sábado por la tarde fuimos al supermercado para comprar bebidas, gominolas y palomitas. Limpié el salón y la cocina a fondo. Ellen colocó un mantel floreado en la mesa que había frente al sofá morado y cuencos llenos de dulces.

—Estás muy mona —me dijo guiñándome un ojo cuando salí con mi nuevo pijama. Llamaron a la puerta—. Yo iré a abrir.

Era Sue y la amiga que iba con ella. No recordaba haberla visto antes en la universidad y tenía el pelo de un tono rojo cobrizo y lo llevaba tan largo que casi le rozaba el trasero. Llamaba la atención. Los ojos de Ellen se detuvieron unos instantes en ella y en su rostro pecoso antes de mostrarle una amplia sonrisa.

—Os presento a Drika.

—Encantadas. Pasad.

—¿Qué os apetece beber? Tenemos de todo.

—Un Black Russian —contestó Drika.

—Hecho. —Ellen la miró desafiante.

El pijama de Sue era de unicornios y el de su compañera parecía sacado de una falda escocesa. Fui a por el licor de café; luego, las cuatro nos sentamos en el sofá y los viejos muelles chirriaron en respuesta. La mesa estaba repleta de bebidas de todo tipo. Ellen cogió un vaso de plástico y lo llenó de vodka.

—Resulta que hice un curso de coctelería —comentó—. Así que mi especialidad es ser una anfitriona memorable. Sophie, pon algo alegre para animarnos.

Empezó a sonar una canción de pop actual. A diferencia de Sue, que siempre había sido una chica bastante callada, Drika era extrovertida y nos contó que estudiaba una carrera artística, aunque en realidad no tenía ni idea de a qué quería dedicarse; dijo que tenía un don para el dibujo cuando era pequeña, pero que al pintar no conseguía sentir nada y sus trabajos carecían de alma. Estuvimos discutiendo el tema mientras bebíamos y comíamos golosinas. Había pocas cosas que a Ellen la entusiasmasen más que debatir sobre algo cuando empezaba a ir un poco achispada; si te descuidabas, arreglaba el mundo y se animaba a dedicarse a la política. Media hora más tarde, llegaron también Evelyn y Jenna. Trajeron paquetes de fritos y cervezas que guardaron en la nevera. Las dos habían ido corriendo por la calle en pijama, zapatillas deportivas y un abrigo largo. No paraban de reírse tontamente recordando las miradas que les habían dirigido unas señoras que estaban saliendo de un restaurante.

—¡Sube la música! —gritó Jenna.

Una hora después, las seis estábamos achispadas, bailando en el salón y brindando por cualquier tontería que se nos pasaba por la cabeza, a cada cual más ridícula. Fue una de las tantas noches que compartimos aquel año, cuando aún no éramos conscientes de la suerte que teníamos por poder hacerlo. Es curioso que esos momentos parezcan infantiles vistos desde la distancia, casi frívolos, pero todo cambia si te concentras..., si lo haces e intentas recordar cómo eras a esa edad, la maravillosa sensación de estar rodeada de tus amigas con el regusto del licor en la lengua, con qué seguridad pensábamos entonces que los lazos de esas relaciones serían irrompibles y durarían para siempre.

—¡Por el tercer año de universidad!

—¡Por el nuevo apartamento!

—¡Por las nubes de caramelo!

—¡Por el profesor Ethan Meike!

—¡Y por su trasero!

Jenna se cayó de culo del sofá y se echó a reír. Evelyn intentó imitar la voz profunda y grave del profesor Ethan. No solo trabajaba dando clases en la universidad, sino también presentando un programa de radio que se emitía los sábados por la mañana. Todas las chicas estaban locas por él. Rondaba los treinta años, llevaba el cabello recogido en una coleta y vestía suéter con coderas. Era tan atractivo que habría sido el actor perfecto para protagonizar una de esas películas *indies* que Ellen se empeñaba en entender y admirar, aunque en el fondo las dos sabíamos que no terminaba de pillarles el punto.

—¿Estará casado? —Sue le dio un trago a su margarita—. ¿Creéis que a su mujer le hablará también con ese tono tan *sexy*? «Ha llegado la factura de la luz, cariño».

—Yo estaría constantemente excitada —dijo Ellen.

En ese momento llamaron a la puerta y las risas cesaron. Como Ellen estaba distraída susurrándole a Drika algo al oído, me levanté y fui a ver quién era. Cuando abrí la puerta me quedé mirando al chico que vivía arriba. No sé si fue por el alcohol, pero hasta ese momento no me había fijado en que sus ojos grises parecían un poco tristes. Quizá fríos. No es difícil confundir la tristeza con la frialdad. Ambas cosas evocan el invierno.

—¿Puedo ayudarte en algo?

—¿Recuerdas que hace unos días subiste porque te molestaba el ruido que hacíamos al probar los amplificadores? —Una pequeña sonrisa tiraba de su boca—. ¿Cómo crees que debería tomarme esta pequeña fiesta de... pijamas? —concluyó fijándose en mi atuendo.

—Es sábado. Y el sonido es agradable.

—¿Te refieres a esta música insufrible?

—No es insufri...

—¿Quién es? —gritó Ellen a mi espalda.

—El vecino.

—¡Dile que si quiere un Martini!

Koen alzó las cejas al oír la invitación.

—Está bien, lo aceptaré como un soborno. Ahora bajamos.

Desapareció escaleras arriba y me quedé unos segundos con la puerta abierta, aún confundida. Cinco minutos más tarde, él y dos chicos más se colaron en el apartamento. El más bajito de los tres se llamaba Isaäk; tenía los ojos rasgados y una sonrisa permanente en su rostro que no desapareció en toda la noche. El otro, rubio y de mirada serena, era Simon.

—¿Los tres vivís arriba? —preguntó Ellen.

—Sí. ¿Dónde están los Martini? —Isaäk se sentó entre Evelyn y Sue.

—¿Cuánto tiempo lleváis en el edificio? —les pregunté.

—Dos años. Desde que empezamos la universidad. ¿Ya habéis conocido a la señora Ferguson? Vive en el piso de abajo —comentó Simon.

Aquel fue el primer día que nuestras miradas se encontraron en medio de un salón con un sofá morado. Lo único que pensé de él fue que me gustaban sus manos y que el color de su cabello era de un dorado envejecido que me recordó a la miel. Lo único que él pensó de mí, y que me dijo años más tarde, fue que era preciosa y que le encantaba mi pijama.

—Aún no nos hemos cruzado con ella.

Estuvimos hablando de las clases y de la vida en la ciudad. El único de los tres con el que coincidíamos en un par de asignaturas era Koen. Era el típico chico tan metido en su mundo que no parecía darse cuenta de que resultaba magnético; hay personas que tienen la suerte de atraer miradas sin esfuerzo y llenar habitaciones, aunque no abran la boca. Pero sencillamente están. Puedes notar su presencia como una vibración constante.

Simon, en cambio, tenía una sencillez que encandilaba.

Si me hubiesen pedido que los describiese por la primera impresión que me llevé de los dos, hubiese dicho que Koen era un potente faro que cegaba, y eso, de alguna manera, alejaba a cualquiera de él. Mientras que Simon era una pequeña vela cálida y te daban ganas de quedarte a su alrededor para siempre, contemplando esa llamita que parecía invencible.

Entonces aún no sabía que eran tan buenos amigos. Hasta mucho tiempo después, no me daría cuenta de que Koen era el más vulnerable de los dos y Simon el pilar fuerte y estable que terminaría por sostenerlo a él y a todos nosotros. Hay un poco de magia en la idea de que dos personas consigan encajar y quererse de verdad, sin artimañas ni deslealtades. Ellos tenían eso. Con el paso del tiempo me di cuenta de que compartían algo profundo y sincero. Los hombres deberían darse más a menudo la oportunidad de mantener relaciones afectivas entre ellos; Koen y Simon lo hacían. Se abrazaban, no les daba miedo tocarse. Se contaban confidencias, no temían abrirse. Al verlos interactuar, siempre compartiendo una mirada, una sonrisa o hablando con las cabezas muy juntas, pensaba en mi padre y en cómo se relacionaba con sus amigos cuando iban a pescar o se tomaban algo en el bar: eran buenos hombres, pero nadie les había enseñado que, más allá de meterse unos con otros o bromear, también podían escuchar o airear sus sentimientos.

—Deberíamos jugar a algo —propuso Jenna.

Estaban preparando la segunda ronda de copas cuando volvieron a llamar a la puerta. Suspiré y me puse en pie sin muchas ganas. ¿Quién sería? Ellen me siguió y lo agradecí, porque cuando abrí me encontré delante a una mujer bajita, ataviada dentro de un batín rosa y pomposo. Tenía el cabello blanco lleno de rulos, los labios apretados y el rostro surcado de arrugas. Un gato pardo se frotaba en sus piernas. No parecía especialmente simpática.

—Soy la señora Ferguson. Vivo en el primero.

—Oh, ¿estamos haciendo mucho ruido?

—¿A ti qué te parece, jovencita?

—Pues lo siento... Nosotras solo...

—Buenas noches, señora Ferguson. —Koen apareció en la puerta junto a Simon—. Qué alegría verla por aquí. ¿Está pasando una velada agradable?

—No te pongas en modo encantador, que nos conocemos.

—¿Quiere que continuemos la fiesta arriba? —propuso Simon.

—Lo agradecería, sí. Una aún se siente joven, pero los años no perdonan. Trasnochar no me sienta nada bien, así que haced el favor de no causar tanto ruido.

—Le prometo que tendremos más cuidado —le aseguré.

Y así fue como terminamos en el salón del tercer piso, rodeados de guitarras, un bajo y un montón de cables por el suelo porque, por lo visto, a los tres les gustaba tocar juntos. Nunca había visto tantos instrumentos juntos. Parecía una especie de local de ensayo improvisado. Había discos desparramados encima de la mesa junto a un cenicero lleno de colillas y latas vacías de cervezas que probablemente habrían estado bebiendo antes de bajar.

—Yo tengo una batería —comentó Drika distraída.

—¿Bromeas? —Simon la miró—. Podríamos tocar.

—Está en casa de mi padre. Y no sé mucho, tan solo lo que él me enseñó. De joven estuvo en un grupo de *rock*, llegaron a grabar varias maquetas.

—Pues vayamos a por ella. Tenemos coche.

—Mmmm, no estoy segura. Quizá.

Jenna se empeñó en jugar a ese juego en el que cada uno decía algo que nunca había hecho y los que sí lo habían probado tenían que beber. Así que, una hora más tarde, todos estábamos al tanto de que Ellen, Koen y Jenna habían hecho un trío, Jenna se había liado con un profesor (no quiso revelar el nombre) y Evelyn se había tirado en paracaídas. En ese momento me di cuenta de que no había hecho nada demasiado apasionante en mis veinte años de vida. Seguía siendo la actriz que solo conseguiría el papel secundario.

—¿Tenéis algún zumo en la nevera? Creo que he bebido suficiente —comenté pasado un rato mientras Drika hablaba con Koen sobre algo relacionado con su batería.

—Claro. Te acompaño. —Simon me sonrió.

Lo seguí. Notaba la lengua áspera y las piernas me fallaban un poco. El apartamento de los chicos era exactamente igual que el nuestro en cuanto a la distribución, pero mucho más masculino y desordenado. Había cosas por el suelo, ceniceros rebosantes de colillas, trastos inútiles por todas partes y la pila de la cocina estaba llena de platos sin fregar.

—¿De piña o de naranja?

—Piña. Muchas gracias.

Simon se sirvió también un vaso para él. Me sonrió después de beber un trago largo.

—Me gusta tu pijama. Jirafas. Qué original.

—Son fascinantes, ¿verdad? Nadie las valora mucho, pero, dime, ¿qué animal tiene el cuello así de largo? Están como deformadas. Se merecen un poco de cariño.

El sonido de su risa me resultó familiar. Me recorrió una

sensación extraña pero cálida. Y me di cuenta de que me sentía mejor en aquella diminuta cocina junto a él que en el salón lleno de gente. Simon. Un nombre sencillo que le pegaba, pensé mientras se movían las manecillas del reloj que colgaba de la pared y ninguno de los dos rompía el instante.

—¿Qué es lo que estudias?

—Historia. Lo sé, probablemente estás pensando que no existe nada más aburrido en el mundo. Pero me gusta. Siempre me ha gustado. Es un poco como lo tuyo con las jirafas, alguien tiene que ocuparse de las cosas que el resto ignora.

—Así que te va la historia y la música *rock*.

—Sería una buena carta de presentación, sí.

Simon curvó los labios lentamente y justo entonces di un paso al frente y tropecé. No supe si fue por el efecto de aquella sonrisa o por culpa del alcohol, pero sí que cuando él me sujetó con torpeza fue la primera vez que nos tocamos. ¿Qué tiene la piel que en la carrera del amor siempre consigue adelantarse al corazón y la razón?

MARZO

—¿Qué comiste ayer? No sé ni para qué pregunto, seguro que una ciruela. O un kiwi de esos que dan tanto repelús y que siempre te han gustado tanto. A saber. No puedes seguir así, Sophie. Tu hermana dice que cada día estás más delgada y que te empiezan a quedar grandes todos los pantalones. Y de verdad, cariño, sé que estás pasando por el momento más duro de tu vida, pero no puedes abandonarte a ti misma.

—Voy a colgar, mamá.

—¡Espera, Sophie! Prométeme que vas a intentarlo. Solo eso. Haz una de tus listas sobre cosas que debes hacer cada día y cumple unas cuantas. Por ejemplo, comer bien, darte una ducha y salir a la calle a dar un paseo. No puedes quedarte eternamente encerrada en ese apartamento. Simon no lo hubiese querido.

Esa es la señal que necesito para apretar el botón rojo. Dejo el móvil en la mesilla de noche y me hago un ovillo junto a la ropa de mi marido que está amontonada al otro lado. Saqué la mitad de su armario dos noches atrás, cuando de repente me di cuenta de que nunca podría volver a hundir la nariz en su cuello y aspirar su olor. Entonces enloquecí. Y ahora el hueco que él solía ocupar en la cama está lleno de chaquetas, camisas y suéteres, como el que abrazo con fuerza mientras sollozo recordando las palabras de mi madre.

No soporto que hagan eso. Decir cosas como «Simon que-rría que fueses feliz» o «A Simon no le hubiese gustado verte así». ¿Qué sabrán ellos? ¿Qué sabrá nadie? Simon está muerto y se lo ha llevado todo con él. En algún lugar recóndito de mi interior soy consciente de que solo quieren animarme y de que posiblemente tengan razón, pero estoy tan cegada por la triste-za y la desidia que odio escuchar frases que tan solo parecen reafirmar que él ya no está aquí para dar su opinión y decirme qué es lo que piensa.

Cierro los ojos. Ya ha pasado un mes y medio. Un mes y medio sin sus sonrisas, sin escuchar su voz calmada, ni sentir el roce de su barba contra mi mejilla. Ya nadie canta en la ducha ni hace café de buena mañana dejando que el aroma flote por toda la casa. No hay libros aquí y allá, esparcidos por todas par-tes. Tampoco noto cada noche el colchón hundirse a mi lado por culpa del peso de su cuerpo. Ya no he vuelto a jugar a «Ima-gina que». Y cada vez que me levanto y miro a mi alrededor tengo la sensación de que un ladrón ha entrado en mi casa y se ha llevado el corazón de este apartamento.

Debería haber vuelto al trabajo hace semanas, pero no me siento capaz. Les he pedido un poco más de tiempo; aunque no parece que funcione, porque, lejos de mejorar, cada día que pasa tengo la sensación de seguir hundiéndome. Cuando pienso que he tocado fondo y que he derramado todas las lágri-mas que tenía, descubro que aún me quedan muchas más. La única persona a la que soporto ver es a Amber y tan solo por-que no intenta consolarme. Nunca pensé que mi hermana pe-queña sería mi mejor aliada, pero es preferible a las llamadas constantes de mamá y de Ellen llenas de preocupación, los *emails* de mis compañeras de trabajo o los mensajes de Koen preguntándome cómo estoy.

Amber viene cuando le apetece, nunca a la misma hora. Abre con su propia llave y la escucho moverse por la cocina o acercarse hasta el dormitorio. Eso es lo que también hace hoy, después de recoger algún vaso que debí dejar anoche en el salón. Sus botas chirrían contra el suelo de parqué. Suspira cuando me ve abrazada a la ropa de Simon.

—Esto es de locos, ¿lo sabes?

—Déjame en paz —replico.

Me ignora y abre de par en par las ventanas. Un aire gélido y fresco entra en la habitación. Me molesta de inmediato porque disipa el aroma a Simon y temo que pronto su ropa deje de oler a él. Pero Amber no lo entiende. Se acerca y tira de las mantas hasta destaparme. Gruño por lo bajo. Ella se cruza de brazos sin inmutarse.

—No puedes seguir así.

—Sí puedo.

—En serio, Sophie, dime una sola cosa útil que hayas hecho en el último mes.

—¿Ducharme?

—Eso no cuenta, pero déjame decirte que tampoco te has esmerado mucho. Hueles a cerrado, como esas abuelas que no salen de casa en semanas.

—No me importa.

—Pero a mí sí. Vístete.

—¿Para qué?

—Iremos a tomar un café.

Es curioso lo extraño que me suena algo tan sencillo, pero me siento como si acabase de decirme que vamos a tirarnos en tirolina o a coger un vuelo para ir a la otra punta del mundo. Un café. Quizá en Café P96 o en Koffiehuis De Hoek, a tan solo unas calles de distancia. ¿Podré hacerlo? Sentarme entre todas esas personas que viven ajenas a que Simon se ha marchado y fingir que no me siento como si alguien me hubiese arrancado una parte de mí y de repente estuviese llena de agujeros y grietas.

—Está bien. Lo intentaré.

Amber sonríe entre sorprendida y esperanzada. Me pongo en pie y abro el armario para buscar algo de ropa limpia. Mi hermana me aconseja sin mucha delicadeza que antes me dé una ducha y le hago caso. Mientras el agua caliente cae y me desentumece los músculos del cuello, me pregunto qué ha cambiado hoy. Es un día como otro cualquiera, uno más sin él. La última vez que salí a la calle terminé encerrada en mi despacho llorando y llamando a mi mejor amiga. Si en esta ocasión consigo volver a casa por mi propio pie, ya será un avance.

Me visto con lo primero que he cogido y froto el espejo para quitar el vaho que lo recubre. Una chica me devuelve la mirada. Pero no soy yo. No puedo serlo. Tiene los ojos tan hinchados que parece que le cueste abrirlos, bajo ellos hay dos medias lunas de color oscuro y sus labios están secos y agrietados.

Amber llama a la puerta.

—¿Necesitas ayuda?

—No, ya salgo.

Respiro hondo cuando la puerta del portal se cierra a nuestra espalda. La misma calle, con el canal enfrente, las bicicletas atadas alrededor, el semáforo cambiando de color, el rugir del motor de un taxi, el aroma a carne asada que emana del restaurante de la esquina...

Nada ha cambiado.

Y al mismo tiempo todo lo ha hecho.

Mi hermana me coge del brazo antes de que pueda arrepentirme y empieza a caminar. La sigo por inercia. Agradezco el aire frío que parece morderme la piel y que me recuerda que estoy viva. Finalmente, entramos en Café P96 y buscamos una mesa libre.

Amber pide un café y yo una manzanilla con miel. Cuando nos sirven las bebidas, me dice que no toque nada y saca su teléfono móvil para hacer una fotografía. Mueve la maceta con un pequeño cactus que adorna la mesa, quita el servilletero, enfoca desde diferentes ángulos y cambia las cosas de sitio. A estas alturas no debería sorprenderme, pero me sigue fascinando que más de seiscientas mil personas sigan a mi hermana pequeña en Instagram. Si se compra un sombrero nuevo, le preguntan de dónde es. Si inmortaliza su cara frente a una playa, insisten en averiguar de qué sitio se trata. Si va a un restaurante, desean saber su opinión sobre la comida. Estoy segura de que se comprarían la misma marca de papel higiénico si ella decidiese publicitarla. Todavía no sé si me parece algo alucinante o preocupante. De cualquier modo, le encanta lo que hace.

—¿Por qué puede interesar la foto de un café? ¿Es que tus seguidoras nunca se han tomado uno? Podríamos hacer una recolecta para sortear la experiencia.

—Muy graciosa. Se trata de algo estético.

—Sigo sin entenderlo.

—Lo importante es lo que evocas. Tú ves un café. Los demás ven una mañana fabulosa paseando por la ciudad y reflexionando sobre la vida mientras me tomo un respiro.

—Es ridículo.

—Pero rentable.

No puedo discutirle eso, así que me quedo callada hasta que se da por satisfecha y por fin puedo darle un sorbo a mi manzanilla. Cierro los ojos saboreándola. Y de repente me doy cuenta de que hace al menos media hora que no pienso en Simon y eso ya es todo un logro teniendo en cuenta mi historial durante las últimas semanas.

—¿Cómo te va el trabajo? —Hago un esfuerzo por interesarme en algo que me aleje de los pensamientos que acechan escondidos tras la primera esquina.

—Bien. Acabo de firmar un contrato con una marca de cosmética. Voy a ser su embajadora oficial durante el próximo año.

—Es increíble.

Amber sonríe mientras teclea en su teléfono móvil sin parar. Yo aprovecho para mirar alrededor. Un par de plantas cuelgan del techo, la camarera se mueve de un lado a otro con soltura, una chica joven trabaja con su portátil en la mesa de al lado y tras el ventanal puedo ver a la gente que camina por la calle. ¿Hacia dónde irán? ¿A cuántas de esas personas las estará esperando su pareja al terminar el día? ¿Y son conscientes de lo afortunados que son por ello o discutirán por cualquier tontería, como a quién le toca bajar la basura?

No mucho después, volvemos a casa caminando junto al canal. Cuelgo el abrigo en el perchero de la entrada y sigo a Amber hasta el salón. Se sienta y me mira satisfecha. Apenas me había fijado en su atuendo hasta entonces. Lleva una falda negra con diminutas rosas rojas, una camiseta fina y una chaqueta de cuero llena de cremalleras.

—¿Ves lo bien que sienta salir a la calle? No ha sido para tanto. Y mírate, sigues entera. Deja de poner esa cara, sabes que te lo digo por tu bien.

Me dejo caer en la vieja butaca que está frente al sofá.

—Es fácil verlo así cuando tu marido no se ha muerto.

—Todos queríamos a Simon —contesta en voz baja.

Es cierto, y no me sorprendió que lo adorasen cuando se lo presenté a mi familia. Simon era una de esas personas a las que quererlas resulta ridículamente sencillo. ¿Cómo no hacerlo? ¿Cómo no dejarse atrapar por su buen humor y su sonrisa? Siempre sabía qué decir, incluso en las situaciones más difíciles él daba con esa frase perfecta, esa palabra tan adecuada, ese gesto reconfortante. Por un instante pienso que nadie mejor que él me hubiese podido ayudar a superar su propia muerte. Es retorcido de una manera cruel, pero quiero que me consuele, deseo escucharlo decir cualquier cosa que calme este amargo dolor...

—No es lo mismo, Amber. Yo... No puedo soportarlo...

Se me llenan los ojos de lágrimas y sacudo la cabeza. Respiro hondo. Amber se acerca y me frota la espalda antes de agacharse a mi lado y mirarme con ternura.

—Lo superarás. Tienes que hacerlo. Tu vida continúa.

—No es tan fácil... —Tengo la voz tan rota como todo lo demás, porque, aunque no pueda apreciarse a simple vista, mis huesos están rotos, mi piel agrietada y el corazón partido en dos. Estoy hecha jirones de la cabeza a los pies y casi me sorprendo cuando me miro al espejo por las mañanas y me veo tan entera, tan viva, tan inmutable.

—Todos estamos muy preocupados por ti. Mamá me llama constantemente y he tenido que frenarla varias veces para que no se presentase aquí a pasar unos días. Ellen me manda mensajes cada noche porque tú no contestas a los suyos. Y Koen... Koen está casi tan destrozado como tú, y que lo evites no mejora las cosas. Una tal Sue mandó flores a casa de los papás hace semanas, pero ni siquiera pudimos decírtelo.

Me encojo ante sus palabras porque sé que tiene un poco de razón. Desde que Simon murió solo he pensado en mí, en cómo me sentía, en mi dolor, en mi enfado... No me he preguntado ni una sola vez cómo estarían los demás. Es probable que mi madre lleve sin dormir desde entonces y cocinando compulsivamente para todos los vecinos del pueblo. Podría haber respondido alguna de las llamadas de Ellen, aunque tan solo fuese para decirle que no me apetecía hablar, porque sé que hubiese respetado mi deseo. Y Koen... Koen también debe de estar pasando por uno de los peores momentos de su vida.

—Quizá debería empezar por levantarme de la cama.

—Me parece un buen comienzo. —Amber sonríe y se incorpora—. También estaría bien que llamases al trabajo para pedir que te den algunas semanas más.

Asiento, y en ese instante, casi como una revelación, comprendo que mi hermana tiene razón. Siempre he pensado que es insensata y que debería contar hasta tres antes de soltar lo primero que se le pase por la cabeza, pero en esta ocasión soy incapaz de reprocharle nada. Es cierto: no puedo quedarme eternamente metida en la cama. Todavía no sé exactamente cómo, pero tengo que salir a flote. Me siento como una pequeña ruinosa barca perdida en medio del mar, y las gaviotas surcan el cielo y las olas me salpican. No soy capaz de ver nada alrededor, pero sé, en el fondo sé, que en algún lugar me espera tierra firme.

Sería fácil no moverme y esperar hasta hundirme.

Pero no es lo que quiero. Así que, cuando mi hermana se marcha, decido hacer algo que en mi otra vida era rutinario y que de pronto me parece de lo más atrevido: ir al supermercado. Quizá me ha animado salir a tomar un café. O imaginarme luchando entre la marea. O, sencillamente, apenas me queda comida en la despensa.

La cuestión es que lo hago. Bajo sola por las escaleras del edificio, empujo la puerta y un cielo plomizo me devuelve la mirada. Camino a paso rápido por las calles y en algún momento empiezo a relajarme. Me pregunto qué pensarán de mí las personas con las que me cruzo. «Parece una chica normal». Cuando paro delante de un semáforo en rojo y veo mi reflejo en el cristal de una relojería, comprendo que no hay nada en mi aspecto que revele cómo me siento por dentro. Marchita. Vacía. La palabra «triste» empieza a resultarme un poco insípida, como si estuviese tan gastada socialmente que perdiese fuerza por haberla usado demasiado. Pero es exactamente lo que mejor podría definirme: estoy triste, muy triste.

El semáforo cambia a verde y avanzo junto a los demás.

El supermercado me recibe con el pitido habitual de las cajas y la vibración de los carritos arrastrados por el suelo. Cojo uno y me interno entre las hileras llenas de productos. No me he dado cuenta hasta ahora de que es una de las primeras veces que no llevo una lista en la mano de todo lo necesario. Cuando nos mudamos juntos e íbamos a comprar, Simon siempre se reía de mí al ver que me apoyaba en las estanterías para ir tachando las cosas.

—Podrías llevarlo en el móvil.

—¿Tú crees que es igual de satisfactorio?

—Mmmm, sí —contestaba sonriendo.

—No sabes nada de la vida, Simon Visser.

Al final se le terminó pegando la costumbre y solía escribir la lista de la compra en la cocina antes de irse al supermercado. Me viene a la cabeza la imagen de él guardándose el papelito doblado en el bolsillo trasero de los vaqueros antes de coger las llaves.

Respiro hondo y leo la etiqueta de un tarro de tomate.

Lo meto en el carro, junto a unas cuantas verduras y conservas. Compro un poco de jamón de pavo, mermelada, mantequilla y avena molida. Me acerco a la sección de los cereales y busco mis preferidos; los fines de semana me doy el capricho de desayunar copos de chocolate. Y entonces, sin pensar, cojo unas galletas rellenas de crema de frambuesa.

Solo que no son para mí. Ni siquiera me gustan.

Pero no es hasta que estoy en la caja y el chico las pasa por la cinta cuando reparo en mi error. Me quedo paralizada. A mi alrededor, los pitidos no cesan al marcar los códigos de barras, las voces de los clientes me envuelven y las puertas se abren y cierran.

—¿Pagará con efectivo o tarjeta?

—¿Qué? —Veo borroso.

—¿Efectivo o tarjeta?

—Yo... tarjeta.

Estoy a punto de decirle que me he equivocado y dejar la

caja de galletas, pero la gente que espera en la cola parece impaciente y yo apenas puedo hablar. Así que me limito a pagar antes de coger mis bolsas y marcharme. Hago todo el camino hasta casa con un nudo en la garganta. Cuando llego, guardo la compra. Lo último que tengo en la mano son las galletas, esas que a Simon tanto le gustaban. Era adicto a ellas. Estoy tan acostumbrada a meterlas en el carro cada vez que paso por la zona de la pastelería que ha sido un acto reflejo.

Si Simon no hubiese muerto, me habría quitado la caja de las manos antes de que pudiese guardarla en la despensa. Se habría metido una en la boca y habría cerrado los ojos.

—Joder, están riquísimas.

—Odio las mezclas raras.

Eso era lo que siempre le decía.

—Nada puede fallar si lleva frambuesa.

No sé por qué, pero abro la caja y muerdo una. Siguen sin gustarme, pero ese aroma afrutado y dulce me recuerda tanto a él que se me vuelven a llenar los ojos de lágrimas. Echo de menos sus besos de frambuesa. Meto el paquete en el armario y decido que la jornada ha sido lo suficientemente rara como para permitirme el lujo de pasar el resto en la cama. Me lo merezco. Me merezco dejar de hacerme la fuerte, al menos hasta mañana.

Cuando amanezca... será otro día.

Otro día más sin él.

LEIDEN, 2008

No se oía nada en la biblioteca de la universidad, excepto los susurros de Ellen. Ya nos habían dirigido alguna mirada reprobatoria, así que había bajado tanto el tono de voz que apenas la entendía. Mi amiga puso una mueca divertida y se tapó la cara con un libro.

—Por favor, díselo tú —insistió.

Suspiré y me rendí. Desde la fiesta del sábado anterior, Ellen no había hablado de otra cosa. Drika por aquí, Drika por allá. Que si tenía el pelo más bonito que había visto jamás. Que si era la chica más interesante que había conocido nunca. Que si se había enamorado. «Un flechazo —me había dicho en cuanto nos levantamos a la mañana siguiente—, lo noto aquí en el pecho, te lo prometo». Me fascinaba que Ellen pudiese vivirlo todo con tal intensidad. Debía de ser agotador estar en su piel. Y ahora quería que le preguntase a Sue si ese fin de semana también podía traerse a su amiga. Decía que si lo proponía ella sería demasiado evidente. «Mírame, se me nota en los ojos que estoy pillada». Habíamos quedado el sábado para tomar algo en un *pub* cercano y en esos momentos Sue estaba sentada justo enfrente de nosotras, concentrada en el libro que tenía delante de las narices.

Arranqué un trozo de papel de la libreta y escribí una nota. «Estaba pensando que podrías preguntarle a Drika si quiere apuntarse mañana al plan. ~~Nos~~ Me pareció una chica muy simpática». Deslicé la nota por la mesa hasta que llegó a Sue, que la leyó y asintió distraída antes de volver a lo suyo. Era una chica menuda y morena a la que no le gustaba perder el tiempo con tonterías, su practicidad me resultaba admirable.

—Gracias —me susurró Ellen al oído.

La oscuridad ya se cernía sobre la ciudad cuando salimos de la biblioteca. Regresamos a casa dando un paseo y hablando sobre qué haríamos para cenar esa noche de viernes. El plan era pasar un rato relajado viendo una película con un bol de palomitas en las manos.

Al entrar en el portal nos encontramos con la señora Ferguson. Estaba charlando con Koen, que iba cargado con las bolsas de la compra. Él le sonreía de un modo tan encantador que parecía imposible que fuese el mismo chico que apenas nos había saludado moviendo la cabeza cuando nos habíamos cruzado con él en clase aquella semana.

—Mira quiénes están aquí. Justo hablábamos de vosotras. Le decía que no hemos tenido la oportunidad de presentarnos como es debido. Pasad y os invito a un té con galletas.

—Yo tengo que irme ya —dijo Koen.

—A ti no te había invitado, canalla.

Nos reímos por el descaro de la mujer. Subimos las escaleras del primer piso y esperamos mientras ella abría la puerta de su casa. La señora Ferguson nos animó a sentarnos a la mesa de la cocina, que era pequeña pero acogedora, con sartenes antiguas colgando junto a uno de esos coladores que ya no se fabricaban. Olía a manzanas asadas y a canela, y el aroma me recordó un poco a mi hogar. El mantel tenía un bordado clásico que parecía hecho a mano y todo estaba muy limpio, algo en lo que reparé rápidamente.

La señora Ferguson sirvió el té caliente.

—Así que tú eres Sophie y tú Ellen. Y estudiáis periodismo.

Interesante. Mi marido trabajó en *De Telegraaf* durante treinta años. Pero entonces la prensa no tenía nada que ver con hoy en día. No existía esa inmediatez.

—¿En serio? ¡Tuvo que ser fascinante!

—No te creas. Tenía tanto trabajo que llegaba siempre tarde a casa. También porque estaba liado con la secretaria, claro, pero eso es otra historia. —Nos ofreció una galleta que aceptamos sin rechistar—. Él solo vivía para el periódico. —Se levantó y cogió una fotografía que había sobre la repisa—. ¿Veis a estos niños de aquí? Pues los crie yo sola, sin ningún tipo de ayuda. Jim volvía a las tantas oliendo a perfume de mujer y sus hijos ya estaban cenados, bañados y acostados. Así es fácil hablar de paternidad.

—Qué horror. —Me estremecí.

—Debería haberse divorciado de él.

—Ya había contactado con una abogada cuando le diagnosticaron cáncer. La enfermedad estaba tan avanzada que murió quince días más tarde. Fue mi único golpe de suerte, como no llegamos a firmar los papeles me quedé con todos nuestros ahorros. Y la moraleja de esta historia es: nunca os conforméis con el primer hombre que pase.

—O mujer —añadió Ellen.

—Lo que sea. Me da igual lo que tenga entre las piernas. Si es una mala persona lo será para siempre. Si es buena puede equivocarse, pero cuando pida perdón lo hará de verdad.

—Las galletas están deliciosas.

—Gracias, Sophie. —La señora Ferguson le dio un trago a su taza de té y luego la dejó con delicadeza en el plato—. ¿Lo pasasteis bien la noche del sábado?

—Sí, sentimos haberla despertado. No era nuestra intención. En realidad, ni siquiera lo pensamos, ¿verdad, Ellen? Tendremos más cuidado a partir de ahora.

La anciana sonrió y sacudió la mano quitándole importancia.

—Sois jóvenes, ¡quién pudiera tener la vida entera por delante! Disfrutad de esta etapa todo lo que podáis. Y cuidado con los chicos de arriba. —Soltó una risita.

—¿Y eso por qué? —Ellen cogió otra galleta.

—Son encantadores. Es fácil que a una le roben el corazón.

—Aquí mi amiga es de piedra —dijo Ellen con la boca llena y señalándome—. La conozco desde hace dos años y creo que es inmune a todo.

La señora Ferguson me miró con interés a través de sus redondas gafas de montura dorada. Luego dejó escapar un suspiro y sirvió más té con manos temblorosas.

—Entonces es cuando resulta peligroso no elegir bien. Las personas a las que nos cuesta entregar nuestro corazón lo hacemos cuando ya no nos queda más remedio, casi cuando nos lo han robado. Recuperarlo es mucho más difícil que para aquellos que están acostumbrados a dar porciones sin tantos reparos. Hazme caso, jovencita, a mí me ocurrió.

—¿Su marido siempre fue igual?

—Oh, sí, pero no me enamoré de él, sino de otro chico. Fue antes de conocerlo. Se llamaba Berg y murió en un accidente de coche.

—Lo siento muchísimo. —Estuve a punto de coger de la mano a la anciana y darle un apretón cálido—. Debió de ser horrible.

—Sí, pero ha pasado mucho tiempo...

—Gracias por las galletas —dijo Ellen.

—No hay de qué. No quiero entreteneros más, seguro que tendréis mejores cosas que hacer un viernes por la noche, pero podéis volver cuando os apetezca.

La ayudamos a recoger las tazas de té y los restos de la merienda antes de marcharnos. Ya en casa, terminamos preparando unos tallarines chinos para cenar y nos los comimos sentadas en el sofá. Y allí, junto a mi mejor amiga y mientras empezaba la película que habíamos elegido, me sentí afortunada por la vida que teníamos: tantos frentes abiertos, tantas posibilidades a nuestros pies, tanto blanco en ese lienzo llamado «futuro».

Una de las luces de neón estaba fundida. El *pub* donde habíamos quedado el sábado por la noche con las otras chicas se llamaba Rango, pero la «n» no estaba iluminada, así que desde lejos tan solo se leía «Rago». Nos acercamos caminando y el segurata nos pidió el documento de identidad para comprobar que éramos mayores de edad. Ellen lo aparentaba perfectamente, con sus pendientes de aro, su corte de pelo moderno y la raya del ojo marcada, pero en mi caso daba igual lo mucho que me maquillase, seguía teniendo un rostro aniñado. Para colmo, con pintalabios rojo me sentía como si fuese disfrazada.

El lugar estaba lleno de gente y de humo.

Ellen se hizo un hueco entre la multitud para llegar hasta la barra. Al fondo, en una esquina, un grupo de música tocaba una vieja canción de *rock* de los ochenta. Conseguimos llamar la atención de un camarero pasados más de cinco minutos y pedimos dos cervezas.

Había empezado a tener calor cuando logramos divisar a lo lejos a nuestras amigas. Estaban alrededor de una mesa de madera. Simon, Koen e Isaäk se encontraban con ellas. También se había unido al plan Drika; su cabello rojizo deslumbraba como una llama encendida. Ellen buscó rápidamente una excusa para sentarse a su lado, pidiéndole a Sue que le hiciese un hueco. Yo me quedé de pie con la cerveza en la mano hasta que Simon se levantó y me ofreció su silla antes de ir a por otra más.

—Gracias —le dije después.

—No hay de qué. Cualquier cosa para una amante de las

jirafas. Debes de ser la única del país, seguro que el karma me agradece que sea amable contigo.

Le sonreí y bebí un trago largo.

—¿Cómo es que habéis venido?

—Evelyn invitó a Isaäk.

El sonido de la música estaba alto y teníamos que inclinarnos y acercarnos a la persona que teníamos al lado si queríamos hacernos oír. Las horas pasaron entre anécdotas y un par de rondas más. Sobre el escenario, aquel grupo estaba destrozando *My Girl*. Koen se llevó las manos a los oídos y gruñó por lo bajo.

—Es jodidamente difícil tocar peor.

—Pues aún no os hemos escuchado a vosotros. —Jenna se rio y le lanzó una mirada desafiante. O seductora. Para ella las dos cosas solían ser lo mismo.

—Les damos mil vueltas. ¿Verdad, Simon?

—Verdad. Solo nos falta que Drika acceda a ir a por esa batería. —Simon la miró desde el otro lado de la mesa—. ¿Cuánto tiempo vamos a tener que rogártelo? Podríamos tocar por las tardes. Sería divertido.

—Ya veremos... —respondió ella.

—Venga, Drika —insistió Koen.

—Es que no soy tan buena. Solo sé lo que mi padre me enseñó y hace años que apenas la toco. Sería un desastre, seguro.

—No buscamos a nadie profesional.

—Sí, solo queremos pasar el rato —dijo Isaäk.

Drika se mordió el labio y luego suspiró.

—Está bien, podríamos intentarlo, pero no prometo nada.

Isaäk saltó del asiento con entusiasmo y Simon y Koen se miraron con una sonrisa satisfecha. Yo me sentía como la espectadora de una película. Estaba relajada. Me di cuenta de que era la primera vez que me sentía bien entre un grupo de gente. Todas las personas que estaban allí reunidas eran geniales. Y Simon... Simon me miraba de vez en cuando y, cada vez que lo hacía, se me erizaba la piel. A veces él me decía algún comentario gracioso que me hacía reír y yo intentaba dar con una réplica ingeniosa que estuviese a la altura.

—Imagina que pudieses viajar a cualquier época —le pregunté de repente, sin saber que esa sería la primera vez que jugaríamos a aquel juego nuestro—. ¿Cuál elegirías?

—¿Sabes que eso es lo mismo que preguntarle a un adicto al azúcar qué caramelo prefiere estando dentro de una tienda de golosinas?

—Yo me debato entre ir a ver los dinosaurios o bailar un vals en una reunión social de alguna mansión de Londres en plena Regencia.

—Sin duda me quedo con los dinosaurios.

Llevábamos allí unas cuantas horas cuando me levanté y comenté que iría a pedir la siguiente ronda con la excusa de estirar un poco las piernas.

—Te acompaño —dijo Koen.

Nos abrimos paso con dificultad. Cuando un grupo de chicas se interpuso entre nosotros, Koen atrapó mis dedos entre los suyos con decisión. Me sorprendió lo cálida que era su mano; quizá porque todo él, su mirada, sus movimientos y sus gestos, solían ser fríos y distantes. Era como si entre Koen y el resto del mundo existiese un muro de piedra.

Me soltó al llegar a la barra.

—¿Quieres algo en especial?

—No, ya estoy servida esta noche.

Koen asintió y pidió otra ronda para los demás. Señaló la mesa donde estaba el grupo y el camarero asintió tras coger el billete que le tendió. Cuando le devolvieron el cambio se lo guardó en los bolsillos de los pantalones vaqueros. La chaqueta de cuero que llevaba se ajustaba a sus hombros como una segunda piel. Estaba casi segura de que la chica que teníamos detrás había suspirado en alto al verlo pasar.

—¿Quieres tomar el aire?

—Sí, me vendría bien —dije.

El frío de la noche me despejó de inmediato. Koen se encendió un cigarro y le dio una calada larga mientras yo alzaba la vista hacia el cielo.

—¿Qué es lo que miras, Sophie?

—Intentaba distinguir alguna estrella.

Él me imitó. Levantó la barbilla y entre las volutas de humo contempló el cielo oscuro que se cernía sobre la ciudad. Encontramos un par de estrellas diminutas y parpadeantes entre el manto de nubes que casi siempre nos arropaba.

—¿Desde cuándo sois amigos Simon, Isaäk y tú?

—A Simon lo conocí hace algo más de dos años. Era verano y estaba buscando una habitación antes de empezar la universidad. Vi un anuncio de un tío que aseguraba que era ordenado y buscaba compañero de piso. Lo único que especificaba al final era que le gustaba tocar la guitarra, pero que podría ajustarse a un horario concreto. Pensé que era perfecto, porque hacía unos meses que me había comprado un bajo de segunda mano. Nos hicimos amigos desde el primer día. Fue fácil. Isaäk llegó al año siguiente, cuando decidimos ocupar la habitación que quedaba libre en el apartamento. El anuncio fue parecido: «preferentemente alguien con buen gusto musical y al que no le moleste el ruido».

Le sonreí. Él dio otra calada.

—¿Cómo es él? —pregunté.

—¿Quién? —Koen tomó aire.

Vacilé ante la mirada penetrante de Koen. Luego, cuando la curiosidad venció a la timidez, pronuncié su nombre despacio, como quien abre una pequeña caja llena de polvo y no sabe qué encontrará en su interior, pero sí que será algo valioso.

—Simon.

Koen tiró la colilla al suelo y la pisó con la zapatilla.

—Es la mejor persona que conocerás jamás.

Una hora más tarde, después de demasiadas cervezas, salimos de aquel local llamado Rango. El invierno aún no había llegado, pero soplaba el viento y hacía frío. Koen se subió la cremallera de la chaqueta. Ellen estaba borracha y no paraba de dar vueltas y vueltas mientras intentábamos avanzar. Simon sonreía al verla hacer el tonto.

—¿Siempre es tan entusiasta? —me preguntó.

—Si por entusiasta quieres decir que está loca...

—La locura es el germen de la felicidad —contestó Ellen, que, pese a todo, parecía estar atenta a las conversaciones que se sucedían a su alrededor. Se colgó del brazo de Koen y lo miró—. ¿Te ha dicho alguien que eres un poco antipático?

—Esta es buena —vaticinó Simon con diversión.

—Lo cierto es que no. ¿Tan mal te caigo?

Yo ahogué una risita mientras Ellen dudaba.

—No. Quiero decir, pareces interesante. Pero también el tipo de chico que siempre trae problemas. Fíjate en tu amigo Simon, es todo un partido. ¿No es verdad, Sophie?

Me guiñó un ojo y yo me morí de vergüenza. Simon se echó a reír sin darle importancia. Koen tuvo que arrastrar a Ellen escaleras arriba cuando entramos en el edificio. Tropezaron dos veces con las escaleras, porque no parecía dispuesta a colaborar, y ella comentó en voz alta que el color de la moqueta estaba muy pasado de moda.

—Shh, que vamos a despertar a la señora Ferguson —dije entre risas.

—Ay, Sophie, Sophie... —Ellen sacudió la cabeza y se sujetó a la barandilla para mirarme por encima del hombro con una sonrisa lánguida—. Siempre te preocupas demasiado. ¿Sabéis lo que pensé la primera vez que la vi?

—Sorpréndenos. —Simon sonrió.

—Pensé que Sophie tenía alas.

Y ahora empezaba a delirar, aunque el arranque de nostalgia solía llegar más tarde; en ocasiones, incluso durante la resaca del día siguiente. Reprimiendo un suspiro, busqué las llaves en el bolso. Estaba deseando meterme en la cama cuanto antes. Pero entonces Ellen dijo algo tan bonito que me quedé paralizada y supe que siempre recordaría esas palabras.

—Lo que quiero decir es que las vi. Fue uno de mis pálpitos. Vi las alas de Sophie plegadas en su espalda, como las de las hadas. Y pensé, ¡joder, el día que decida echar a volar nadie podrá parar a esta chica!

10

ÁMSTERDAM, 2017

Es aterrador darte cuenta de que las personas que más quieres son una mezcla de agua, carne y huesos. Tan frágiles que un golpe en el lugar inoportuno puede acabar con todo. Un traspiés en la escalera. Una distracción al volante. Una gripe común. Una noche al irte a dormir. Así de fácil cuando, irónicamente, caminamos por ahí creyéndonos invencibles. Luego llegan las condolencias. «Se ha ido», «está en un lugar mejor», «Simon se ha marchado». Y no dejo de preguntarme adónde. ¿Cómo es posible que todo lo que era haya desaparecido? Su piel, esa que a veces vi cómo se erizaba ante mis ojos. Su sonrisa inmensa. El tono miel de su cabello cuando le daba el sol. Ese lunar que tenía bajo la oreja. O cómo me miraba cuando nuestros cuerpos encajaban, bailando entre el amor y el deseo.

Me gustaría creer en algún Dios. Me gustaría aferrarme a la idea de que Simon sigue vivo en algún lugar. O de que un día, quizá dentro de muchos años, volveremos a vernos. Eso sería esperanzador. Si existiese un cielo, aparecería delante de las puertas doradas y me internaría en ese mundo lleno de nubes. Probablemente estaría asustada. ¿Dónde estoy? ¿Qué está ocurriendo? ¿He muerto? Pero entonces lo vería a él. Simon me sonreiría.

—Te estaba esperando —diría.

—¿Simon? ¿Eres tú? ¡Simon!

Correría a su encuentro. Y nos abrazaríamos tan intensamente que no habría nada que pudiese separarnos. Hundiría la nariz en su cuello, lo miraría, lo besaría.

Sería como volver a casa después de años vagando perdida. Pero la realidad siempre golpea más fuerte.

ABRIL

11

ÁMSTERDAM, 2017

Me arden las manos y las tengo irritadas, pero no me importa, sigo frotando con tanta fuerza que se me quedan los nudillos blancos. Una, dos, tres, cuatro. Vuelvo a empapar el estropajo con lejía. Y una, dos, tres, cuatro, cinco. El timbre de la puerta suena en ese momento y me sobresalto. Respiro hondo y al ponerme en pie de golpe me siento un poco mareada, pero camino hasta la puerta. Se me encoge el estómago en cuanto abro.

Es Koen. Lleva en la mano una bolsa con dulces.

Me duele tanto verlo que tardo unos segundos en apartarme de la puerta para dejarlo pasar. Y me duele porque viene a verme a mí y no a él, o a los dos. Me duele porque cuando Koen aparecía por casa siempre escuchaba de inmediato la risa despreocupada de Simon. Me duele porque está más delgado de lo que recordaba y parece cansado, pero estos últimos dos meses he estado tan metida en mí misma que he sido incapaz de coger el teléfono y llamarlo para ver cómo estaba. La última vez que lo vi fue cuando me desmoroné en mi despacho y me ayudó a volver a casa. He estado evitándolo a propósito desde entonces. Creo que, desde que nos conocimos hace casi una década, nunca había estado tanto tiempo sin verlo.

—Vaya... —Koen mira alrededor—. Qué limpio está todo.

No lo dice como algo positivo. Me conoce bien. Clavo la

vista en su espalda cuando se mueve por el salón y luego comienza a abrir las ventanas.

—Hace frío, Koen.

—¿Prefieres pasar frío o que terminemos los dos en el hospital por culpa de una intoxicación? Demonios, Sophie. Este olor químico no puede ser sano.

Quizá tenga razón. Llevo tantos días limpiando que estoy acostumbrada a cómo huelen todos los productos que tengo en casa. La casa brilla, literalmente; el suelo, los muebles y las puertas. Lo he frotado todo una y otra vez durante esta semana. No sé por qué empecé a hacerlo. Las cosas iban bien. Casi había marcado una especie de rutina. Por las mañanas me levantaba tarde, muy tarde, pero cuando lo hacía no me quedaba horas en la cama, sino que me metía en la ducha y me vestía. Amber aparecía por casa no mucho después y dábamos un paseo que finalizábamos sentándonos en la mesa de alguna cafetería. A veces me pedía que le hiciese fotografías que luego colgaba en sus redes sociales. Un día incluso me convenció para que la acompañase a una tienda de ropa. Luego, cuando caía la tarde, volvía a refugiarme en la cama envuelta entre recuerdos y el olor de su ropa. El último fin de semana incluso mis padres habían venido de visita y habíamos ido a un restaurante del Jordaan sin que surgiera ningún imprevisto, más allá de la discusión que tuve con mi madre sobre la comida cuando volvió a llenarme la nevera de fiambreras.

Pero esa frágil estabilidad se rompió unos días atrás, cuando mi hermana me llamó para decirme que esa mañana tenía algo que hacer y no podría pasarse por casa. De repente me vi incapaz de irme a pasear sola y rodeada de silencio. Tan desordenada por dentro como mi propia casa. Tan llena de caos, miedo y tristeza. Qué ironía que la ausencia de Amber fuese tan arrolladora cuando hasta entonces ni siquiera habíamos tenido una relación estrecha. Cuando apareció por la tarde para verme, yo ya estaba arrodillada en el suelo y frotando y frotando sin descanso. Una, dos, tres, cuatro, cinco. Y vuelta a empezar. Era liberador, un desahogo mucho más efectivo que quedarme llorando de nuevo entre las mantas. Ya no había podido parar de hacerlo desde entonces.

—He traído galletas —dice Koen mientras sigo sus pasos hacia la cocina—. ¿Te importa si preparo café? Vengo directo desde el aeropuerto y no he comido.

—Si tienes hambre mira en el congelador. Está lleno de comida.

—Me conformaré con el café.

No hablamos mientras lo prepara. Me siento a la mesa de la cocina y lo miro de reojo, inquieta. No sé por qué su presencia me afecta tanto, pero lo hace. Koen trae consigo un montón de recuerdos que Amber no lleva a cuestas. Hace que me pregunte por qué nosotros estamos ahora mismo aquí, entre el aroma del café que silba al fuego, y Simon no.

Se sienta frente a mí con una taza llena.

—Has estado evitándome.

—No, no es verdad. No es...

—Sophie.

—Lo siento.

Koen parece frustrado y se frota el mentón. Bebe un trago mientras repiquetea con los dedos sobre la mesa blanca. Él siempre hace eso siguiendo el ritmo de alguna melodía que solo existe en su cabeza. Aparto la vista y trago saliva.

—Si quieres que te sea sincero, no sé cómo vamos a superar esto, pero sí que debemos hacerlo juntos. No te alejes, Sophie.

—Es que cuando te miro...

Se me llenan los ojos de lágrimas.

—Ya lo sé.

Conforme los años fueron pasando, Koen no solo siguió siendo el mejor amigo de Simon, sino también el mío. Sabe cómo pienso. Sabe cómo siento. Puedo huir de él, pero no engañarlo. Me levanto y me sirvo un poco de café tan solo para tener algo en las manos.

—¿Cuándo vuelves al trabajo?

—No lo sé. Les pedí más tiempo.

Él suspira y veo ternura en su mirada. Ternura y compasión y solidaridad. Todo mi cuerpo me grita que lo abrace, pero sé que si lo hago me derrumbaré, así que vuelvo a sentarme en mi silla y me concentro en respirar profundamente.

—¿Y tú? ¿Has terminado la investigación del último encargo?

—Sí. Se acabaron los viajes por el momento.

Koen acabó dedicándose a lo último que nadie hubiese imaginado: escritor de biografías. Ha narrado las memorias de algunos de los empresarios, actrices y políticos más famosos del mundo. Ahora mismo está inmerso en la vida de un famoso cantante de *rock*, así que ha estado meses viajando a Nueva York a menudo para entrevistarse con él y algunos de sus allegados más cercanos. Después, durante meses, ordena toda la información que ha recopilado y encaja el material hasta dar con el producto final. Parece fácil, pero no lo es. Él tiene un don para meterse en la piel de cada una de esas personas y, al mismo tiempo, mantener la objetividad a la hora de relatar los hechos. Por no hablar de su memoria prodigiosa. Nadie puede almacenar tantos datos como él.

—Creo que deberíamos hacer una de tus listas.

—¿Sobre qué? —pregunto indecisa.

—Espera un momento.

Koen se levanta y coge el bloc de notas que cuelga de la nevera. Es una de esas personas que, cuando escriben, inclinan la cabeza hacia un lado, se muerden el labio y parece que están tan concentradas en lo que están haciendo que se olvidan de todo lo demás. Cuando era joven, me divertía verlo así en alguna clase, cuando se dignaba a abrir los libros y apuntar algo, cosa rara en él. Simon en cambio... Simon seguía las reglas, con él sabías que no ibas a equivocarte..., que nunca te fallaría...

Intento apartar los recuerdos. Eso es lo que ocurre cuando Koen está cerca, que despierta chispazos del pasado. Y duele. Me duele demasiado.

—«Cosas que Sophie debería hacer». De eso va la lista. ¿Por dónde empezamos? Ir al supermercado, apenas te queda café. ¿Se te ocurre algo más?

—Suelo dar un paseo por las mañanas con mi hermana.

—Bien. —Lo escribe—. Sigamos.

—No se me ocurre nada más.

—La última vez que quedamos para comer dijiste que querías comprar unas cortinas para el salón. Podrías hacerlo ahora.

—Iba a elegirlas con Simon.

Koen aprieta los labios y suspira.

—Yo puedo acompañarte.

Hago un esfuerzo por no llorar mientras Koen sigue anotando cosas en esa lista. Comenta que debería hablar con mis compañeras de trabajo para ver cómo va todo y tiene razón, llevo tiempo sin responder las llamadas de Meghan. Luego coge su teléfono y marca el número de Ellen, que responde al tercer tono.

—¡Ya era hora de que dieras señales de vida! ¿Cómo va todo? ¿Sigues en Nueva York? Porque iré dentro de unos días para cubrir un especial de la cadena.

—Estoy en casa de Sophie con el altavoz puesto. Estábamos haciendo una lista sobre cosas que debería hacer y he pensado que podrías ayudarnos.

—Es una idea fantástica. Veamos...

—Yo creo que es una tontería —intervengo.

—¿Has oído algo, Koen? Sonaba como una interferencia

—bromea Ellen sin perder su habitual buen humor—. Bien, ¿tienes papel a mano? Porque tengo algunas sugerencias que quizá podáis añadir a esa lista. Allá voy.

Durante los siguientes veinte minutos me veo inmersa en un sinfín de propuestas y ninguna de ellas me parece apetecible. Pero sé que solo quieren lo mejor para mí y que probablemente tengan razón y haya llegado el momento de empezar a hacer algo con mi vida, así que aguanto sentada y aferrada a mi taza de café mientras Koen escribe. Tiene una letra alargada y curvada. Simon siempre se burlaba diciéndole que parecía caligrafía antigua, como las de esas cartas de enamorados que llenan las paredes de los museos. También lo hacía cabrear cuando lo llamaba por su nombre completo, Koenraad. Echo de menos verlos meterse el uno con el otro o haciendo juntos algo, como tocar una canción o ver el fútbol.

—Tengo que colgar ya, pero iré a verte pronto, Sophie. Es probable que el mes que viene tenga cuatro días libres. Te aviso cuando me lo confirmen.

—Genial. —Sueno entusiasmada de un modo forzado.

Koen se queda un rato más hasta que le digo que debería irse a descansar. Aún tiene las maletas en el coche e imagino que no ha pegado ojo durante el viaje.

—Vale. Mañana tengo cosas que hacer, pero vendré a verte el sábado. Quizá podamos cumplir alguna de las cosas de la lista. O dar una vuelta. Lo que sea.

Le digo que sí y espero hasta verlo desaparecer por las escaleras. Después cierro la puerta y miro alrededor. El silencio vuelve a invadirlo todo; es espeso, como una masa con demasiada harina. Tengo en el puño el papel arrugado que Koen me ha dado. Vuelvo a leerlo.

COSAS QUE SOPHIE DEBERÍA HACER

Comprar unas cortinas para el salón.

Pasar un día cerca del mar.

Ir al supermercado (no queda café).

Llamar a Ellen más a menudo.

Hablar con sus compañeras de trabajo.

Leer algo antes de dormir.

Comprarse ropa (Ellen dice que nada negro ni gris).

Ir a por una hamburguesa de Lombardo's.

Organizar las cosas de Simon.

Bailar con los ojos cerrados.

Pensar en el futuro.

Hoy no me siento capaz de hacer ninguna de las cosas de la lista, ni siquiera puedo leer cuando me meto en la cama. Sin embargo, sí descuelgo la llamada al ver que es mi madre. Hablo un rato con ella mientras busco en el cajón crema hidratante para calmar el picor de las manos. Contesto a casi todo con monosílabos, pero parece satisfecha cuando finalmente nos despedimos y cuelgo. Me doy la vuelta en la cama y miro el montón de ropa que hay a mi lado. Se me llenan los ojos de lágrimas. Ahí debería estar Simon, justo ahí, sonriéndome con un libro de poesía entre las manos o bostezando antes de apagar la luz de la lamparita de noche. Cojo una camiseta suya y me la llevo a la nariz. Luego cierro los ojos.

12

LEIDEN, 2008

—Suena muy bien.

—Sí, hay que ajustar algunas cosas, pero lo haces genial.

Drika no parecía segura a pesar de los halagos de los chicos. Aún estaba sentada tras la batería después de tocar una pequeña demostración de lo que sabía hacer. Isaäk estaba tan emocionado que le faltó poco para abrazarla. Simon se colgó la guitarra.

—¿Improvisamos algo juntos?

—De acuerdo —accedió Drika.

Ellen, Sue y yo estábamos sentadas en el sofá del salón. No cabía ni un alfiler en la estancia; todo lo ocupaban cables, instrumentos, amplificadores y aparatos que no tenía ni idea de para qué servirían. A pesar de que lo habían bajado varias veces, el sonido era tan estridente que sufría por la señora Ferguson.

—Si vais en serio, deberíais buscar un local para ensayar —propuse—. De hecho, yo podría hacerlo. Sería divertido.

—¿Sería divertido buscar un local? —Isaäk me miró.

—Ella es así, le parecen una juerga esas cosas que el resto de los mortales odiamos, como hacer el cambio de ropa de armario o limpiar la cocina —explicó Ellen—. Y creo que en esto tiene razón. Nosotras vivimos abajo, ¿recordáis?

—Está bien. —Koen se encogió de hombros.

Siguieron tocando un rato más. Le preguntaron a Drika qué canciones recordaba y dieron con una que todos conocían. No sonaba nada mal. Se sincronizaban bien. Koen cantaba y tocaba el bajo, Simon estaba tan concentrado en su guitarra que no habló en toda la tarde, Isaäk tampoco apartaba las manos de la suya y la batería sonaba con fuerza y contundente, como si su dueña la hubiese echado mucho de menos.

Esa misma noche, me puse manos a la obra. Hice una búsqueda rápida en la red sobre locales en alquiler. Ellen comía cacahuetes a mi espalda mientras iba comentando los detalles de cada uno de ellos. Solo ella podía entender lo mucho que me gustaba planificar algo así. Había tardado casi medio año en dar con nuestro apartamento perfecto después de desechar docenas por diferentes causas: zonas alejadas, precios caros o una decoración que daba tanto miedo que me negaba a dormir ahí.

—Demasiado pequeño, demasiado grande...

—Déjame adivinarlo —dijo Ellen cuando pasé al siguiente—. ¿Demasiado mediano?

—Muy graciosa. Demasiado anticuado.

—Venga ya, Sophie. Servirá cualquiera.

—No. Sabes que me gusta hacer las cosas bien.

Siempre había sido perfeccionista. Y ordenada. Y testaruda. Esos eran los tres grandes letreros que llevaba encima. Seguí mirando algunas opciones más y terminé por apuntar en un papel los pros y contras de los dos finalistas. Sí, en mi cabeza aquello era un concurso de lo más divertido a falta del expectante público y algunos aplausos.

—Voy a ir a hablar con ellos.

—Vale, ¿te importa ir sola? Necesito una ducha.

Era tarde cuando subí las escaleras de dos en dos como una niña con un juguete nuevo. Llamé a la puerta y esperé impaciente. Simon abrió. Tan solo llevaba una toalla alrededor de la cintura y el torso al descubierto. Su cabello era mucho más oscuro al estar mojado y, en realidad, todo él parecía diferente en esos momentos.

—Yo solo... Quería... Toma.

Le aplasté la lista contra el pecho.

Simon la cogió un poco sorprendido.

—¿Qué es esto? —preguntó.

—Los locales de alquiler. Os dije que me encargaría.

—Vaya, sí que eres rápida. ¿Quieres pasar?

—Mmm... Vale —contesté aún vacilante.

Entré en el pequeño salón y me senté en su sofá, que era más grande que el nuestro y de un feo color marrón. Tan solo se escuchaba el goteo de las cañerías.

—Koen e Isaäk han salido a tomar algo. Es raro que digan que no a un plan que incluya cervezas y volver a las tantas. Voy a vestirme, ahora salgo.

Me quedé mirando las líneas de su espalda mientras desaparecía. Luego me dije que debería haberle insistido a Ellen para que me acompañase, así no me sentiría tan incómoda. Aunque en realidad aquello no debería parecérmelo. Solo estaba haciéndoles un favor a mis vecinos. Y, sin embargo, la presencia de Simon me mantenía alerta. Cuando salió de nuevo con unos pantalones de chándal y una camiseta de manga corta, sentí un tirón inexplicable en la tripa. Si Ellen se fiaba de sus «pálpitos», yo me he guiado durante toda mi vida por «los tirones de tripa». Tengo la teoría de que los sentimientos pasan antes por ahí que por la cabeza. Luego, por supuesto, llega el centrifugado; los ordeno y clasifico antes de guardarlos, a veces incluso les saco brillo tras quitarles el polvo, pero a la tripa no he conseguido engañarla todavía. La primera vez que lo sentí fue cuando Simon se sentó a mi lado en ese sofá, me miró con sus ojos de color caramelo y me sonrió solo a mí.

—¿Qué es lo que has encontrado?

Desdobló el papel que le había dado.

—Teniendo en cuenta el factor calidad-precio, son los dos mejores de la ciudad. Este es muy grande, pero también es un poco más caro. El otro quizá se os pueda quedar pequeño, pero la ventaja es que está aquí al lado, apenas a cinco minutos a pie.

—Me gusta el segundo —comentó distraído.

—Yo creo que es la mejor opción.

—Pues no se hable más.

—¿Y cuál es el plan?

—No hay ninguno. Llevamos años tocando solo por diversión, al principio lo hacíamos Koen y yo, llegamos a componer algunas canciones.

—¿En serio?

—Sí, pero ninguna buena, créeme. Luego con Isaäk hemos seguido tocando alguna vez, pero nunca se nos había ocurrido buscar a alguien para la batería.

—Pues ha sido un golpe de suerte.

—Sí. Por cierto, ¿quieres tomar algo?

—No, gracias, acabo de cenar.

Su rodilla rozó la mía. No sé si fue sin querer.

—¿Y qué hay de ti, Sophie?

—¿A qué te refieres?

—Estudias periodismo.

—Sí. Y me encanta.

—Imagina que pudieses decidir ahora mismo a qué dedicarte en el futuro. ¿Qué escogerías? ¿Lo tienes claro o eres de las que dudan?

—Mmm. Creo que reportera. ¿Y tú?

—Director de un museo o algo así.

—¿Bromeas? —Me eché a reír.

—¿Qué te hace tanta gracia?

—Es que no tienes pinta de eso.

—¿Debería comprarme una chaqueta con coderas y dejarme bigote?

—Darías más el pego, probablemente.

Simon tenía una risa contagiosa, de esas que empiezan con un tono ronco, pero terminan cogiendo fuerza como una enredadera que va creciendo.

Oí el chasquido de la cerradura cuando la puerta se abrió y entraron Koen e Isaäk riéndose de algo. Me miraron con curiosidad al verme sentada en su sofá.

—Tenemos visita —dijo Koen.

—Ya me iba. —Me levanté—. Solo he subido para dejaros la lista con los dos mejores locales de la ciudad. He estado revisando esta tarde todos los alquileres.

Koen alzó las cejas. Parecía impresionado.

—Pues gracias. —Isaäk me sonrió.

—No hay de qué.

Simon me acompañó hasta la puerta. Nos quedamos en silencio unos segundos antes de que los dos empezásemos a hablar a la vez.

—Supongo que nos veremos...

—Hasta la próxima...

Nos reímos. Simon cogió aire.

—Este sábado teníamos pensado hacer una barbacoa, ¿os apetecería venir? Será en el parque. Anuncian buen tiempo, espero que no se equivoquen.

—Vale, estaría bien.

—Buenas noches, Sophie.

No me di cuenta de lo nerviosa que estaba hasta que Simon cerró la puerta y yo me alejé bajando las escaleras enmoquetadas. Ellen llevaba una bata azul y estaba cambiando de canal buscando algo interesante en la televisión. Alzó la vista hacia mí.

—¿Cómo ha ido? ¿Se han quedado con alguno?

—Creo que sí, solo estaba Simon, así que tendrán que decidirlo entre todos cuando vean a Drika, imagino. Espero que hayas dejado algo de agua caliente.

—Así que solo estaba Simon...

—No vayas por ahí.

—Te gusta.

—No.

—Te gusta. ¡Admítelo!

Ellen me siguió hasta la cocina.

—Quizá. No lo sé.

—Joder, te estás pillando.

—¡Shhh! Podrían oírte. —Señalé hacia arriba. Esas paredes eran de papel. Ellen puso los ojos en blanco y yo hablé en susurros—: Está bien, me gusta, y ahora cállate.

Ellen alzó el puño y soltó un gritito.

—¡Lo sabía! ¡Sabía que no tenías el corazón de piedra!

13

ÁMSTERDAM, 2017

Me giro en cuanto despierto para encontrarme con su montón de ropa. Estamos a finales de abril y hace tres meses que Simon murió, pero aún no he sido capaz de recoger sus cosas. Ni siquiera he conseguido meterlas en el armario. Sus zapatillas de estar por casa siguen a los pies de la cama, esperando que aparezca y se las calce. Los libros de su mesilla han cogido polvo porque nadie los ha abierto al caer la noche. Cada pequeña cosa me recuerda que Simon no está y no volverá. Es un milagro que logre levantarme y meterme en la ducha.

Me visto, limpio la cocina y abro la puerta cuando mi hermana llama al timbre. No levanta la vista de su teléfono mientras entra en casa. Lleva unos pantalones de cuadros escoceses muy ajustados y una camiseta oscura. Se ha recogido el pelo en una diminuta coleta que se mueve de un lado a otro al compás de sus pasos. Me mira impaciente.

—¿Estás lista? Me muero de hambre.

—Sí, creo que sí.

Como cada mañana desde el día que accedí a salir de casa, bajamos a la calle y damos un paseo corto que concluimos sentándonos en una cafetería. Amber se pide un café y un *croissant* que probablemente inmortalizará en cuanto se lo sirvan. Yo me conformo con una infusión. Es curioso lo mucho que el estado de ánimo afecta al apetito; en mi caso, el estómago se me ha cerrado como si alguien hubiese subido de golpe una cremallera.

—¿Qué planes tienes para esta semana?

—¿Yo? —La miro un poco sorprendida.

—No, la camarera o la chica de la mesa de atrás.

Amber pone los ojos en blanco como si estuviese acabando con su paciencia. A decir verdad, ni siquiera sabía que tuviese una pizca de eso. Los ocho años que nos separan hicieron mella en nuestra relación. Mientras mi hermana crecía y entraba en la adolescencia, yo me convertí en esa extraña que tan solo iba a casa durante las vacaciones de Navidad o en verano. Cuando quise darme cuenta, apenas sabíamos nada la una de la otra. Retomamos el contacto cuando ella se mudó a Ámsterdam, pero fue algo superficial. Nunca había visto a mi hermana tanto como durante estos últimos meses. Ha sido como ese personaje secundario que aparece de repente en mitad de la película y termina haciéndose un hueco hasta ser protagonista.

—Pues nada. Me tomaré la infusión, iré a casa y quizá limpie la despensa.

—¿No la limpiaste la semana pasada?

—Sí. Por eso.

—¿Has llamado al trabajo?

—Hablé con Meghan no hace mucho.

—¿Te has planteado cuándo vas a volver?

—No lo sé. Quizá debería..., ¿debería?

—¿Quieres que sea totalmente sincera?

—¿Acaso me queda otra opción?

—Sí, deberías volver al trabajo. Creo que sería bueno para ti. Ya sabes, dar un paseo en bicicleta, saludar a algún ser humano con el que no compartas el ADN y pensar en cosas que no tengan que ver con Simon.

Lo que dice suena razonable, pero no sé si seré capaz de hacerlo. La idea de entrar por la puerta de la oficina y sonreír

a la gente y asistir a comidas y reuniones y, y, y... Es una montaña de cosas. Y me siento como si de repente no recordara cómo
lo hacía antes. Porque ahora todo se divide así: antes y después
de Simon. Al parecer, antes era muy profesional y en estos momentos ni siquiera me acuerdo de cómo era encender el ordenador y empezar la jornada con un café de máquina mientras
respondía el correo.

—Puede que tengas razón, pero...

—Ya basta de «peros», Sophie. Han pasado tres meses. No
puedes quedarte eternamente en casa sin hacer nada. Además,
te encanta tu trabajo, ¿no?

Sí, me encanta. Me encantaba. Ya no lo sé.

—¿A qué día estamos?

—27 de abril.

—Bien. Pues empezaré en mayo.

Amber lanza un silbido de entusiasmo que levanta las miradas de los demás clientes y hace que me avergüence. Pese a
ello, su entusiasmo es contagioso y termino sonriendo.

—Interactuarás con seres humanos que no son de la familia, ¿te intimida la idea? Intenta no comportarte como un mar-
ciano que acaba de llegar a la Tierra —se burla.

—Muy graciosa. Para tu información, estuve con Koen.

—Koen. ¿Por qué razón es inmune a mis encantos?

Me río al escuchar a mi hermana. Lleva coqueteando con
Koen desde que era una niña, pero sus intentos se volvieron
más insistentes cuando se mudó y de vez en cuando quedábamos para cenar. Él siempre la ha tratado con tiento y, aunque
le hace gracia el descaro de Amber, marcó los límites entre
ellos desde el principio: alguna sonrisa juguetona y un par de
comentarios mordaces que no conducen a nada más.

—Si en realidad no te gusta —contesto.

—Ya, pero me gusta la idea de conquistarlo.

—¿Te das cuenta de que eres así con todos los hombres?

Como las mantis religiosas. Una vez has conseguido a tu presa, estás deseando matarlo e ir a por el siguiente.

—Esa es la gracia, sí. —Amber sonríe.

No nos parecemos en nada. Ni en cómo entendemos las relaciones, ni en aficiones, ni en la forma de vestir o la filosofía de vida. Amber es impulsiva y caótica. Yo soy precavida y organizada. Si existiese una tercera hermana que tuviese la mitad de cada una de nosotras tendría el equilibrio perfecto y sería de lo más eficiente.

—¿Y cómo está Koen?

—Es evidente, ¿no? Mal.

—¿Fuisteis a tomar algo?

—No, vino a casa. Si te sirve de consuelo, llamó a Ellen y entre los tres hicimos una especie de lista titulada «Cosas que Sophie debería hacer».

—Parece interesante —indaga.

—No estoy segura. Esta tarde he quedado con él.

—Bien. —Amber le da un sorbo a su café y luego ladea la cabeza mientras me mira fijamente—. Por cierto, ¿desde cuándo no te depilas las cejas?

—Y así es como se estropea una mañana agradable.

Cuando Koen entra por la puerta del apartamento, mira a su alrededor. Hoy se ha afeitado y tiene mejor aspecto que la última vez que nos vimos.

—Veo que has seguido limpiando...

—Un poco, nada a fondo.

Sus ojos se pierden en la estantería llena de libros de Simon, en el sofá donde he dejado la camiseta de él que he estado abrazando mientras veía la televisión, y en el paquete de chicles de frambuesa que tanto le gustaban y que he sido incapaz de tirar a la basura.

—¿Nos vamos? —pregunta.

—No estaba segura de qué querrías hacer.

—Dar una vuelta estaría bien.

—De acuerdo, deja que me cambie.

Me siento rara cuando bajamos a la calle los dos solos. Antes nunca era así. Simon siempre estaba con nosotros. Quizá rodeándome la cintura con el brazo despreocupadamente. O bromeando con Koen. Puede que proponiendo que al caer la noche fuésemos a cenar a ese sitio donde hacen los mejores burritos de la ciudad y que queda a cinco minutos de casa. Casi puedo verlo. Por un instante, lo imagino caminando entre los dos, riéndose de alguna tontería que su mejor amigo le ha dicho o dirigiéndome una de esas sonrisas luminosas que conseguían borrar mis enfados de un plumazo.

Su ausencia deja un vacío inmenso.

Cruzamos un puente y caminamos en silencio. Da la sensación de que avanzamos sin rumbo. Koen lleva las manos metidas en los bolsillos de su abrigo y me mira de reojo.

—Te veo mejor que el otro día.

—Vaya, gracias. Esta mañana he decidido que la próxima semana volveré al trabajo. Amber cree que debería relacionarme con otros seres humanos.

—Debo deducir que no me considera humano.

—Siempre has tenido pinta de vampiro. —Me río.

Él aparta la mirada, pero sus labios se curvan. Koen nunca sonríe abiertamente. No como Simon. No tiene una de esas sonrisas relajadas que iluminan la habitación, que no esconden nada. Las de Koen suelen ser contenidas y tan poco frecuentes como las auroras boreales. Fue casi un milagro que dos personas tan diferentes lograsen conectar de una manera tan profunda.

Frena de pronto delante de una tienda de ropa del hogar.

—¿Qué hacemos aquí?

—Dijiste que querías unas cortinas.

Suspiro hondo. Me fijo en el escaparate. Hay juegos de sábanas y edredones, almohadones de todos los colores imaginables, algunos objetos decorativos y... cortinas. Son muy pocas las casas de la ciudad que tienen; sin embargo, me gusta la idea de mantenerlas en los laterales de las ventanas y que le den un toque primaveral al salón.

Pero iba a elegirlas con Simon.

Era una de las cosas que pensábamos hacer la semana que murió. Íbamos a comer juntos el martes al salir del trabajo para acercarnos luego al centro dando un paseo tranquilo.

Sigo dentro a Koen. La cruda realidad es que no puedo continuar negándome a hacer cualquier plan en el que fuese a participar Simon, porque él era mi compañero de vida, con el que iba a comprar los sábados o a dar un paseo, con el que salía a restaurantes, conciertos y a montar en bicicleta. No puedo dejar que la tristeza se apodere de todo.

—¿Puedo ayudarles en algo? —pregunta la dependienta.

—Buscamos unas cortinas —dice Koen mirándome.

—Sencillas, con caída, nada de esas cortinas gruesas que no dejan que pase la luz. Y quería que tuviesen un poco de color, algo alegre.

—Claro, síganme.

La mujer, que tiene una mandíbula afilada y los dedos llenos de llamativos anillos, nos acompaña hasta unos percheros altos de los que cuelgan muestras de cada cortina. Descarta las de colores oscuros y me enseña una en color coral y otra ocre.

—Creo que la coral es demasiado, quizá.

—También tenemos en tonos más neutros.

—¿Y esta qué te parece? —pregunta Koen sosteniendo en alto un trozo de tela de color gris con pequeñas florecitas blancas que parecen salpicaduras.

Me hace gracia verlo eligiendo cortinas porque no le pega nada. Termino sonriendo.

—No está mal —contesto—. Déjame verla de cerca.

—Se vende muy bien. Su marido tiene un gusto exquisito.

—Oh, él no es..., no es... —Se me cierra la garganta.

—¿Tiene algo similar? —pregunta Koen, supongo que para cambiar de tema y para obligarme a mantener la atención sobre otra cosa y evitar que me eche a llorar.

—Sí, tenemos dos en la misma línea.

Me paso tanto rato mirándolas que cada vez estoy más indecisa. Me gustan las dos. O las tres. No lo sé. Alzo las telas en alto un par de veces, repaso los bordados con los dedos e intento adivinar cómo quedarán en el salón. ¿Cuál habría sido la preferida de Simon? Probablemente la más neutra y discreta, no era de tonos chillones y llamativos para la decoración, aunque, en cambio, su armario sí que solía ser mucho más alegre. Acabo decidiéndome y esperamos mientras la dependienta las empaqueta.

Koen me acompaña hasta la puerta de casa.

—Ha estado bien —le digo—. Gracias.

—No hay de qué. Te llamo pronto.

Me giro y encajo la llave en la cerradura, que siempre se atasca un par de veces antes de ceder. Antes de entrar escucho de nuevo su voz a mi espalda.

—Oye, ya puedes tachar una cosa de la lista.

Koen se ha alejado unos metros y tiene las manos en los bolsillos. El viento le sacude el pelo cuando me sonríe, una de esas sonrisas pequeñas que rara vez regala.

Le devuelvo la sonrisa y, mientras subo por las escaleras, pienso que hace demasiado tiempo que no me permito hacerlo. Casi no recuerdo la sensación de reírme o de estar relajada. La última vez que me sentí así fue la noche que Simon murió. ¿Cómo iba a imaginar que aquella cena en ese italiano y el paseo hacia casa sería el último que haría a su lado? Los ecos de aquel día llegan en ráfagas dolorosas mientras me siento en el sofá. Él. Yo. Una lasaña deliciosa. Nuestras manos buscándose por encima de la mesa. Sus ojos. Siempre sus ojos dulces, tan cálidos que me sentía en casa con solo mirarlos. La sensación de vértigo cuando salimos del restaurante y empecé a dar vueltas y vueltas mientras los copos de nieve caían incansables. Sus brazos rodeándome. Nosotros jugando a qué me diría si me hubiese conocido esa noche por primera vez. El sonido de su risa mezclándose con la mía. El frío del invierno disipándose cuando llegamos a casa y nos buscamos a tientas para quitarnos la ropa. El amor atrapándonos una vez más. Y luego..., luego... Ya nada. Luego todo acabó. Luego me desperté, alargué la mano y Simon estaba muerto.

Me levanto del sofá cuando el nudo en el estómago se vuelve más tirante. Voy a la cocina y me sirvo un vaso de zumo. Después, miro la lista que hicieron entre Koen y Ellen. Está colgada de un imán que compramos en Grecia. Busco un bolígrafo. Una extraña satisfacción me invade cuando tacho una línea: «Comprar unas cortinas para el salón».

MAYO

14

ÁMSTERDAM, 2017

La oficina me parece distinta, aunque sé que en el fondo nada ha cambiado. Excepto yo, claro. Yo ya no soy la misma chica que entraba aquí cada día con una sonrisa radiante en la cara. Zoe se pone en pie en cuanto me ve llegar y se acerca. Algunos compañeros se giran y me saludan con cortesía antes de seguir a lo suyo.

—Sophie, tienes muy buen aspecto.

Es mentira. He adelgazado y Amber tiene razón, hace una eternidad que no me hago las cejas ni me preocupo por mi aspecto. Pero sé que la intención de Zoe es buena. Siempre ha sido mi chica de *marketing* preferida, tan entusiasta y vivaz que contagia a cualquiera.

—Tú sí que estás genial —le digo.

—Bueno, no me puedo quejar.

Me fijo entonces en el sencillo anillo que brilla en su dedo anular. Es curioso que ese pequeño símbolo trasmita tanto; alegría, esperanza y amor. También el recordatorio constante de que la vida ha seguido sin Simon y que, durante estos tres meses, han ocurrido muchas cosas. El mundo no ha parado de girar. Tan solo lo ha hecho el mío.

—¡Vaya, enhorabuena! ¡Cuánto me alegro!

Nos alejamos hacia la máquina de café. Esa ha sido mi rutina habitual durante años. Llegar a la oficina, hacerme un descafeinado con mucha espuma y encerrarme en el despacho.

—Sí, pensé que jamás me lo pediría.

—Yo confiaba en Richard.

—¿De veras? Ya me había resignado después de seis años juntos sin señales. Y de repente..., ¡pum! El día menos pensado aparece en casa con un anillo.

—¿Cómo fue? —le pregunto.

—Justo así. Llegó a casa del trabajo. Yo estaba en la cocina pelando unas zanahorias. De repente se acerca, me mira intensamente y se arrodilla en el suelo.

—¿Bromeas?

—¡No! ¡Fue genial!

Me río. Me río de verdad y es toda una novedad. Ya con el café en la mano, le digo a Zoe que la veré más tarde y me meto en mi celda. Me quito el abrigo. Lo primero en lo que me fijo es en que alguien ha recogido los papeles que la última vez que estuve allí tiré por el suelo. Ahora el manuscrito de *La ballena Buba* está sobre el escritorio.

Me siento en mi silla y respiro hondo.

Enciendo el ordenador para entrar en el correo. Parpadeo con incredulidad al ver la cantidad de mensajes que tengo acumulados. Releo rápidamente por encima y voy entrando en los que me parecen más importantes. Cuando veo uno que proviene del departamento de maquetación, admiro lo bien que ha quedado *La ballena Buba* con todas las preciosas ilustraciones. En tres días saldrá de imprenta. No sé si debería tomarme como una señal que justo el cuento que me rompió en mil pedazos ahora parezca recibirme. Veo un mensaje de Lieke Dahl, su autora, y lo leo. Me desea que esté mejor y me da las gracias por haberla acompañado hasta la fecha en este viaje literario. Decido contestarle y le digo que estoy de vuelta y que no se librará de mí tan fácilmente. Casi parezco despreocupada. Casi.

Todavía no me he puesto al día con el correo cuando me suena el móvil.

—¿Qué tal ha ido el primer día? ¿Todo bien? —Ellen suena animada—. Lo sé, parezco una madre preocupada al ver que su hija empieza a ir al jardín de infancia.

Me río y recuesto la espalda en la silla.

—Todo bien, tranquila.

—Genial. Por cierto, al final me han dado esos cuatro días libres, del 13 al 16 soy toda tuya. Sí, ha sonado un poco erótico, pero tú me entiendes.

—Vale. Prepararé la habitación de invitados.

—Será como en los viejos tiempos.

Sonrío con nostalgia antes de colgar. Respondo un par de correos más mientras las últimas palabras de Ellen flotan a mi alrededor. Los viejos tiempos... Qué lejos parecen ahora aquellos años despreocupados y llenos de planes. Las tardes en esa vieja casa que hicimos nuestra, las conversaciones con la señora Ferguson, las noches entre música y cerveza. Simon. Simon siendo joven y guapo y lleno de vida.

Llaman a la puerta y Meghan abre después.

—¡Buenos días! Siento no haber podido pasarme antes, pero tenía una reunión a primera hora con Thomas Weig. Odio a ese tipo, en serio. Es insufrible.

Tiene razón, lo es. Antes daba gracias cada día porque no fuese uno de mis autores. Meghan y yo trabajamos juntas. Más o menos. Las dos somos editoras de la misma línea infantil, pero cada una se encarga de proyectos distintos. Sin embargo, somos un equipo. Nos tendemos la mano cada vez que lo necesitamos. Meghan es considerada, trabajadora y muy agradable. Con el paso del tiempo se convirtió en una amiga. No como Ellen. No fue algo arrollador e intenso. Pero sí terminó siendo para mí una de esas personas que, si mañana se esfumasen, echaría en falta porque dejaría un hueco pequeño en mi vida. Me gusta hablar con ella, siempre es sensata y muy analítica. También tiene una paciencia infinita, aunque eso quizá sea fruto de años de prácticas con los mellizos, esos a los que a modo de broma aún sigue llamando «demonio uno» y «demonio dos».

—No te preocupes, estaba respondiendo el correo.

—Es probable que te hagas vieja haciéndolo.

—Lo sé. ¿Tú crees que es estrictamente necesario que un autor le escriba a su editora para informarla de que van a sacarle las muelas del juicio?

Meghan se echa a reír y se sienta en la silla que hay delante de la mía, al otro lado del escritorio. Lleva una blusa rosa con un lazo en el cuello y pantalones negros de vestir. No sé cómo lo consigue, pero siempre tiene un aspecto elegante y sofisticado.

—Cosas peores he visto. ¿Necesitas ayuda con algo?

—Ponme un poco al día en general.

Me hace un resumen de todo lo que ha pasado en estos últimos meses. Ventas, reuniones con comerciales, proyectos atrasados y dos nuevas contrataciones.

—Hay una cosa más —dice—. Se ha abierto la convocatoria de un concurso infantil que al jefe le pareció interesante. Ha dejado que nosotras elijamos qué proyecto presentar.

—¿En qué consiste?

—Hay que visitar varias ludotecas a partir de septiembre y contarles el cuento a los más pequeños. Se presentan otras cuatro editoriales más. Los jueces elegirán al ganador final en la última ronda, pero tendrán muy en cuenta la respuesta de los niños, así que la clave es conquistarlos a ellos. Y luego está el premio, claro. El cuento ganador se distribuirá a nivel nacional en centros educativos. ¿Qué te parece?

—Una oportunidad increíble.

—Lo sé. ¿Y cuál elegimos?

—¿Has pensado algo?

Meghan suaviza el tono de voz.

—¿Te gustaría hacerlo a ti?

No lo sé. Es una responsabilidad y en estos momentos lo último que quiero es tener más preocupaciones de las habituales, pero, por otra parte, es algo que me mantendría ocupada. Y, además, parece divertido e interesante.

—Creo que sí.

—Bien. —Meghan sonríe—. Yo estuve pensando en *La ballena Buba*.

—Sería una campaña increíble para el lanzamiento.

—Sí. Y es un cuento original y muy tierno. Además, es importante que los niños comprendan que los animales necesitan ser libres. Sería una propuesta sólida.

De repente, una mezcla de emoción y energía se apodera de mí. Es como un chute de adrenalina. Casi puedo ver ya a *La ballena Buba* conquistando el corazón de cientos de niños.

—¡Vamos a ganar! Lo sé. Puedo sentirlo.

Cuando llego a casa estoy cansada.

Decido llenarme la bañera y meterme dentro. Cierro los ojos. Tan solo se escucha el murmullo de la calle y las gotas que aún caen del grifo. Sumerjo la cabeza bajo el agua y pienso que podría quedarme aquí para siempre, entre la espuma.

Suena el teléfono. Alargo el brazo para cogerlo.

—¿Diga?

—Soy yo, ¿por qué no abres la puerta?

—Estoy en la bañera, Amber.

—Oh, bien. Entraré con mi llave.

—Pero...

No puedo decir nada más, porque ha colgado. Sus pasos se escuchan por el pasillo antes de que abra la puerta del baño sin llamar antes. Me tapo los pechos con las manos por acto reflejo, aunque la abundante espuma lo cubre todo.

—¿Qué estás haciendo?

—¿No es evidente? Darme un baño relajante. Aunque ahora ese adjetivo ya no tenga ningún sentido. ¿Y te importaría llamar antes de entrar? Esto resulta... incómodo.

—¿Te avergüenza que te vea desnuda? Yo también tengo tetas.

—¡Amber! —protesto.

—¿Qué pasa? No voy a escandalizarme al ver un pezón.

Pongo los ojos en blanco y mi hermana se sienta en la pequeña banqueta de madera donde suelo colocar las toallas limpias para tenerlas a mano. Esta es una de nuestras muchas diferencias. Yo siempre he sido más vergonzosa que Amber. Ella, en cambio, no tendría ningún problema con desnudarse en medio de la plaza Leidseplein.

—¿Qué es lo que quieres?

—Quería saber cómo te había ido el día.

Consigue enternecerme un poco y apaciguar mi mal humor.

—Bien, gracias. ¿Te importa si te lo cuento en la cocina cuando salga y ahora me dejas algo de intimidad? Quiero terminar de enjabonarme y salir.

Amber sonríe y se encoge de hombros con indiferencia antes de salir. Vuelvo a sumergir la cabeza en el agua con el deseo de alargar el momento interrumpido. Cuando salgo del baño un rato más tarde, ella ya ha exprimido algunas naranjas que ha encontrado en la nevera. Nos tomamos el zumo en el salón y le cuento qué tal me ha ido el día. Su teléfono no deja de pitar cada vez que recibe una notificación.

Al caer la noche, después de hablar otra vez con Ellen y con mi madre (casi toda la conversación fue en torno a que la comida alegra el alma), me acurruco en el sofá con una taza de té caliente. No me apetece encender la televisión ni tampoco leer.

Me fijo en el papel doblado que hay sobre la mesa y lo cojo.

Es la lista de «Cosas que Sophie debería hacer».

Sonrío y decido tachar algunas líneas.

COSAS QUE SOPHIE DEBERÍA HACER

~~Comprar unas cortinas para el salón.~~

Pasar un día cerca del mar.

~~Ir al supermercado (comprar café).~~

~~Llamar a Ellen más a menudo.~~

~~Hablar con sus compañeras de trabajo.~~

Leer algo antes de dormir.

Comprarse ropa (Ellen dice que nada negro ni gris).

Ir a por una hamburguesa de Lombardo's.

Organizar las cosas de Simon.

Bailar con los ojos cerrados.

Pensar en el futuro.

La releo un par de veces y entonces siento el impulso de añadir algunos puntos más a esa lista. Me inclino sobre la mesa para poder escribir bien.

Ganar el concurso de cuentos infantiles.

Cocinar (seguir una receta paso a paso).

Comprarle a Zoe algo bonito por su compromiso.

Vuelvo a doblar el papel con cierta satisfacción. Sí, se me encoge el estómago cada vez que pienso en Simon. Y sí, lo echo tanto de menos que todavía no sé cómo voy a ser capaz de seguir adelante sin él. Pero entonces caigo en la cuenta de que ya lo estoy haciendo. Nuevos planes. Nuevas metas. Quizá a trompicones, pero la vida continúa.

15

LEIDEN, 2008

Era sorprendente lo mucho que la voz de Koen se parecía a la de Kurt Cobain. La primera vez que los escuché tocar *About a Girl* en el local que habían alquilado, tuve la sensación de viajar atrás en el tiempo y estar en un concierto de Nirvana. Eso teniendo en cuenta que no sabía nada sobre música, claro. Pero sonaban bien. Muy bien.

Aplaudí cuando terminaron la canción.

—¿Y no tenéis nada propio? —preguntó Ellen—. No me malinterpretéis, me encantan las versiones, pero me pica la curiosidad.

—Algo hay —dijo Isaäk.

—Sí, pero no lo hemos ensayado.

Simon dejó la guitarra apoyada en la pared y los demás lo imitaron. Ya eran las once pasadas de un sábado templado. Habíamos quedado para hacer una barbacoa en uno de los parques de la ciudad, pero antes habían querido enseñarnos el local.

Fuimos dando un paseo hasta el parque. Estaba lleno de estudiantes tumbados en el césped, comiendo o leyendo. El ambiente era relajado y me recordó al verano en el pequeño pueblo donde me había criado. A lo lejos, una chica que estaba de pie con sus amigos alrededor leía poesía. Lo hacía con un tono profundo e intenso.

—Cees Nooteboom —susurró Simon a mi lado.

—¿Te gusta? —le pregunté.

—¿Cuál es la respuesta adecuada? —Sonrió, y le tendió a Koen las bolsas con la carne y las verduras antes de quedarse rezagado a mi lado—. ¿Si digo que no sonaré a tipo duro, pero si digo que sí me gusta la poesía pareceré demasiado moñas?

—Ni una cosa ni la otra.

—En ese caso, sí. Tengo la costumbre de leer algo antes de irme a dormir. Más que costumbre, es casi una necesidad. Me cuesta conciliar el sueño si no lo hago.

—Yo también leo siempre cuando me meto en la cama.

Fue un detalle tonto que probablemente compartiría con once millones de personas más, pero estaba atravesando esa fase del enamoramiento en la que cualquier cosa me parecía una señal, algo significativo y profundo. Podría haber dicho «me gustan las cerezas» y yo hubiese saltado como un resorte con la boca abierta contestando «¡a mí también!». Así es el amor, supongo. O el calentamiento del amor. Ese paso previo en el que todos los colores brillan más, cada roce es un estremecimiento y una mirada o un silencio puede significar el infinito. Lástima que sea una etapa tan efímera, pero creo que es por pura supervivencia: no lograríamos vivir mucho así de atontados, soñando despiertos. Y tendemos a olvidar la intensidad de esas sensaciones cuando el tiempo pasa y nos hacemos mayores. La vida es cíclica. Y, probablemente, aquel día hubo algún anciano sentado en un banco que nos miraba mientras pensaba «qué jóvenes tan inocentes», algo que nosotros terminaríamos haciendo tiempo después, cuando saliésemos a cenar por ahí y comentásemos en susurros: «¿Ves a esa pareja que no deja de tocarse? Sí, la de la derecha. Apuesto a que no llevan juntos más de tres meses». Y nos resultaba tierno, una escena teñida de un amarillo nostálgico.

—En realidad, lo que más me gusta leer son clásicos de

aventuras. Julio Verne es mi favorito. Cuando era joven cayó en mis manos uno de sus libros y me hice adicto.

—Sophie, ¿quieres tomates asados? —gritó Ellen.

—Sí, gracias —contesté sin apartar los ojos de él.

Fuimos junto a los demás. No tardaron en aparecer Evelyn, Jenna y Sue. Asamos carne y verduras, y después comimos sentados en el césped. No dejaban de hablar de música, de las canciones que podrían versionar y de las que también podrían crear. Drika estaba emocionada, con Ellen sentada muy cerca de ella. En un momento dado, la cogió de la mano distraídamente y se puso a mirar todas las pulseras que mi amiga solía llevar en la muñeca.

—¿No deberíais elegir un nombre? —propuso Jenna.

—¿Un nombre de qué? —Koen la miró con interés.

—Para el grupo. ¿Qué va a ser si no?

—Solo queremos divertirnos —dijo Simon.

—Yo creo que tiene razón —opinó Isaäk.

—De acuerdo, a ver, ¿qué se os ocurre?

—Estoy en blanco. —Drika sonrió.

—Los Idiotas —dijo Ellen entre risas.

—Pues tiene gancho —bromeó Simon.

—Pensad en algo que os guste mucho —intervino Evelyn.

—Las patatas —soltó Isaäk.

—Los Dinosaurios. —Simon me miró divertido.

—Me gusta. —Koen bebió un trago de la botella de cerveza que tenía en la mano mientras clavaba los ojos en su mejor amigo—. Los Dinosaurios. Me parece bien.

—¿Estáis bromeando? —Sue se echó a reír.

—¿Por qué no? Tampoco es tan importante.

Y así fue como el grupo de Koen, Simon, Isaäk y Drika fue bautizado como Los Dinosaurios. En algún momento de la comida, alguien comentó que quizá algún día podrían tocar en Rango. Me dejé caer hacia atrás con el estómago lleno. El cielo era de un gris azulado y las copas de los árboles se agitaban movidas por el viento. Un puñado de pájaros echaron a volar hacia el este. Sentí la presencia de Simon a mi lado cuando él también se tumbó en el césped. Nuestras cabezas estaban muy juntas y podía ver su estómago subiendo y bajando al compás de su respiración. Por un instante deseé alargar la mano y coger la suya, pero no me atreví. Giré el rostro y lo miré. Sus ojos marrones tenían motas más verdosas.

—Tengo que decirte algo importante. —Simon estaba serio.

El estómago me dio un vuelco. Casi pude escuchar en mi cabeza lo único que de repente deseaba oír. «Me gustas, Sophie», o menos directo: «¿Te apetecería que saliésemos juntos algún día a tomar algo? Tú y yo solos».

—¿De qué se trata? —pregunté expectante.

—He estado investigando a fondo sobre las jirafas. ¿Sabías que duermen de pie una media entre diez minutos o dos horas al día? ¿O que su corazón pesa hasta once kilos?

A pesar de la decepción, me eché a reír.

—¿A eso has dedicado tu tiempo libre?

—Peor aún, las horas de estudio. En la biblioteca hay un libro titulado *El fascinante mundo de las jirafas*. He pensado que la única amante de esos animales del país debía saberlo.

Nos sonreímos. Y fue un instante sencillo pero bonito, los dos mirándonos entre las briznas de hierba mientras las voces de los demás se entremezclaban alrededor. Me fijé en pequeños detalles que no había visto hasta entonces, como el lunar que tenía cerca de la oreja, el remolino en su ceja derecha, o una pequeña cicatriz blanquecina.

—¿Cómo te la hiciste?

—¿El qué?

—Tienes una cicatriz en el labio.

Simon se llevó los dedos allí en un acto reflejo. Luego me

miró intensamente, tomando consciencia de que estaba contemplando su boca.

—Me caí de la bici cuando tenía seis años.

—¿Quién quiere postre? Sophie, Simon, por si no os habéis dado cuenta, estamos aquí —canturreó Jenna riéndose—. Hemos comprado tabletas de chocolate.

Nos incorporamos los dos a la vez. Me metí una onza en la boca mientras me quitaba pequeñas ramitas y hierbas del pelo. Simon me ayudó. Lo hizo con delicadeza, como si temiese darme algún estirón. Luego, casi sin darnos cuenta, la tarde se deshizo entre anécdotas, bromas y una partida con la baraja de cartas que había traído Isaäk.

Volví a casa sola porque Ellen le había pedido a Drika que le dejase un vestido y se fue con ella. Me di una ducha, me tiré en el sofá y me puse una serie de televisión. No podía dejar de pensar en Simon. En su increíble sonrisa. En la hierba alrededor de su cabeza. En la cicatriz que tenía en el labio superior. No sé en qué momento me quedé dormida. Cuando desperté lo hice por culpa de un golpe. Me levanté sobresaltada.

—¡Shhh, soy yo! —susurró Ellen.

—¿Qué ha pasado? —Me froté los ojos.

—Nada, me he caído al entrar.

Ellen dejó las llaves en la mesa y yo volví a sentarme en el sofá. Miré el reloj del móvil. Era la una de la madrugada. Mi amiga encendió la luz de una lámpara ambiental.

—¿Se puede saber dónde has estado?

—Con Drika.

—¿Tanto cuesta coger un vestido?

—No, eso lo hice durante la primera media hora. Después nos fuimos a tomar una cerveza. Y esa cerveza se convirtió en tres más. Y luego..., luego nos enrollamos.

—¿Qué? —Estaba aún adormilada.

—¡Nos hemos liado! Y ha sido... ¡increíble!

¿Cómo lo hacía? La miré entre alucinada e impresionada. Yo lo máximo que había conseguido era que Simon se interesase por las jirafas. Ellen era como una flecha que siempre avanzaba en la dirección adecuada. Cuando se proponía algo, iba hacia ello sin dudar. Admiraba eso de ella. Me despejé de inmediato.

—¿Y cómo ha sido?

—Maravilloso. En serio. Ya sé que siempre soy muy intensa, pero esta vez es especial. Siento una conexión inexplicable con ella. Hazme caso. Es...

—... un pálpito. —Terminé la frase.

—Sí, eso. Lo siento aquí. —Ellen se llevó la mano al pecho y me sonrió. Parecía tan pletórica y llena de ilusión que por un instante sentí envidia.

—Me alegro mucho por ti. Drika me gusta.

Nos fuimos a la cama tras darnos las buenas noches. Me tumbé boca arriba y miré el techo. Me pregunté si Simon ocuparía la habitación de arriba. Quizá estaría leyendo un libro. O soñando. Apenas unos metros de distancia que me parecían inalcanzables.

16

ÁMSTERDAM, 2017

Distingo a Ellen a lo lejos en cuanto entro en la Estación Central. Lleva un abrigo gris que le queda como un guante y unas gafas de sol grandes, a pesar de que el día es nublado. Nos abrazamos como si llevásemos años sin vernos y, en parte, me doy cuenta de que lo siento así, a pesar de que últimamente hablamos por teléfono más que nunca. Supongo que sentir cerca o lejos a las personas a veces no tiene nada que ver con la distancia.

—Tienes mucho mejor aspecto, Sophie.

—Gracias. —Le sonrío con sinceridad.

Comemos en Waterkant y nos sentamos en la terraza que da al canal. Pedimos albóndigas, alitas y unos nachos. Ellen come como si llevase semanas sin probar bocado, como siempre; es una de las razones por las que le cae tan bien a mi madre.

—Qué descanso. Cuatro días solo para nosotras.

—Sí, aunque tengo que trabajar —puntualizo.

—Pero tenemos todo el fin de semana libre, lo que me recuerda que no hemos hecho ningún plan. ¿Por qué no vamos a ver alguna obra de teatro? Antes te encantaban. Sobre todo, los musicales. O al cine. O a ver una exposición de arte.

—¿Y si nos quedamos en casa viendo una película?

—Claro. Y luego hacemos ganchillo.

Me echo a reír y a duras penas consigo tragar el sorbo que

acababa de darle a mi refresco. Sopla una brisa agradable, las albóndigas con mostaza están deliciosas y mi mejor amiga no deja de hablar y de contarme sus últimas aventuras. Un reportaje en Bali donde un mono le robó las llaves de la moto que había alquilado. Una semana de locura en Moscú. O un nuevo ligue en California con el que aún se mensajea de vez en cuando.

—Tienes una vida apasionante —le digo.

—No está mal, la verdad, no me quejo.

—Entonces, el chico de ahora se llama Sean.

—Si por «ahora» te refieres a hace dos semanas, sí.

—Has dicho que todavía os escribíais.

—Ya, pero dudo que nos volvamos a ver, seamos realistas. Aunque fue... tremendo. En serio, le dije: «Mira, no puedo soportar más orgasmos, vamos a dejarlo por hoy».

—¡Ellen!

—¿Qué? Es la verdad. Fue un placer excesivo.

Las dos estallamos en carcajadas y, de repente, me siento bien. O todo lo bien que podría sentirme desde que Simon murió. Tengo a mi mejor amiga a mi lado, hace un buen día y estoy viva. A veces me lo recuerdo para ser plenamente consciente de ello.

Durante los siguientes días, vamos de compras, pero no encuentro nada que me guste. Ellen, en cambio, sale con tres o cuatro bolsas en las manos. También vamos a cenar a un restaurante de *sushi* de la ciudad que a ella le encanta y quedamos con Amber para tomar un café. De repente, mientras hablan entre ellas, caigo en la cuenta de que nunca me había parado a pensar en lo mucho que Ellen y mi hermana se parecen.

—El próximo año se llevarán los botines —le dice Amber—.

Confía en mí. Es mi trabajo: anticiparme a las cosas que van a estar de moda.

—No sé si reír o llorar —comento.

—¿Y las boinas? Las echo de menos.

Ellen me ignora y disfruta de la conversación. Yo me caliento las manos con mi infusión y aprovecho esos instantes de paz. La cafetería está llena. Me pregunto cómo serán las vidas de las personas que nos rodean. ¿Será feliz la chica que se come un pastelito en la mesa de al lado? ¿Y su madre, que tiene cara de que algo le preocupa? ¿La pareja del fondo romperá pronto o estarán juntos toda la vida? Parecen felices, al menos desde lejos.

—Sophie, vuelve a la Tierra —me dice Ellen—. Me estaba contando tu hermana que este verano tiene que viajar a Mallorca para promocionar una marca de protector solar.

—¿Qué? —Estoy confusa.

—Eso, que me han invitado a mí y a otras *influencers* a un hotel, con todos los gastos pagados. Y como aceptan que cada una llevemos a un acompañante he decidido elegirte a ti.

—Pero, Amber...

—No hace falta que me des las gracias.

—¿Un viaje? Aún quedan meses y no sé...

—Sophie, es genial —me interrumpe Ellen.

Puede que sí, quizá me venga bien salir de la ciudad, aunque preveo que pasar unos días con mi hermana y sus amigas famosas puede ser una experiencia intensa.

Esa noche, Amber viene a casa a cenar y cogemos unas *pizzas* por el camino. Con la televisión de fondo, las devoramos en el salón. Hacía tiempo que no tenía tanto apetito. Cuando terminamos, recogemos los restos y Ellen y yo nos acomodamos en el sofá. Mi hermana se acerca a la estantería y acaricia con los dedos los lomos de los libros.

—Son de Simon, ¿no? —pregunta distraída.

—Sí. —Es una colección de novelas de aventuras.

—¿Sigues teniendo su montón de ropa en la cama?

—¿Qué montón de ropa? —pregunta Ellen.

Me muerdo el labio inferior con cierto aire culpable.

—No. Más o menos —digo.

—¿Eso qué quiere decir?

—Pues que he guardado su ropa en el armario...

—Es todo un avance —me anima Ellen.

—... Pero la saco antes de irme a dormir.

Y la única razón por la que la había guardado era porque me daba vergüenza que Ellen me viese rodeada por su ropa si entraba en la habitación. Antes de que viniese, la mantenía en el otro lado de la cama. Cada día la doblaba concienzudamente y cada noche me abrazaba al montón e intentaba percibir el olor característico de Simon.

—¿Y no crees que quizá ha llegado el momento de pensar en desprenderte de sus cosas? No digo de todas —se apresura a matizar Amber—. Pero sí podrías organizarlas.

—¿Organizarlas?

—Ya sabes: cosas que te quedas, cosas que no.

—No hay nada que no quiera quedarme.

—Sophie. —Ellen apoya su mano en mi hombro—. No puedes convertir tu casa en un museo. Quizá no estés preparada para un cambio tan brusco, pero creo que lo que tu hermana dice es que puedes pensar en donar algunas cosas.

—Ya. —Inspiro hondo.

—Por ejemplo, parte de su ropa.

—Sí. ¿Sabes una cosa? Ya que estoy aquí estos días, puedo echarte una mano. Quizá consigamos llenar juntas un par de cajas. Las llevaremos a la beneficencia.

—Es posible...

Lo dejo en el aire porque no quiero pensarlo más. Amber reparte las barritas de chocolate que hemos comprado y mordisqueo la mía en silencio. El chocolate es bueno para el alma, pienso. Ellen y mi hermana se entretienen cotilleando y enseñándome algunos perfiles de Instagram de otras chicas que no tengo ni idea de quiénes son. Es tarde cuando por fin me levanto y anuncio que quiero irme a dormir.

—¿Te importa si me quedo en el sofá? —pregunta Amber.

—Claro que no. Buenas noches, chicas.

—Buenas noches, Sophie.

Sigo escuchando sus voces hasta que cierro la puerta de mi habitación. La cama está despejada, tal como la dejé esta mañana antes de irme a trabajar. Me lavo los dientes y luego abro el armario. Las camisetas de Simon están apiladas en la balda de abajo, junto a los abrigos y las chaquetas. Me tumbo y me abrazo a ellas. Todavía huelen a él, aunque el aroma es cada vez menos intenso, como una de esas fotografías borrosas en las que cuesta distinguir algo nítido entre las sombras. Temo el día en el que deje de percibirlo.

El sábado sale el sol, todo un acontecimiento en la ciudad. Tengo ganas de que llegue el verano, incluso aunque vaya a ser un verano sin Simon y sin ninguna de nuestras escapadas habituales. Salgo de la cama y guardo la ropa en el armario. Las dos siguen durmiendo, así que preparo café intentando no hacer ruido. Me lo tomo con la vista fija en la ventana de la cocina. El mundo sigue su curso. El mundo sigue girando. Y entonces pienso que quizá tengan razón. No puedo quedarme todas las cosas de Simon para siempre. Ha llegado el momento de tomar una decisión.

Hemos quedado para comer con Koen, pero le mensajeo y le pregunto si puede venir un poco antes. Les explico el plan a ellas en cuanto se despiertan y a las dos les parece bien, aunque Amber se va poco después de tomarse un café rápido porque ha quedado con unas amigas para hacer una sesión de fotos o algo por el estilo.

Koen no tarda en llegar. Lo hace con el pelo revuelto, como si hubiese salido de la cama sin peinar, y la barba de dos días. Saluda a Ellen con un abrazo largo.

—Chicos, la idea es empezar por el armario. Creo que la ropa quizá sea lo más innecesario y, bueno, podría donarla. Al menos, una parte. —Aún tengo mis dudas.

—Me parece bien —dice Koen.

Preparamos otra ronda de cafés y nos dirigimos a mi dormitorio. Abro las ventanas y el aire frío de la mañana penetra en la estancia. Koen se sube a la escalera para sacar algunas cajas vacías que hay sobre el armario y, luego, abrimos la parte que Simon ocupaba. Su ropa está perfectamente doblada y colgada. Ellen da un paso al frente cuando ve que me quedo parada y saca algunos pantalones. Asiento con la cabeza y los mete en una de las cajas. Continuamos guardando los zapatos, un par de corbatas, bufandas y jerséis de invierno. Una de las cosas que más me gustaba de Simon era que solía vestir con prendas de colores.

—Me encantaba cómo vestía —susurro.

—Y a mí. —Ellen tiene la voz un poco rota.

—¿Quieres quedarte algo? —Miro a Koen—. Imagino que no. —Tampoco se parecían en la forma de vestir. Simon era vivaz y más atrevido. Koen casi siempre lleva prendas de colores oscuros; negro, gris, granate o algún azul marino.

—Mejor no —contesta mientras coge aire.

Guardamos un puñado de camisetas más y, entonces, entre uno de los montones del fondo donde estaban las más viejas, aparece una que es especial. Los tres nos reímos al verla, aunque termino haciéndolo entre lágrimas. Me invade una mezcla de tristeza y felicidad cuando Koen extiende la camiseta dejando ver a un diplodocus con la boca entreabierta. Terminó siendo una costumbre que el grupo tocase llevando camisetas de dinosaurios. Fue idea mía y a los estudiantes que los seguían y al público les encantaba.

—Esta no puedo tirarla —digo.

—Claro que no. —Ellen asiente.

—Pero quiero que te la quedes tú, Koen. Es lo justo —añado cuando él niega con la cabeza—. El grupo era algo muy vuestro, sé que la cuidarás. Y también la guitarra de Simon.

—No sé qué decir —susurra mirándome.

—No digas nada. No hace falta.

Asiente y parece perderse en sus pensamientos mientras busco cinta de embalar para cerrar la segunda caja llena de ropa. Sacamos más cosas. Al final, decido quedarme con un suéter navideño que le hizo mi madre a juego con el mío, un pijama de jirafas que le regalé y que aún huele a él, y la camisa que llevaba puesta en nuestra boda.

Apilamos las cajas en el recibidor.

—¿Adónde las llevamos?

—Pensé que habríais mirado algo —dice Koen rascándose el mentón—. No te preocupes. Yo me hago cargo. Comamos ahora y luego me paso con el coche para recogerlas.

Sobrevivo al resto del día, que es tranquilo.

Comemos tallarines en un restaurante que está cerca. Ellen bromea con Koen sin parar, como de costumbre. Siempre han tenido esa relación que parece casi de hermanos, como si disfrutasen metiéndose el uno con el otro. Cojo un poco de pan y lo mordisqueo distraída mientras ellos se ríen de algo. Y de repente un recuerdo fugaz, pequeño y tonto me viene a la cabeza. Pienso en ignorarlo, como cada vez que algo relacionado con Simon se apodera de mi mente, pero en esta ocasión no lo hago. Me apetece compartirlo con ellos.

—¿Recordáis el día que estábamos comiendo en ese italiano y de repente Simon le dio un bocado a la *pizza* y se partió el diente?

Ellen y Koen me miran sorprendidos. Creo que es la primera vez que hablo de él con ellos sin que suene triste o yo esté hecha un mar de lágrimas. Al revés: sonrío.

—Fui mala, pero no podía dejar de reírme —dice Ellen.

—Joder, le faltaba un trozo así de grande. —Koen sonríe.

—¡Y luego no podía silbar! —Estallamos en carcajadas.

—Drika decía que se parecía a ese personaje de *Los Simpson*... —comenta Koen distraído, sin ser consciente de que Ellen ha dejado de reír—. Ahora no recuerdo el nombre.

Mi amiga se mete un puñado de tallarines en la boca y un minuto después vuelve a ser la de siempre. Despreocupada y alegre, como si nunca hubiese tenido la felicidad en la palma de su mano y la hubiese dejado escapar de la manera más estúpida.

JUNIO

17

ÁMSTERDAM, 2017

Cuando termino de tachar algunas notas de la agenda, caigo en la cuenta de que ya han pasado más de cuatro meses desde la última vez que vi la sonrisa de Simon. Mayo se ha esfumado entre la vuelta al trabajo, un fin de semana con mis padres en casa y la visita de Ellen, que fue como un chute de energía que no sabía que necesitaba.

También he preparado un *dossier* con todo lo relacionado con el concurso, que dará comienzo en septiembre y terminará antes de Navidad. Tal como acordé con Meghan, vamos a presentarnos con *La ballena Buba*. La autora, Lieke Dahl, casi no se lo podía creer cuando la llamé para comunicarle la noticia. Y yo estoy entusiasmada y con ganas de sacar adelante este proyecto. Es como un reto, una pequeña y agradable motivación.

Me queda poco para salir cuando llama Koen.

—Buenos días, ¿qué estás haciendo?

—Trabajar. Algunas personas tenemos un horario de oficina —bromeo mientras me acomodo el teléfono entre el hombro y la mejilla para dejar las manos libres.

—¿En serio? Qué sorpresa. Llamaba para proponerte un plan. Esta noche, musical de *Dirty Dancing* en el teatro. Tengo dos entradas, ¿qué te parece?

Es muy tentador. Koen sabe que me encantan los musicales, igual que yo sé que él los odia, por eso me sorprende que se tome tantas molestias. No es precisamente una persona detallista, más bien todo lo contrario; un poco desordenado y solitario, algo antipático incluso con los desconocidos. Y sí que me apetece. Claro que me apetece terminar de trabajar un viernes, ponerme alguno de esos vestidos que no toco desde hace meses e ir al teatro. Pero hace que me sienta culpable. Como si mi infelicidad fuese la demostración de lo mucho que me sigue doliendo la ausencia de Simon. Sé que suena estúpido. Es estúpido.

—Vale, ¿a qué hora es?

—A las nueve, después de cenar.

—De acuerdo. Nos vemos en la puerta.

Me siento bien cuando cuelgo. Es un plan, uno de esos que antes llenaban mi agenda. De hecho, la busco, la abro por el día de hoy y lo escribo solo por el placer de hacerlo. «Musical de *Dirty Dancing* a las nueve». Luego continúo trabajando.

Los viernes suelen ser días ajetreados. Se acaba la semana y todo el mundo quiere zanjar sus asuntos en lugar de dejarlos para el lunes. Así que contesto un sinfín de correos y al final quedo para comer con uno de mis autores, Vandor Waas. Ilustra y escribe sus historias; de hecho, lo contratamos porque uno de los hijos de Meghan se quedó prendado de los dibujos que el autor mandó de muestra y que ella se llevó a casa. No es la primera vez que usa a los mellizos como conejillos de indias para comprobar el interés de los niños. El año pasado terminamos de publicar la serie de Vandor, que constaba de siete volúmenes dedicados a las aventuras de un niño y su amigo imaginario. Están dirigidos a niños de entre ocho y diez años, aproximadamente. Funcionaron increíblemente bien. Para el segundo trimestre del próximo año tenemos previsto sacar un nuevo proyecto firmado por él. Un proyecto que, por desgracia, aún no existe. Y de eso precisamente tenemos que hablar.

Vandor ya está sentado cuando llego al restaurante.

Suele vestir con zapatillas deportivas, vaqueros Levi's y camisas abiertas de cuadros con alguna prenda lisa debajo. Si hace frío, se pone encima una chaqueta de plumas abultada. Tiene un par de años más que yo, pero su aspecto es tan juvenil y despreocupado que siempre consigue que me sienta mayor y seria.

—He pedido una botella de agua.

—Genial. Gracias.

Le echo un vistazo a la carta y el camarero nos atiende pronto. Pido los mismos raviolis con setas que Vandor. Cojo uno de los panecillos que nos han traído para picar. Tengo confianza con él, llevamos tres años trabajando juntos.

—He estado trabajando en el nuevo proyecto.

Bien, directo al grano. Si algo me gusta de esta reunión es que sé que Vandor no preguntará por qué he estado tres meses ausente en el trabajo. Probablemente lo sepa, de hecho. Pero, por fortuna, es la única persona que no ha empezado la conversación dándome el pésame o mirándome con lástima. Al contrario. Tiene una sonrisilla de suficiencia en la cara que no sé si debería asustarme. Me sirve un poco de agua en una copa antes de seguir:

—¿Recuerdas lo que hablamos la última vez que nos vimos? Esa idea sobre la chica de las coletas que tiene el poder de la invisibilidad y quiere salvar al mundo.

—Sí. ¿Tienes algo que enseñarme?

—No. He decidido desecharlo.

—¿Qué? ¿Por qué?

—No me convence. ¿Qué niña se sigue haciendo dos coletas a los doce años? ¿Te das cuenta de lo avanzadas que están ahora las chicas a esa edad? He estado observándolas en la última visita que hice a un colegio y, créeme, muchas iban maquilladas.

—Pero... Pero... —titubeo.

—Me parece poco verosímil.

—Tiene el poder de hacerse invisible, no creo que nadie se pare a analizar si las niñas de doce años suelen llevar dos coletas, pero si ese es el problema puedes ponerle cualquier otro peinado. Buscaremos otra característica del personaje.

Nos sirven los raviolis con setas.

—La cuestión, Sophie, es que he cambiado de idea. Y he pensado en hacer una historia de dos superhéroes que tienen una capibara como mascota.

—¿Qué?

Tengo la sensación de que es la única palabra que he pronunciado desde que la conversación se ha empezado a torcer. Vandor parece relajado mientras pincha un ravioli y se lo mete en la boca.

—Delicioso.

—¿Los superhéroes tendrían doce años?

—No. Unos treinta. Y podrían hacerse invisibles.

—Pero eso no es posible. Son libros para niños, Vandor, no pretendemos inspirar la próxima producción de Marvel. ¿Ya has empezado a escribirla?

—Digamos que estoy un poco bloqueado.

Vandor me sonríe. Se me ha ido el hambre.

—Vamos un poco justos de tiempo...

—Ya. ¿No te gusta la nueva idea?

—El problema es que no se ajusta a lo que acordamos. En Raket no publicamos novelas para adultos, ya lo sabes. Necesitamos una historia que guste a los más pequeños, que les emocione, que esté llena de aventuras y de enseñanzas...

—¿Y qué propones? —me pregunta.

—¿Qué te parece la historia de una niña con trenza, que tiene el poder de hacerse invisible y siempre va acompañada por su perro?

Vandor se frota la barbilla con aire pensativo.

—Podría funcionar, sí... —Suspira largamente y se recuesta

en la silla estirando las piernas bajo la mesa—. Pero el problema es que nada me fluye. Estoy atascado.

—Puedes ir mandándome cada capítulo. Lo haremos juntos.

Él sonríe y me da las gracias antes de seguir comiendo. En cualquier otro momento de mi vida lo hubiese evitado, porque lo que estaba deseando hacer al llegar a casa era salir con Simon o mis amigos, y siempre me quejaba del exceso de trabajo. Pero ahora mismo me siento afortunada por estar aquí un viernes. De hecho, acabo de darme cuenta de que apenas he pensado en mi situación a lo largo de la mañana, he estado ocupada respondiendo correos, hablando con Lieke sobre la representación de *La ballena Buba* y comiendo con Vandor Waas.

Es un cambio. Un pasito hacia delante.

Cuando llego a casa no abro el armario de inmediato para coger la camiseta de Simon que me queda y acurrucarme en el sofá con ella, sino que busco algo que ponerme. Aún me queda tiempo para una ducha rápida antes de salir y coger un taxi.

Veo a Koen esperándome en la puerta del teatro.

—¿Hace mucho que has llegado?

—Cinco minutos —contesta sacando la cartera del bolsillo trasero de su pantalón para buscar las entradas. Se las enseña a la joven de la taquilla, que nos deja pasar.

Nuestros asientos están en la sexta fila. Las luces aún siguen encendidas cuando nos acomodamos. Miro a Koen de reojo y le sonrío.

—Creía que odiabas los musicales.

—Y los odio —afirma—. Mucho.

—Gracias por el detalle.

—Pensé que te vendría bien salir un poco. Y aún recuerdo las veces que nos obligaste a todos a ver *Dirty Dancing* cada vez que la emitían por la televisión. Era una tortura.

—No mientas, en el fondo te gustaba. Eso y tenerme de vecina.

—Siempre podía pedirte azúcar cuando olvidaba ir a comprar.

Suspiro con nostalgia. Las luces se apagan en ese preciso momento.

—Fueron buenos tiempos, ¿verdad?

—Muy buenos —responde Koen.

La función da comienzo. Mientras tarareo las canciones al ritmo de la música, soy consciente de lo mucho que necesitaba algo así. Estoy disfrutando. Lo estoy haciendo de verdad, viviendo el momento presente y con los ojos brillantes como una niña.

Es una pena que acabe tan rápido.

Cuando salimos del teatro todavía sigo pensando en Johnny y Baby. Es curioso, pero una de las cosas que más me gustaban de la película y del amor que vivían era precisamente el final abierto. Se conocen, se gustan, bailan y viven un idilio de verano que no olvidarán jamás, pero después no se sabe qué pasa con ellos, probablemente cada uno siguió su camino. La vida continuó tras aquellos días soleados. Y hay algo esperanzador en esa idea de que no solo los «para siempre» son valiosos.

—¿Quieres dar un paseo? —pregunta Koen.

Hace frío y ya es tarde, pero no me apetece volver a casa todavía. Así que contesto que sí y echamos a andar sin rumbo atravesando una de las zonas céntricas de la ciudad. Los turistas pasean despacio, salen de restaurantes y se hacen fotografías.

—¿Cómo va el trabajo?

—Bien, aunque aún no he empezado a escribir. Estoy intentando poner orden entre todas las notas, entrevistas y testimonios que he acumulado durante estos meses.

—Recuérdame su nombre...

—William Pickman. Cantante de Los Bree, empresario de éxito, modelo en su juventud y una larga vida llena de sexo, drogas y *rock and roll.*

—Eso suena a mucho trabajo.

—Se ha casado ocho veces.

Me echo a reír al ver el semblante serio de Koen, que seguro que tiene más trabajo del que había imaginado en un principio. Caminamos un rato más. No hay ninguna estrella en el cielo. Me meto las manos en los bolsillos del abrigo porque las tengo heladas. Luego, dejo escapar apenas un susurro que se pierde en la noche.

—A veces me sorprende la normalidad.

—Sé lo que quieres decir. —Koen suspira.

—Tengo la sensación de haberme convertido en un fantasma. Puedo ver cómo los demás siguen adelante, pero me siento incapaz de seguirles el ritmo. Y me siento... poco sólida tras perder una parte importante de mí, ¿tiene eso algún sentido, Koen?

—Sí que lo tiene.

—No sé si podré volver a llenar ese hueco.

—Quizá no tengas que llenarlo, Sophie.

—¿Y entonces...? —Alzo la vista hacia él.

—Aprendemos a vivir con grietas.

Es la conversación más bonita que he mantenido con nadie desde que Simon se marchó y ni siquiera nos ha hecho falta nombrarlo. Pero lo siento vivo entre nosotros, como si caminase a nuestro lado y el viento que sopla también lo azotase. Y estoy bien, relajada. Koen es la única persona con la que no noto la presión de tener que mostrarme constantemente alegre. No me exige nada. Con mis padres, Amber o Ellen siento que les estoy fallando si no me esfuerzo por sonreír. Con Meghan o Zoe no tengo la suficiente confianza como para contarles que llevo meses sintiéndome como un fantasma.

Así que salir con Koen es reparador.

Quitar la tirita de la herida.

Y dejar la herida al aire.

Koen siempre llegaba tarde a clase. Y a todas partes. Esa mañana entró en el aula cuando el profesor Ethan Meike ya había
empezado a trazar un esquema en la pizarra mientras comentaba que la próxima semana tendríamos una evaluación.

Llevaba los cascos alrededor del cuello. Pasó el pasillo central atrayendo las miradas de algunas compañeras, a pesar de
que Ethan era sin duda la fantasía hecha realidad de todo el
curso. Cuando llegó a mi altura, frenó en seco y dio un paso
hacia atrás. Se internó en mi fila, una que estaba en mitad de la
clase. Era el sitio que acostumbraba a ocupar con Ellen, pero
ese día se había levantado con fiebre y se había quedado durmiendo.

—¿Estás sola? —preguntó en susurros.

Asentí, y fue una sorpresa que se sentase a mi lado, porque
hasta entonces apenas interactuábamos en las clases que teníamos en común, a pesar de que, fuera del horario universitario,
cada vez éramos más íntimos. Dejó los cascos en la mesa, la
mochila en el suelo y se estiró hasta casi tocar con los pies el
asiento del chico de delante.

La imagen de la indiferencia hecha hombre.

—Aunque la nota de la evaluación no contará en las calificaciones, sí que la tendré muy en cuenta en el cómputo global
del curso, así que tomáoslo en serio.

Koen suspiró con desgana y me dio un codazo.

—¿Dónde está Ellen?

—No se encuentra bien.

El profesor Ethan prosiguió con la clase sobre la radio informativa en el mundo. Explicó que las investigaciones de Lee De Forest fueron las que lo hicieron posible y que Estados Unidos creó en 1920 la KDKA, en Pittsburgh, considerada la primera emisora comercial con una programación regular, continuada e informativa.

Era interesante. Pero no me podía concentrar con Koen al lado sentado de brazos cruzados y con expresión de estar asistiendo a un concierto de piano soporífero.

—Al menos podrías disimular y fingir que tomas apuntes.

—¿Para qué? Tengo una buena memoria.

—¿Suficiente como para no anotar nada?

—Sí. —Sonrió como un idiota presumido.

—Vale, veamos... —Recordé la canción que aquel grupo estaba destrozando la última vez que estuvimos en Rango—. ¿Te sabes *My Girl* de memoria?

—Ni siquiera es un reto, es demasiado fácil.

Se acercó más a mí antes de susurrarla a media voz para no llamar la atención del profesor. «I've got sunshine on a cloudy day / When it's cold outside I've got the month of May / Well I guess you'd say / What can make me feel this way? / My girl (my girl, my girl)».

—Bueno, eso no demuestra nada —repliqué tan solo por no dar mi brazo a torcer. Agaché la cabeza y seguí tomando algunos apuntes.

—¿Y luego puedes entender lo que has escrito? Porque parece un jodido jeroglífico. En serio, nunca he visto a nadie que tenga esa letra.

—¿Qué quieres decir?

—Es terrible.

Quise contestarle con algún comentario mordaz, pero finalmente se me escapó una sonrisa porque sabía que Koen tenía razón. Mi letra era indescriptible. Lo sigue siendo. Un cúmulo de trazos inclinados que terminaban entremezclándose cuando escribía demasiado rápido, algo que ocurría casi siempre.

—¿Eso es una «n»?

—No. Una «m». Se ve claramente.

—Has conseguido que me compadezca de los profesores que tienen que corregir tus exámenes. Me apuesto lo que sea a que, además, eres de las que se recrean escribiendo.

—Pues sí. —Sonreí divertida—. Me gusta contextualizar bien las cosas. Y ya que estás tan bromista, ¿por qué no me enseñas tu letra?

Koen me miró unos instantes en silencio antes de inclinarse hacia un lado y sacar una libreta de su mochila. La abrió por una página al azar y yo dejé escapar un quejido. Era perfecta. Del todo perfecta. Nunca había conocido a ningún hombre que tuviese una caligrafía tan clara, precisa y armoniosa. Era digna de que la enmarcasen.

—¿No vas a burlarte? —me retó.

—No pienso ponerme a tu nivel.

Conseguí no echarme a reír. Ese día apenas me enteré de lo que el profesor Ethan contó sobre la radio informativa. Cuando la clase terminó, Koen y yo nos fuimos a casa dando un paseo. El día era frío. La Navidad estaba a la vuelta de la esquina y soplaba un viento gélido que levantaba las hojas de los árboles que habían caído al suelo. Él vestía una chaqueta oscura y me pregunté si alguna vez habría usado ropa como la que Simon gastaba; suéteres de colores vibrantes, pantalones marrones o de diferentes tonos azules, bufandas de esas que parecían tejidas a mano por alguna abuela amable y que a mí me encantaban.

—¿Cómo han ido los ensayos estas semanas?

—Bien. Hace tiempo que no vienes a ninguno.

—He estado ocupada con las evaluaciones.

—¿Qué media sacaste el año pasado?

—Ocho con siete. Me fastidió la asignatura de Paldwin; no era mi fuerte y, además, creo que esa profesora jamás le ha puesto más de un nueve a nadie.

Koen soltó una risita y negó con la cabeza.

—¿Siempre has sido tan perfeccionista?

—Sí. Mi madre suele contar con orgullo que cuando tenía dos años ya ordenaba las pinturas de cera de colores en su caja. Lo hacía siempre en el mismo orden. Primero el morado, luego el rosa, el rojo, el marrón, naranja, amarillo, verde y azul. Seguí haciéndolo así durante el resto de mi vida, hasta que dejé de colorear.

—No sé si es maravilloso o inquietante.

Por alguna razón, eso me animó a continuar.

—¡Oh! Y ahora que recuerdo, también lo hacía con mis peluches. Cada uno tenía su lugar en mi habitación y no era discutible. El oso azul en la estantería, el elefante al lado de la almohada, la rana a los pies de la cama, el pingüino en la silla del escritorio...

—¿Cuántos peluches tenías?

La señora Ferguson nos sorprendió en el portal cuando abrimos la puerta del edificio. Iba vestida con un abrigo precioso de color malva y botones negros. Llevaba un bastón que en realidad no parecía necesitar, pero que como ella me dijo tiempo después «ofrecía seguridad y, además, así siempre tenía a mano algo con lo que golpear a posibles ladrones o malvados que se cruzasen en su camino». Su cabello era blanco como la nieve y el pintalabios que se había puesto le quedaba muy bien. Nos sonrió con alegría.

—Hace mucho que no venís a tomar el té.

—Tiene razón —me excusé rápidamente.

—Estáis todos invitados mañana por la tarde, a las seis. Prepararé galletas de mantequilla con la receta especial de mi madre. Me pagarían miles de euros si la vendiese, ¿sabéis?, pero nunca haría algo así, prefiero llevármela a la tumba.

—Un acto muy caritativo —bromeó Koen.

La señora Ferguson le golpeó la pierna con su bastón y yo me eché a reír. Salió por el portal tras despedirse y nos miramos aún sonrientes.

Koen suspiró cuando llegamos a mi puerta.

—Oye, podrías venir mañana al ensayo. Hemos perfeccionado algunas canciones, tanto nuestras como versiones. Nos vendría bien una opinión sincera que no esté cansada de oírlas una y otra vez. Terminaremos a tiempo para ese té y las galletas mágicas.

—De acuerdo.

Al entrar en casa, comprobé que Ellen seguía en la cama. En su mesilla de noche había un montón de pañuelos gastados y ella tenía los ojos enrojecidos, pero su aspecto había mejorado. Le puse una mano en la frente y gimoteó como una niña pequeña.

—¿Crees que me voy a morir?

—Mmm, déjame pensarlo...

—¡Sophie! ¡Me encuentro fatal!

—Eres la peor enferma que conozco. —Lo decía en serio. Los años anteriores también había estado resfriada y esos días eran infernales. Cuando caía enferma, necesitaba mimos y todo tipo de atenciones. Lejos de molestarme, me hacía gracia.

—Lo sé. Pero tú me quieres, ¿verdad?

Me reí y puse un poco de orden a su alrededor, así que tiré los pañuelos, pasé un trapo por la mesilla, ahuequé los almohadones de la cama y estiré las mantas arrugadas. Después la dejé dormitando y fui a la cocina para preparar un caldo de verduras reparador.

Aunque había dejado de tener fiebre, Ellen seguía encontrándose mal al día siguiente, de manera que fui sola al ensayo. El local estaba a unas calles de distancia. Entré en la planta baja y avancé por el pasillo lleno de puertas. A pesar de estar insonorizadas, tras algunas se distinguía el sonido de la música. Llamé al llegar a la de ellos, pero nadie me escuchó, así que al final abrí de golpe, sin saber que Simon estaba justo delante.

—¡Joder! —gritó llevándose la mano al codo.

—¡Lo siento! ¡Lo siento! ¿Te he golpeado?

—Sí. Pero no... no pasa nada...

Me sonrió y a mí me hizo gracia que intentase disimular el dolor. Koen estaba distraído haciendo pruebas con el micrófono, Isaäk tenía una púa entre los dedos con la que rasgaba las cuerdas y Drika golpeaba la batería con furia, como si descargase toda la rabia acumulada durante la semana. Paró de hacerlo cuando me acerqué a ella.

—¿Cómo está Ellen? —preguntó.

—Mejor, casi recuperada del todo.

Drika bajó la voz y me miró dubitativa.

—¿Te importaría que pasase a verla esta noche? No quiero ser una molestia, pero me gustaría estar un rato con ella. No hay quien la aguante estando enferma, pero...

—Claro. —La interrumpí porque no necesitaba más explicaciones—. Puedes venir a casa cuando te apetezca, Drika. Por mí no hay problema. Y ella estará encantada.

—Gracias. —Sonrió e hizo chasquear un platillo.

Simon silbó desde el otro lado para llamar mi atención.

—¿Preparada para escuchar a Los Dinosaurios?

—Estoy deseándolo. —Intenté no reírme.

—¡Pues, chicos, vamos allá!

Isaäk comenzó a tocar a un ritmo pausado y tan solo acompañado por la batería. Luego Koen empezó a cantar, con la cabeza agachada y fija en las manos que sujetaban el bajo y lo hacían sonar. Era una canción que no había escuchado nunca. «La vi. La vi cuando me asomé al acantilado / Llevaba un vestido blanco / Los pájaros la rodeaban / Y ella bailaba, bailaba delante de las olas / Mujer del mar, mujer de arena».

Entonces la guitarra de Simon se incorporó y fue como si llegase la parte más luminosa de un espectáculo de fuegos artificiales. Koen tenía la voz quebradiza, pero encajaba a la perfección, como si se colase entre las grietas de la melodía.

«Mujer del mar, mujer de arena».

Aplaudí emocionada cuando la canción llegó a su fin. Y también cuando cantaron otra. Y otra. Y luego una versión impresionante de *Mr. Brightside*, de The Killers.

—Sé sincera —me pidió Simon al terminar.

—Yo pagaría por ir a veros —contesté.

—¡Venga ya! —Isaäk se echó a reír, pero distinguí un brillo en su mirada. A diferencia de Koen, no se le daba igual de bien fingir que nada le importaba. Era demasiado entusiasta.

—Lo digo en serio. Esto se os da bien.

Simon dejó su guitarra apoyada en la pared.

—¿Quién sabe? Quizá algún día podríamos probar. Si lo hicieron los tíos esos que no tenían ni idea y estuvieron tocando toda la noche...

—Sería divertido. —Isaäk le quitó a Koen el cigarro que acababa de sacar de la cajetilla de tabaco—. Yo lo haría a cambio de cervezas gratis.

—Es un buen trato. —Drika se recogió el pelo.

—¡Pues hacedlo! —dije—. ¿Por qué no?

—Bueno, tendríamos que hablar con el dueño de Rango y, no sé, quizá quieran hacernos alguna prueba. Además, deberíamos tener más repertorio.

—¿Alguien se está echando atrás? —Reté a Simon con la mirada y él se mordió el labio de un modo encantador que me hizo imaginar a qué sabrían sus besos.

—No es eso, pero quizá es un poco precipitado...

—Si el problema es hablar con quien esté al mando del local, puedo encargarme de eso. En serio, se me dan bien las gestiones. De hecho, me encantan las gestiones. Lo único que necesito saber es que si os consigo un hueco no me dejaréis tirada.

El silencio se extendió durante unos segundos.

Simon miró a los demás por encima del hombro.

—¿Qué me decís? —les preguntó.

—Me apunto —dijo Drika.

—Yo también.

—Adelante.

ÁMSTERDAM, 2017

Son las nueve de la mañana de un sábado cuando cojo el teléfono y marco el número de Koen. Tarda cuatro tonos en responder con la voz algo ronca.

—¿Estás haciendo algo importante?

—No, ¿por qué? —pregunta.

—¿Recuerdas esa lista que elaboraste sobre «Cosas que Sophie debería hacer»? —Él responde que sí—. Pues bien, el otro
día me dio por mirarla y me di cuenta de que ya podía tachar
algunas cosas. Y luego añadí unos cuantos puntos más. Nada
importante.

—Sophie, ¿intentas decirme algo?

—Sí. Me he propuesto hacer una receta, una elaborada, y
he pensado que si estás aburrido y no tienes nada que hacer
podrías venir y echarme una mano. A cambio te daré comida
gratis. Y unas horas de entretenimiento con Amber, que vendrá más tarde.

—¿Quién puede rechazar algo así? —bromea.

—Te espero. Voy a ir preparando los ingredientes.

Cuelgo con una sonrisa y luego abro la nevera y empiezo a
sacar todo lo necesario: salmón, espinacas, jengibre, pasas, leche evaporada, yema de huevo y el hojaldre. Anoche limpié la
cocina y está reluciente, como el resto de la casa. Pero cocinar
tiene un efecto diferente al de frotar. El primero es liberador y

canaliza el enfado. El segundo es reparador. Siempre he pensado que hay pocas cosas más satisfactorias que seguir una receta al pie de la letra y que el resultado sea lo que habías esperado. Como recibir una recompensa por hacer las cosas bien y en el orden correcto. Así que de vez en cuando termino con la cocina llena de ingredientes y un papel con los pasos que seguir para hacer un salmón Wellington.

Cuando llega Koen empiezo a limpiar el salmón retirándole la piel y las espinas. Él sonríe divertido mientras se arremanga y me pregunta qué puede hacer.

—Pon las espinacas en la sartén.

—De acuerdo, chef.

—Cuando estén casi hechas, añade las pasas y un poco de jengibre. Yo voy a encargarme del hojaldre. Ah, y si terminamos a tiempo, haremos un postre.

—¿A cuánto piensas pagarme la hora?

Lo empujo de broma cuando paso por su lado y Koen se ríe. Por un instante, mientras el aroma de los alimentos envuelve la cocina, somos dos amigos normales pasando un buen rato y disfrutando de la mañana de sábado.

—¿Qué tal la semana? ¿Has conseguido organizar el material?

—Sigo en ello. —Koen da un paso atrás cuando le salpica la mantequilla de la sartén. A mí me hace gracia ver lo inexperto que es en la cocina—. No te haces una idea de todo lo que hay. Pero tengo listo el primer tercio. Puede que en breve empiece a redactar.

—Puedo ayudarte a poner orden —me ofrezco.

—Creo que ya tienes suficiente trabajo, Sophie.

—No, de verdad, me va bien para mantenerme entretenida. Ya sabes, así no pienso en..., bueno, no pienso en nada. Tengo ganas de que empiece el concurso infantil.

—¿Puedo echar ya las pasas?

Miro las espinacas por encima de su hombro.

—Sí. Y también el jengibre y la leche.

Koen lo mezcla todo sin ninguna delicadeza.

—Son ocho matrimonios. Ocho, joder. Es probable que ni él mismo recuerde el orden cronológico de todas sus relaciones. Fue algo que se le olvidó comentar a mi agente cuando consiguió cerrar el contrato —gruñe Koen.

Ya he colocado el salmón cuando él termina con las espinacas. Tiro la mezcla por encima y enrollo con cuidado el hojaldre hasta crear una especie de tubo. Con ayuda de una manopla abro el horno y lo meto dentro. Ajusto la temperatura con satisfacción.

—¡Pues ya está listo! —exclamo.

—¿Puedo fumarme un cigarro antes de empezar el postre?

—De acuerdo, pero en la ventana —digo señalándola.

Koen sonríe y se saca la cajetilla del bolsillo. Se sienta en la repisa interior de la ventana y contempla el cactus que vive allí en una maceta. Me lo regaló Zoe por mi último cumpleaños. Es una chica encantadora, lo que me recuerda que debería comprarle algo por su próximo compromiso. Un detalle. Algo que diga: «Me he acordado de ti».

—¿Tú crees que alguien se puede enamorar ocho veces?

—¿Solo ocho? Y más. ¿Por qué no? —Koen me mira.

Me siento en el brazo del sillón del salón, que está justo enfrente de la ventana. Pienso que algún día debería poner las cortinas que compramos y que siguen en una bolsa.

—No lo sé. ¿Tan fácil es?

—Depende de cada uno.

—¿Tú te has enamorado alguna vez? —No sé por qué le hago esa pregunta, quizá porque con Koen siempre he tenido mis dudas—. Déjalo, no hace falta que respondas.

—Lo he hecho muchas veces.

—¿Muchas?

—Algunas. —Se echa a reír y da una calada—. No es tan raro. Puedes enamorarte de alguien con quien solo pases una noche. Hay amores duraderos y otros fugaces. Tú y Simon os encontrasteis, encajasteis y... ya está. Ojalá para los demás fuese tan sencillo.

—Ni siquiera he estado nunca segura de que buscases algo estable.

—No terminaron siendo «para siempre», pero era la idea. Como te decía, no creo que sea tan fácil que dos personas vayan en la misma dirección, ya me entiendes.

Es verdad. Recuerdo el rostro seductor de Jenna, lo simpática que era Rose y también lo mal que me caía Ivanka; entre otras muchas chicas que pasaron por la vida de Koen. A veces se había limitado a líos esporádicos, pero en otras ocasiones hubo algo más profundo. Supongo que todos buscamos sentirnos comprendidos y amados.

—¿Hacemos el postre?

Koen da una última calada y también sonríe.

—La chef ordena y manda.

Mientras escuchamos la radio de fondo, hacemos una tarta de zanahoria con cobertura de nata. Yo le voy dando instrucciones a Koen, que las sigue al pie de la letra. Cuando mi hermana llega, ya está todo a punto.

Amber viste un ceñido vestido negro y medias del mismo color con estrellitas plateadas. Lleva el cabello recogido en una diadema y los ojos muy perfilados. Me saluda rápidamente y luego centra toda su atención en Koen.

—Te queda bien ese corte de pelo —le dice.

—¿El corte? Creo que consiste en dejarlo crecer sin más y en no peinarse a menudo, pero gracias por el cumplido. Bonitas medias, Amber-Lamber.

La llama así a propósito porque sabe que mi hermana odia que lo haga. Es el mote que le puso cuando la conoció de pequeña y no se separaba de una muñeca de la marca Lamber. Así que ella gruñe en cuanto lo escucha y pone los ojos en blanco.

Ponemos la mesa y sirvo el salmón Wellington en una bandeja. Lo corto con precisión como si fuese un solomillo, en porciones redondas y humeantes.

—Huele genial —dice Amber.

—Esperemos que sepa igual.

Le sirvo su porción y sonrío al ver que le lanza a Koen una de esas miradas sugerentes que jamás he conseguido imitar. Él la ignora. A eso juegan desde que Amber creció lo suficiente como para interesarse por los hombres. En realidad, sé que Koen jamás la tocaría. Y que a ella no le interesa de verdad, tan solo le gusta la idea de retarlo. Por eso disfruto viendo cómo cada uno tira del extremo de la cuerda que tiene en las manos.

—Está delicioso. —Amber habla con la boca llena.

—Pues sí. El hojaldre ha quedado crujiente.

—Por cierto, hermanita, la próxima semana me pasarán los billetes de avión. Viajamos a principios de agosto, lo recuerdas, ¿verdad? No te olvides del bañador. Ni del pareo. Ni de las gafas de sol. —Me mira y me guiña un ojo—. Hasta podrías meter condones.

Por poco no escupo el trago de agua que acabo de dar.

—¡Amber! —La miro horrorizada.

—¿Qué pasa? —Parece confusa.

—Hace cinco meses que murió mi marido, ¿de verdad crees que mis preocupaciones pasan por llevarme condones a una isla? Ni siquiera sé si ir es una buena idea.

—Claro que lo es. Nos lo pasaremos genial. Y no hace falta que me recuerdes tu situación sentimental cada día, créeme, todos la conocemos. Pero eso no significa que seas de piedra. ¿O es que no piensas volver a tener un orgasmo en toda tu vida?

Me llevo las manos a la cara, avergonzada. Koen se ríe abiertamente y lo pago con él y le doy un puntapié por debajo de la mesa. Suelta un quejido estrangulado por la risa.

—¿A qué ha venido eso?

—Deja de reírle los chistes.

—Admite que tiene algo de razón. Quizá a Amber no se le dé muy bien medir los tiempos, pero algún día seguirás adelante y conocerás a alguien.

Me levanto de la mesa con un nudo en la garganta y dejo mi plato en la pila. Respiro hondo mientras apoyo las manos en el banco de la cocina. Suena lógico. De algún modo sé que suena lógico, pero en mi cabeza no lo hace. ¿Cómo voy a cruzarme con otra persona que me comprenda, me respete y me adore como Simon lo hacía?

Lo había conseguido. Pese a lo fácil que resultó, me sentí orgullosa cuando se lo comuniqué al grupo. Los Dinosaurios iban a actuar en Rango el próximo viernes por la noche. En realidad, el dueño no me puso ninguna pega. Se llamaba Craig, tenía una perilla perfectamente recortada y los ojos oscuros. Estaba limpiando la barra cuando le comenté que mis amigos tenían un grupo de música y quise saber si podrían tocar algún día. Levantó las cejas y se encogió de hombros antes de contestar:

—¿Por qué no?

—¿En serio?

—Sí, tienen que llegar una hora antes para la prueba de sonido. De las cervezas se encarga la casa. —Dejó el trapo y dio por finalizada la conversación.

El viernes llegamos puntuales. Craig nos recibió con su apatía habitual y les dio unas cuantas instrucciones relacionadas con los altavoces. El grupo empezó a organizar todo lo necesario, a excepción de Drika, que estaba con Ellen liándose en un rincón.

—Son como pulpos. —Isaäk soltó una carcajada.

—¡Te hemos oído! Tú sí que eres un pulpo —replicó Ellen—, pero de los que tienen tentáculos venenosos. Por cierto, ¿no eran gratis las cervezas?

—Iré a recordárselo. —Me ofrecí.

Simon me acompañó hasta la barra. Como Craig estaba dentro del almacén haciendo quién sabe qué, nos sentamos en los taburetes mientras se escuchaba de fondo la prueba de sonido. Él cerró los ojos cuando un pitido agudo resonó en todo el local.

—Prometedor —bromeó.

—¿Estás nervioso?

—Un poco sí. ¿Y si somos terriblemente malos y en mitad de la actuación empezamos a oír abucheos? También podría quedarme en blanco. Una vez me pasó. Tenía doce años y había que leer una poesía en el colegio. Ya por aquel entonces era un género que me gustaba, así que estuve ensayando durante semanas y cuando subí al escenario..., nada. Era incapaz de recordar una sola palabra. La profesora me pidió amablemente que me fuese.

Le sonreí. Todo él era encantador. Y, además, esa noche pensé que estaba especialmente guapo. Llevaba una gorra oscura y el cabello rubio le sobresalía por los bordes. Vestía vaqueros y una sudadera gris que se ajustaba a las líneas de sus hombros. Me gustaba su cuello. Me gustaba su cuello y la nuez de su garganta, que se movía cada vez que me miraba y tragaba saliva. Era la llama de una vela. Volví a pensarlo aquel día. La llama ondeante y cálida de una vela, tan pequeña en apariencia, tan grande para mí.

—¿Por qué me miras así? —preguntó.

Yo me ruboricé y carraspeé antes de hablar:

—Solo pensaba en lo que has dicho.

—¿Y has llegado a alguna conclusión?

—Que las cosas que merecen la pena nos retan a ser valientes.

—Intentaré recordarlo cuando empiecen los abucheos.

La puerta del almacén se abrió y Craig nos miró como preguntándonos qué demonios queríamos ahora. Le recordé el detalle de las cervezas y asintió antes de empezar a llenar una jarra tras otra. Las repartimos con el resto del grupo cuando volvimos al escenario. No pude apartar la mirada de Simon mientras se preparaban para la actuación. Había algo en él que me mantenía sujeta a un hilo que parecía haber lanzado y que yo había decidido coger. Era su honestidad, quizá. O su sonrisa sincera, la más bonita que había visto nunca. O puede que lo satisfecho que parecía con la vida, como si estuviese agradecido tan solo por «estar ahí».

—Vale, chicos, otra vez. Uno, dos, tres...

Koen daba instrucciones sin parar y nunca parecía satisfecho con el resultado. Bajo su apariencia de pasotismo general se escondía un alma perfeccionista.

—Deja de mirar así a Simon, lo vas a desgastar.

Me sobresalté al oír a Ellen, que estaba sentada a mi lado en una mesa que había a unos metros del escenario. Le di un trago a mi cerveza y suspiré. El grupo bajó del escenario y se unió a nosotras cuando terminaron con los preparativos. Todos estaban nerviosos. Drika se sentó en el regazo de Ellen y apoyó la cabeza en su hombro.

—¿Tenemos claro el orden? —insistió Koen.

Los demás asintieron. El local abrió veinte minutos después y empezó a llenarse lentamente de estudiantes y algún que otro cliente habitual, de los que casi tenían sus sitios asignados frente a la barra. El humo y las voces flotaban alrededor. Ellen y Drika no dejaban de hacerse arrumacos. Evelyn, Jenna y Sue aparecieron poco después. Me encontraba tan impaciente como si también estuviese a punto de subirme al escenario en unos minutos. Y cuando finalmente lo hicieron, cuando se levantaron y les deseamos suerte, empecé a morderme las uñas, aunque odiaba hacerlo porque mi madre siempre decía que era «poco higiénico».

—Probando..., probando... —La voz de Koen se alzó en el

local y el murmullo general se acalló de repente—. Buenas noches a todos. Somos Los Dinosaurios y vamos a intentar que paséis un buen rato lleno de *rock*, aunque probablemente va a depender de las cervezas que pidáis —bromeó, consiguiendo que el público se riese—. Vamos allá.

Empezaron con una versión de *How You Remind Me*, de Nickelback. Fue un subidón instantáneo, y eso que la noche apenas acababa de empezar. La gente bebía y bailaba alrededor del pequeño escenario. La voz de Koen lo inundaba todo, ronca y fuerte. Drika golpeaba la batería con tanta fuerza que temí que pudiese romper las baquetas, Isaäk estaba concentrado en el instrumento y apenas alzaba la cabeza hacia el público. Y Simon..., Simon tocaba como si estuviese solo en el local de ensayo y no hubiese nadie a su alrededor. Yo no podía dejar de mirar cómo acariciaba la guitarra; la tocaba con cuidado, como el que acaricia algo valioso o un cuerpo. Me pregunté entonces cómo sería sentir sus manos acariciándome a mí.

Siguieron con *Gimme Three Steps*. Y todo el mundo se lo estaba pasando tan bien que al final me relajé, porque de algún modo aquello había sido idea mía y llevaba toda la noche temiendo que fuese un desastre. Tomamos otra ronda y después terminamos bailando en primera fila, riéndonos sin cesar. Evelyn no dejaba de hacer un movimiento muy raro con los pies y Jenna estaba borracha y le gritaba a Koen que quería un hijo suyo. Conforme la noche avanzó, empezaron a dolerme las mejillas de tanto sonreír. Ellen apareció de repente, me cogió de la mano y empezamos a dar vueltas y más vueltas las dos hasta que tropezamos con nuestros propios pies y acabamos dándonos un abrazo torpe.

—¡No puedo parar de reír! —gritó ella.

—Ni yo. ¿Y sabes otra cosa? Tenías razón.

—¿En qué? Aunque siempre la tengo en todo.

—En que este sería nuestro año. Lo dijiste el día que nos

mudamos, ¿recuerdas? «El primer curso es experimental, el segundo mejora, pero el tercero es otra cosa».

—Era uno de mis pálpitos. —Me guiñó el ojo.

La música se silenció cuando acabó la canción. Sorprendentemente, tras intercambiar una mirada, Koen dio un paso atrás y Simon se acercó al micrófono. Paseó la mirada por la sala como si buscase algo y finalmente se paró en mí. Me estremecí.

—La siguiente canción que vamos a tocar es nuestra. No teníamos pensado hacerlo porque esta es la primera vez que Los Dinosaurios actuamos, pero hace un rato una persona me ha dicho que las cosas que merecen la pena nos retan a ser valientes, así que allá va.

Probablemente mucha gente siguió murmurando y riendo alrededor, pero para mí fue como si de repente todas las voces se acallasen y el mundo dejase de girar. Simon volvió a su sitio en un extremo del escenario. Apenas nos separaban un par de metros de distancia. Sus manos se movieron con suavidad por la guitarra y las notas flotaron en el aire y se mezclaron entre el humo y la voz de Koen, que empezó siendo tan solo un susurro.

—«Voy a contarte una historia de un reino perdido / salones llenos de polvo y cenizas que tiempo atrás relucieron / paredes derrumbadas y suelos agrietados...».

Era una canción melancólica pero preciosa.

El público estaba entregado. La melodía comenzó a ganar ritmo cuando Simon tuvo un solo de guitarra y luego la voz de Koen se volvió más profunda y dura.

—«Ese castillo es tu corazón / Ese castillo es mi corazón / Podríamos haber bailado bajo una lámpara de araña o haber trepado hasta la luna / pero hay dragones contra los que no se puede ganar».

Había gente que empezó a tararear el estribillo cuando lo repitieron varias veces. Yo estaba tan entusiasmada que no podía dejar de sonreír ni de mirar a mi espalda para ver las reacciones del público. Entonces la canción terminó. Y antes de que me diese cuenta de lo que estaba ocurriendo, Simon dejó la guitarra en el suelo, bajó del escenario, posó una mano en mi nuca con delicadeza y me besó. El volumen de los aplausos aumentó significativamente. Yo pensé que estaba flotando. Estaba flotando y lo único sólido, como una roca en medio de un río, era Simon. Me sujeté a sus hombros mientras saboreaba sus labios. Eran perfectos. Eran como miel. Y supe que aquel era el mejor beso de la historia. Un beso inolvidable. Un beso apasionado, intenso e inesperado. Un beso que lo cambió todo.

ÁMSTERDAM, 2017

—¿Sophie?

—Hola, Ellen.

—Son las tres de la mañana, ¿estás bien? —Suena tan preocupada que de inmediato me siento culpable. No debería haber marcado su número.

—Sí, es solo que no dejo de pensar en Simon.

—Oh, Sophie.

—No es lo que crees. En realidad, no puedo parar de darle vueltas a la idea del amor. ¿Crees que algún día volveré a enamorarme de otra persona como lo hice de él? Porque si existe eso de las almas gemelas, alguien con quien encajes a la perfección como dos piezas de un puzle hechas a medida, entonces..., entonces nunca más...

—Te enamorarás, Sophie. Pero será diferente. No mejor ni peor, tan solo eso, diferente. Y puede ocurrir el día menos pensado. Eres joven, preciosa e interesante.

—¿Contigo también fue así?

Noto que Ellen duda y suspira.

—Sí, lo fue. Hay amores especiales, de esos que son idílicos. Otros inesperados o más salvajes. Algunos pueden ser menos vibrantes, pero más profundos.

—¿Alguna vez la echas de menos?

Ninguna de las dos dice su nombre. Drika. Cinco letras que

años atrás llegaron a significarlo todo para Ellen y que ahora eran trazos borrosos, casi desdibujados.

—Sabes que sí. Lo pasé mal, pero la vida continuó.

—Tienes razón. Siempre la tienes.

—Es que soy un poco bruja.

—Sí. —Sonreí entre lágrimas.

—¿Y sabes una cosa, Sophie?

—Dime. —Inspiré hondo.

—Tengo un pálpito contigo. Uno de los buenos. No te rías, lo digo en serio. Estás llena de luz y estoy convencida de que en algún momento tu corazón necesitará amar de nuevo, porque las personas como tú están destinadas a eso, a sumar.

—Te quiero mucho, Ellen.

—Yo también te quiero a ti.

—Buenas noches.

—Descansa, Sophie.

Me levanto cuando cuelgo. El parqué cruje bajo mis pies descalzos cuando voy al salón. Encuentro entre dos libretas la lista que Koen empezó. «Cosas que Sophie debería hacer». Su letra impoluta de los primeros puntos desentona con la mía, mucho más caótica. Cojo un bolígrafo y añado un punto más. «Buscar a Drika Van de Berg».

JULIO

—¿Está bien ahora? —pregunto.

—Mmm, no. Sube un par de centímetros.

—Ya está. ¿Y ahora?

—Baja un poco.

Dejo escapar un bufido. Estoy de puntillas subida al último peldaño de la pequeña escalera que guardo en el trastero mientras me pregunto por qué demonios el techo de casa tiene que ser tan alto. Sostengo en la mano el palo de la cortina que compramos el otro día y creo que es del todo imposible ponerlo recto. Koen está abajo dándome indicaciones.

—¿Cómo lo ves? —insisto.

—Inclinada. ¿Me dejas a mí?

—No. Puedo hacerlo.

Me he empeñado en que puedo y ya está. Simon solía decir cada vez que discutíamos que yo era la mujer más testaruda e insoportablemente perfeccionista para todo, y debo admitir que tenía razón. Koen me ha ofrecido su ayuda unas cinco veces desde que lo he llamado para preguntarle si hacía algo esta tarde, pero me he negado en redondo. No sé por qué, pero de repente siento la imperiosa necesidad de colocar la dichosa cortina porque, si no lo hago yo, ¿quién lo hará? Simon no está. Antes todo era diferente porque él solía ocuparse de este tipo de cosas. Siempre fue muy manitas. Pero ahora todo ha cambiado.

—Sube dos dedos más.

—¿Dos o tres?

—Dos.

—Yo creo que mejor tres. ¿Así?

—Sophie, lo veo desde abajo. Si te digo que dos, es que son dos. Hazme caso. Ahora mismo el palo está inclinado, baja un poco y luego... Pero ¡¿qué haces!?

Acabo de taladrar la pared. Y, además, al hacerlo he dejado caer el palo al suelo. Me giro hacia Koen con inocencia. Él me mira como si me faltase un tornillo.

—Te va a quedar torcido, lo sabes, ¿verdad?

—No lo creo, el otro agujero está a la misma altura.

Un rato después, descubro que Koen estaba en lo cierto. La cortina ha quedado inclinada, como si la casa estuviese levantada por la derecha y el suelo desnivelado.

—Te lo dije —murmura.

—Tampoco está tan mal.

—No, si no te molesta que parezca el efecto secundario de haber sufrido un terremoto de grado siete. Admito que al menos el color queda bien.

—Gracias. Algo es algo. ¿Quieres quedarte a cenar?

Koen se lo piensa y al final asiente. Últimamente nos vemos a menudo. Las primeras semanas tras la muerte de Simon apenas soportaba tenerlo cerca, porque era un recordatorio constante de ese hueco que había quedado entre los dos. Pero poco a poco ese vacío parece haberse ido rellenando. No sé de qué exactamente. Quizá de conversaciones, de cafés a media tarde, de listas imposibles que me esfuerzo por cumplir, de recuerdos que atesoramos juntos o de planes que consiguen que los fines de semana no pasen tan lentos. Hemos ido a ver varios musicales, aunque sé que sigue odiándolos. Las caras que pone en algunos momentos durante el espectáculo me lo confirman (y también me hacen reír).

—Solo si me dejas llamar al tailandés.

—De acuerdo. Pero pagamos a medias.

—Bien, como quieras. —Coge su móvil y llama—. Buenas noches, queríamos hacer un pedido a domicilio. Serán unos tallarines Pad Thai, ensalada de piña y...

Me mira esperando que diga algo.

—Otros tallarines.

—Vale, dos de Pad Thai.

Saco una botella de vino y la abro mientras Koen le da la dirección. Después nos acomodamos en el sofá y vemos en la televisión uno de esos programas de talentos que olvidaremos antes de que termine. Pero es agradable dejar la mente en blanco durante unos segundos, comer tallarines con sabor a cacahuete cuando nos traen la cena y notar el sabor afrutado del vino en la punta de la lengua. Apoyo la cabeza en el brazo del sofá.

—¿En qué estás pensando? —pregunta Koen.

—En que estoy bien. Sorprendentemente, lo estoy. Al menos, esta noche. Quizá mañana no, pero ahora... —Dejo la frase a medias y me llevo la copa de vino a los labios mientras miro a Koen—. Ha pasado medio año. ¿Cómo es posible?

—No lo sé. Yo también me lo pregunto.

—Y hay días en los que apenas me acuerdo de él. Días como este, aquí contigo pidiendo comida para llevar y viendo la televisión. O días en los que estoy inmersa en el trabajo y luego quedo por la tarde con Amber o con alguna compañera. Y todo parece normal hasta que llego a casa y me encuentro con el silencio..., ya sabes, un silencio que no existía cuando Simon estaba aquí, porque solía tener puesta música de fondo o estaba haciendo ruido con cualquier cosa que tuviese entre manos...

Koen mira el fondo de su copa semivacía y bebe.

—¿Tú te sientes igual? —insisto.

—Lo echo mucho de menos.

—Siempre fuisteis inseparables.

—Sí. —Él lanza un suspiro.

—Menos en aquella época... —añado pensativa mientras me pierdo en el desván de la memoria, que está lleno de polvo—. Estuvisteis una temporada muy raros los dos, pero sobre todo Simon. Creo que fue a mediados de cuarto curso, ¿no? ¿Qué os pasó?

—Nada. —Koen se inclina para dejar la copa en la mesa.

—Puede que contigo me cueste más dar en el clavo, pero, créeme, a Simon lo conocía tan bien que podía pillarle una mentira a kilómetros de distancia. Una vez me dijo que había ido a comprar al supermercado las galletas que le pedí, pero que no quedaban. Estaba en el sofá dándome la espalda y jugando una partida al *Call of Duty*; ni siquiera me hizo falta que se girase para saber que no era cierto. Confesó un minuto después que se le había olvidado y se había quedado toda la tarde abducido por la Play Station.

—Siempre se frotaba la sien cuando mentía.

—Es verdad. —Me río y voy a la habitación para coger la lista que Koen empezó a hacer meses atrás. Cuando regreso, me siento a su lado y se la enseño—. Te dije que añadí cosas. Y me gustaría que me echases una mano con el último punto.

—«Buscar a Drika Van de Berg».

—¿No es una idea genial?

Koen me mira un poco confundido.

—No estoy seguro, Sophie.

—Escúchame, la muerte de Simon me ha hecho darme cuenta de lo efímero que es todo. Un día estamos aquí y al siguiente nos hemos ido sin avisar. ¿Y sabes qué? Creo que nuestra vida es como un hilo que se va alargando con el paso del tiempo y se va llenando de nudos. Y pienso: «Ahora mismo alguien tiene que deshacer esos nudos antes de que sea demasiado tarde». Necesito encontrar a Drika.

No me he dado cuenta de que le he cogido de la mano en algún momento. Es cálida y suave en contraste con sus ojos de un gris pálido. Y entonces recuerdo que hace meses que no toco con esa confianza a un hombre y que él no es Simon. La idea es fugaz y ridícula, pero consigue que lo suelte sin razón, presa de la incomodidad.

—Está bien, te ayudaré —contesta Koen.

—Gracias. —Busco mi copa de vino.

—Pero, a cambio... —sonríe de lado—, haremos también otros puntos de la lista. Creo que es bastante justo. Por cierto, ¿has buscado en Facebook?

—Pues claro, no soy una detective tan nefasta.

—Tenía que preguntarlo. Aunque, ahora que lo recuerdo, Drika siempre odió la tecnología en general. Se quejaba cuando le mandábamos más de tres mensajes seguidos.

—Sí, y apagaba el móvil a menudo. Ellen odiaba que lo hiciese.

—Y yo, porque eso significaba una discusión de las largas y nunca podíamos ensayar cuando se enfadaban. —Koen se estira en el sofá—. Es tarde. Creo que debería irme.

—¿Quieres quedarte en la habitación de invitados?

No sé por qué demonios he preguntado algo así. Koen tan solo se ha quedado a dormir en dos ocasiones y porque estaba tan borracho como Simon. Pero la idea de que duerma al otro lado de la pared me incomoda de repente y rezo para mis adentros: «Di que no, por favor, di que no». El alivio me invade cuando se pone en pie.

—No te preocupes, cogeré un taxi.

—Como quieras. —Lo sigo.

Koen abre la puerta de la calle, pero antes de bajar las escaleras parece recordar algo, apoya una mano en el marco y me mira.

—Me había olvidado del viaje a Mallorca. Puede que tengas que aguantar a un montón de clones de Amber, pero disfrútalo. Haz alguna locura, conoce gente y diviértete.

—Gracias. Lo intentaré.

Había gente por todas partes. No sé qué era lo que Koen había entendido por «algo sencillo» cuando Simon aceptó que le preparasen una fiesta de cumpleaños, pero en mi cabeza no era aquello. Media universidad estaba metida en el piso de los chicos. Eran como sardinas enlatadas. Yo me había puesto un top negro de Ellen que me aplastaba tanto los pechos que temía que saliesen al aire en cualquier momento. La falda que llevaba era del mismo color, a juego con los botines de punta que estaban de moda aquel año.

Apenas hacía una hora que la fiesta había empezado y el suelo ya estaba lleno de líquido derramado y cigarrillos. Hacía calor a pesar de que estábamos en invierno; la calefacción estaba encendida y los cuerpos se movían alrededor al ritmo de la música *rock* que sonaba por los altavoces, hasta que esta cesó y Koen se subió a la mesa del salón.

—¡Un pequeño descanso para cantarle al cumpleañero! —gritó eufórico, con un porro en la mano derecha y una cerveza en la izquierda—. ¡Sube aquí, Simon!

Sonreí al ver la mirada asesina que Simon le dirigía a su amigo antes de ceder y terminar junto a él encima de la mesa. Koen le pasó un brazo por el cuello y estuvo a punto de quemarle la manga de la camiseta, pero no pareció darse cuenta. La gente empezó a corear.

—Cumpleaños feliz, cumpleaños feliz, te deseamos todos...

Estallaron en aplausos cuando la canción terminó, luego Koen gritó que la fiesta acababa de empezar y la música volvió a sonar a todo volumen.

Perdí de vista a Simon, pero preferí dejarle su espacio esa noche porque habían acudido muchos de sus compañeros de la facultad de Historia y estaba muy solicitado. Hacía un par de semanas desde que me había besado delante de todo el mundo, pero apenas habíamos podido vernos porque yo había tenidos dos exámenes y luego llegaron las vacaciones de Navidad y cada uno se marchó a su casa. Así que nos conformamos con tomarnos un café, que se enfrió porque no podíamos dejar de besarnos, y quedar una tarde en la biblioteca de la universidad antes de desearnos unas felices fiestas.

Tenía muchas ganas de pasar más tiempo con él.

—¡Venga, mueve ese trasero! —gritó Ellen.

Jenna me cogió de la mano y acabamos las dos juntas bailando en medio del salón una canción que tenía un estribillo de lo más pegadizo. En algún momento se unió Evelyn, Sue y las demás, y terminamos haciendo el trenecito sin importarnos hacer el ridículo.

Era divertido. La vida era divertida.

No teníamos problemas ni responsabilidades. Éramos jóvenes, apenas pensábamos en el futuro y teníamos el mundo a nuestros pies. Alguien sacó un móvil y nos hicimos varias fotografías, pero era casi imposible que en todas saliésemos aceptables. Para empezar, Drika estaba borracha y no dejaba de poner caras extrañas sacando la lengua y haciendo reír a las demás. Es curioso, pero cuando años después miras esas instantáneas en las que nunca terminabas de verte bien, te das cuenta tarde de que eras preciosa y de que daba igual que salieses con la boca abierta o los ojos bizcos.

—¿Y dónde está tu amorcito? —bromeó Evelyn.

—Lo he perdido. —Me reí, y bebí más vodka.

—Tendría que habérmelo adjudicado el primer día —dijo Sue—. Es encantador. Realmente encantador. —Soltó un hipido—. ¿He dicho ya que me parece encantador?

—Creo que has bebido suficiente —le quité el vaso.

En ese momento alguien me tapó los ojos por detrás y sonreí al notar el tacto de sus manos. Me di la vuelta y le rodeé el cuello con los brazos.

—Te echaba de menos —susurró Simon.

—No quería interrumpirte —contesté.

Me besó. Me besó tan intensamente que me hubiese caído de bruces si no me hubiese estrechado contra su cuerpo. La música siguió sonando, las botellas vaciándose y los cigarros consumiéndose, pero nosotros ya estábamos lejos de allí, perdidos el uno en el otro. Así que cuando Simon me propuso ir a su habitación, no lo dudé y lo seguí.

Cerró la puerta a su espalda cuando entramos.

—Y esta es tu humilde morada —comenté.

—Sí. —Se sentó en la cama y me miró.

—¿Quiénes son? —señalé una fotografía.

—Mis hermanos. Los dos son mayores, mellizos. Mis padres decidieron arriesgarse con un tercero porque buscaban a una niña y entonces llegué yo.

Sonreí y cotilleé un poco más entre sus cosas antes de sentarme a su lado. Simon acogió mi mejilla con la mano y se inclinó para volver a besarme. Hundí la lengua en su boca y sentí que vibraba. Todo mi cuerpo vibraba. Era mágico y perfecto y maravilloso. El sonido amortiguado de la fiesta dejó de importarnos cuando mi mano se coló por debajo de su camiseta y le rocé la piel del estómago. Simon se estremeció y yo me encendí. Nos tumbamos en la cama sin dejar de acariciarnos entre jadeos y besos impacientes.

—Espera —dijo Simon—. Espera, Sophie.

—¿Qué ocurre? —Me aparté para mirarlo.

—Así no. —Señaló la puerta con la cabeza y el ruido de la fiesta regresó de golpe, como si acabase de volver a la realidad. Lo entendí—. No tenemos prisa. Y vivimos a unos metros de distancia. No hay más vacaciones por delante... —Su mano se internó bajo mi falda y subió lentamente—. Yo tengo toda la semana libre...

—Suena prometedor. —Cerré los ojos.

—Aun así, siempre podemos jugar...

Gemí cuando sus dedos me acariciaron por debajo de la ropa interior, como si quisiese disfrutar de cada segundo de intimidad que estábamos compartiendo. Recuerdo que susurré su nombre y que él incrementó el ritmo hasta llevarme al límite. Ahogué un grito en su pecho al dejarme llevar. Y luego nos quedamos mirándonos a los ojos tanto rato que nos entró la risa floja.

No sé qué hora era cuando él salió de la habitación y volvió con un porro que me pasó. Fumamos los dos. El sonido de la fiesta había bajado considerablemente, así que imaginé que tan solo quedarían los últimos rezagados.

La habitación daba vueltas y más vueltas.

—¿Por qué te gusto? —le pregunté.

—Porque te gustan las jirafas.

—Entonces es amor de verdad.

Simon se echó a reír con fuerza. Seguíamos los dos tumbados en la cama, estirados, mirándonos fijamente. Él había abierto un poco la ventana para disipar el humo.

—Me encanta tu risa. Es como purpurina.

—A mí me fascina tu cabeza y las cosas raras que piensas. Como lo de la purpurina. O que te guste organizar cosas. Además, por tu culpa me aprendí un montón de curiosidades sobre las jirafas. No creo que consiga olvidarlas jamás.

—¿Por mi culpa?

—Intentaba impresionarte.

Solté una carcajada y me acurruqué contra él.

—¿Qué más cosas sabes?

—Que su lengua es de color azul oscuro para protegerla de las quemaduras del sol.

—Vaya, increíble.

—O que no pueden bostezar.

Yo lo hice precisamente en ese mismo instante. Simon sonrió y me acogió entre sus brazos. Se estaba bien allí. Me sentía como si estuviese dentro de un nido de algún pájaro exótico, cobijada y tranquila, casi con la sensación de estar flotando.

—Creo que debería irme a casa.

—Quédate —me pidió Simon.

No faltaba mucho para que amaneciese cuando nos dormimos. Soñé con jirafas llenas de purpurina, música *rock* y algo que no pude recordar cuando desperté casi al mediodía. Me incorporé mientras me frotaba los ojos. Simon dormía a mi lado y aproveché ese momento para contemplarlo. Era adorable. Me entraron ganas de hundir los dedos en su pelo. Cogí el bolígrafo y la libreta que había en su mesilla de noche, busqué una hoja en blanco y empecé a hacer una lista: «Cosas que me gustan de Simon».

Llevaba varios puntos cuando él abrió un ojo.

—Mmmm, deja de mirarme.

Me reí, arranqué la hoja para guardármela en el bolsillo y me levanté. Simon seguía adormilado cuando levantó los brazos en alto e insistió en que desayunase con él.

El salón parecía una selva después de una estampida de elefantes. Había colillas y vasos por todas partes. Se escuchaban risas procedentes de la cocina y, cuando entramos, nos encontramos allí a Jenna y Koen. Ella vestía tan solo unas braguitas y la camiseta que Koen llevaba la noche anterior. Él tenía los vaqueros desabrochados y el torso al aire.

Fue la primera vez que vi las cicatrices.

El pecho de Koen estaba recubierto de líneas blanquecinas alargadas y redondas, algunas ascendían hacia los hombros y otras se perdían en la espalda.

—Aquí están los tortolitos —dijo Jenna.

—Veo que también os habéis divertido. —Simon alargó el brazo para coger un vaso de zumo que me ofreció—. ¿No os da el presupuesto para ropa?

Koen se echó a reír. Tenía los ojos rojos y vidriosos.

—Para algunas cosas la ropa es prescindible.

Jenna le dio un beso de infarto antes de que saliesen de la cocina y se encerrasen de nuevo en el dormitorio de Koen. Alcé las cejas mirando a Simon.

—Y a eso se le llama «no perder el tiempo».

Me subí de un salto a la encimera y, con las piernas colgando, le di un sorbo al zumo. No pude evitar preguntarle por las marcas que había visto en la piel de Koen.

—¿De qué son esas cicatrices?

Simon vaciló antes de responder.

—Su padre no es un buen hombre.

No dijo nada más y yo noté que le incomodaba hablar de algo que no me incumbía, así que no insistí. Cuando nos terminamos el zumo, salimos al rellano y me siguió hasta el piso de abajo. Simon bromeó diciendo que era todo un caballero acompañándome hasta la puerta de mi casa después de nuestra cita, y yo me puse de puntillas y lo besé.

ÁMSTERDAM, 2017

Cojo la camiseta de Simon y me la llevo a la nariz. Ya no sé si huele a él o mi subconsciente quiere creerlo. Estoy sentada en la cama. Me giro hacia la mesilla de noche y sonrío entre lágrimas cuando contemplo la pequeña figurita que descansa al lado de la lámpara de noche y la pila de libros que llevo meses sin abrir. Es una jirafa pequeña de madera. Fue el regalo que Simon me hizo por nuestro primer aniversario.

En unas horas, hará medio año desde que Simon murió.

Medio año y un puñado de recuerdos que ya no nos pertenecen a los dos, sino solo a mí. Me he cortado el pelo. En septiembre empiezo a participar en un concurso de cuentos infantiles. Zoe se va a casar. Voy a irme de viaje. Koen está escribiendo la biografía de un tipo que se ha casado ocho veces. Esta primavera ha sido especialmente lluviosa. Vandor me está volviendo loca con su nuevo trabajo para la editorial. He puesto unas cortinas torcidas en el salón. Anoche empecé a ver una serie nueva.

Si esto fuera una lista, la titularía «Cosas que Simon ya no sabe sobre mí». Pensarlo me pone tan triste que termino por levantarme de la cama para prepararme una infusión. Regreso a mi dormitorio poco después, con la taza caliente entre las manos. Me acerco a la ventana. La ciudad duerme. Y es curioso, pero sucede justo en este día señalado, cuando en medio de la quietud soy más consciente que nunca de que estoy viva. Lo estoy. Lo estoy y estoy haciendo cosas, avanzando paso a paso. Estoy siguiendo sin ti, Simon.

AGOSTO
—

25

MALLORCA, 2017

Antes de despegar ya he sentido el impulso de asesinar a mi hermana unas seis veces. No sé cómo voy a sobrevivir casi una semana junto a ella. Cuando nos acomodamos en los asientos del avión, coge la bolsa para vomitar y la hincha como si fuese un globo.

—Tronchante —digo secamente.

—Eres un muermo, Sophie.

—«Señores pasajeros, al habla el comandante del avión. En breves momentos procederemos con el despegue. Rogamos que permanezcan en sus asientos hasta que se apaguen las luces del cinturón de seguridad. Gracias por confiar en nuestra aerolínea».

—Al menos podrías haberte arreglado las uñas. —Amber señala mis manos, que siempre suelen estar enrojecidas y poco hidratadas—. No importa, lo haremos en cuanto lleguemos a la isla. Ese es el plan, una semana para querernos a nosotras mismas.

—¿De dónde has sacado ese eslogan?

—Lo leí en una revista juvenil.

Amber duerme durante buena parte del vuelo, así que aprovecho esas horas para repasar por décima vez la lista de todo lo necesario para el viaje y editar los últimos capítulos que Vandor Waas me ha enviado. No están nada mal, creo que progresamos por el camino adecuado, aunque marco bastantes cosas en el archivo para que las revise. No creo que sea apropiado que la protagonista tenga teléfono móvil a esa edad.

El sol nos recibe en cuanto salimos del aeropuerto de Mallorca. Montamos en un taxi y contemplo maravillada la ciudad que se alza bajo el cielo azul del mediodía. El viaje dura un suspiro antes de llegar al hotel, que es imponente y moderno, construido en piedra blanca y cristal. Amber da nuestros nombres en la recepción y nos dan la llave de la habitación.

—Sujeta mi maleta, que tengo que grabar esto.

—¿Esto? ¿El qué? —pregunto en el pasillo.

—La entrada a la habitación. Calla.

Guardo silencio mientras Amber apunta con el móvil hacia la puerta y la abre. Después, su voz entusiasta empieza a decir cosas que a mí me parecen absurdamente evidentes, como: «Aquí está la cama. Este es el baño con hidromasaje. Y esperad, porque estoy segura de que os van a encantar las vistas que tenemos desde el balcón».

No termino de entender por qué a sus seguidoras les va a «encantar» ser testigos de unas vistas de las que no van a disfrutar, pero, mientras ella continúa hablándole a la cámara y poniendo morritos, empiezo a deshacer las maletas. Me sigue pareciendo algo de lo más satisfactorio ordenar un armario, así que termino clasificando también la ropa de Amber. Ha traído tantos modelitos que darían para hacer un desfile de toda una colección de verano.

—¿Dónde has dejado mi bikini rosa? Tenemos que reunirnos con las demás en la zona de la piscina —dice revolviendo el armario que acabo de ordenar.

—Está en el primer cajón. Y ten más cuidado.

Yo me pongo un bañador negro y un pareo floreado que me dejó mi madre hace años cuando fui con Simon a Grecia. Al llegar a la piscina distinguimos a lo lejos a un grupo de chicas y asumo que se trata de las *influencers* destinadas a patrocinar la crema solar. Lo asumo porque todas visten genial; llevan pamelas o pulseras para ir a bañarse y, por supuesto, el móvil en la mano como si fuese una extensión más del brazo.

Amber saluda a varias de ellas y me las presenta. Cada chica es la embajadora de la marca en un país diferente. La francesa se llama Babette, la española es Marta, la noruega es Sigrid y la inglesa nos pide que la llamemos Gia. Al frente de todas ellas está Anne, la encargada de comunicación y de coordinar las actividades que realizaremos. Todas menos Babette van acompañadas por sus novios, que esperan unos metros más allá hablando entre ellos con un equipo fotográfico en las manos.

—Ya estamos todas, chicas. Qué alegría. La marca Sunlin está encantada de contar con vosotras para esta campaña publicitaria. Como sabéis, durante esta semana haremos diferentes excursiones durante las que pondremos a prueba el nuevo protector solar que lanzamos esta pasada primavera. Estoy segura de que vuestras seguidoras están deseando que las mantengáis al tanto de todo lo que haremos en la isla.

Desconecto en algún momento de la conversación y me fijo en la piscina rodeada de palmeras y flores, con los turistas nadando y tomando el sol. Siento unas ganas irrefrenables de lanzarme al agua y sonrío al pensar que quizá Ellen estaba en lo cierto y las vacaciones van a sentarme bien. Cuando la charla termina, Anne propone que comamos todos juntos, así que acabamos ocupando una mesa larga en el comedor del hotel. Babette pregunta si tienen comida japonesa y arruga su perfecto rostro cuando el camarero le contesta que no. Terminamos por pedir diferentes platos para compartir y, en cuanto los sirven, todas sacan sus teléfonos para inmortalizar el inaudito momento. A mí me entra la risa, pero se me corta cuando Amber me lanza una mirada fulminante.

—Levanta un poco la cabeza —dice el novio de Gia, que

está sujetando una hamburguesa enorme entre sus manos y finge que le da un mordisco—. Más a la derecha.

Yo ataco mi plato sin compasión. Hace semanas que regresó mi apetito, aunque aún no se lo he confesado a mi madre por miedo a que se presentase en mi apartamento con un nuevo cargamento de fiambreras. La carne asada está estupenda y las verduras crujientes. El novio de Marta intenta coger una patata frita mientras ella hace una fotografía y se gana un manotazo en la mano. Luego, por fin, todos empiezan a comer y el ambiente se vuelve más distendido. Probablemente fuese culpa de mis prejuicios, pero no pensé que la conversación sería tan interesante y el rato se alarga cuando pedimos cafés e infusiones.

—Hoy tenéis el resto del día libre —dice Anne.

Amber y yo nos pasamos la tarde metidas en la piscina y tomando el sol. Debo admitir que la crema Sunlin tiene un olor a coco muy agradable. Nos embadurnamos bien la una a la otra y disfrutamos de la vida contemplativa. Cuando me tumbo en la hamaca después de un chapuzón y cierro los ojos, estoy tan relajada que termino durmiéndome.

Es el tercer día de nuestra estancia en la isla y sigo estando roja. Cuando mi hermana sube un vídeo con la crema solar en la mano hablando ella, es sincera, comenta que le encanta el aroma, pero que la textura puede ser un poco pringosa. Yo tengo que contenerme para no aparecer en pantalla puntualizando que es importante no quedarse dormida bajo el sol.

Amber se ríe cada vez que lloriqueo por las quemaduras.

Es curioso lo mucho que ha cambiado nuestra relación desde que Simon murió. Seguimos siendo muy diferentes, casi tan opuestas que termina por ser gracioso, pero estamos más cerca que nunca. Antes no pasábamos tanto tiempo juntas ni se nos hubiese ocurrido irnos de vacaciones. Y pese a que estar con el grupo puede llegar a resultar agotador o a la cantidad de veces que chocamos por algo, nos estamos divirtiendo. En cierto modo, con un regusto diferente, casi me siento en ocasiones como si viajase atrás, a esa época universitaria en la que Ellen y yo éramos inseparables y nos reíamos a carcajadas por cualquier tontería. Además, nos dejamos nuestro espacio.

Esta noche ella se ha ido a cenar con las demás compañeras y yo he pedido que me suban unos espaguetis a la habitación porque me apetecía estar un rato a solas. La ventana del balcón está abierta de par en par y desde la cama puedo ver las estrellas y el brillo de la luna menguante. Como en silencio, con la televisión apagada. Cuando termino, cojo el teléfono y marco el número de Koen. Lo he hecho cada noche desde que llegué aquí.

—¿Te pillo en buen momento?

—Sí. ¿Qué tal el día?

—Tranquilo. Hemos ido a una cala y he estado tostándome al sol mientras todas esas chicas se hacían fotografías en las rocas. Ha estado bien, menos cuando he tenido que sacarle unas cuantas a Amber. Insistía en que «le hacía el culo plano».

—Fascinante. —Koen se ríe.

—¿Que tenga el poder de aplanar culos o mi día?

—Las dos cosas. Espera un momento. —Escucho una especie de interferencia antes de oírle decir—: El vino de la casa estará bien, gracias.

—¿Estás cenando? Siento haberte interrumpido.

—No te preocupes, Sophie.

—De haber sabido que tenías una cita...

—He quedado con Isaäk, eso es todo.

—Oh. Vale. Dale un beso de mi parte.

—Lo haré. ¿Te llamo más tarde?

Le digo que estoy a punto de acostarme y nos despedimos.

Me quedo mirando el teléfono un rato, sintiéndome un poco sola, y llamo a Ellen, pero salta su buzón de voz: «En estos momentos no puedo atenderte, probablemente esté trabajando, teniendo sexo o tirándome en paracaídas. Llámame más tarde».

El cuarto día tenemos una excursión en barco. Anne, la chica de comunicación, nos acompaña, y se encarga de grabar a todas las parejas haciéndose carantoñas mientras toman el sol en la cubierta del barco. No me puedo imaginar así con Simon ni en un millón de años, probablemente nos entraría un ataque de risa y ya no quedaríamos ideales.

Pese a la cantidad de clics que se escuchan por segundo cada vez que se sacan fotografías, el día es agradable. Desde el barco nos lanzamos al mar, que es de un azul turquesa vibrante, practicamos esnórquel y comemos pescado y fruta al mediodía. Hace más de treinta y cinco grados, el sol brilla en lo alto del cielo despejado y el susurro del agua parece arrullarme. Amber me pide que le saque una fotografía de espaldas haciendo toples.

—Tú también deberías dejarlas libres.

—¿De qué hablas? —pregunto.

—De tus tetas. Evidentemente.

Termino por hacerlo y me tumbo en la cubierta. Y allí, bajo el calor del día, me siento tranquila. Respiro el aroma a sal que nos envuelve. Desde luego la vida sería mucho más sencilla si viviese en una isla y lo único que tuviese que hacer fuese patrocinar una crema solar que no funciona. Pero dentro de dos días estaré de nuevo en Ámsterdam, recorriendo esas calles que antes eran nuestras; mías y de Simon. Volveré al apartamento que compartíamos y a la rutina, aunque aún me quedan unas semanas de vacaciones. ¿Qué haré durante los próximos meses? ¿Qué será de mi vida el año que viene? ¿Continuaré viviendo en ese piso o me mudaré? ¿Qué cosas seguirán intactas y qué otras habré cambiado? Medito sobre mis expectativas o los planes que he dejado rezagados durante estos últimos meses.

Entonces caigo en la cuenta de que estoy pensando en el futuro. Es un futuro sin Simon, sí, pero se dibuja en blanco delante de mis ojos y voy a tener que aprender a pintarlo sola. Me doy la vuelta y busco el bolso de playa que he dejado en un rincón. Cojo mi agenda y saco un pequeño papel que guardo en su interior.

—¿Qué estás haciendo? —Amber abre un ojo.

—Creo que puedo tachar otra cosa de la lista.

—No lo pillo. —Se incorpora para mirar.

—La lista que hizo Koen. Uno de los puntos era «Pensar en el futuro» y lo he hecho. Tengo que hacerlo. Así que es un pequeño logro.

Amber me la quita de las manos y la lee.

—Tiene una letra tan perfecta como él.

—Ya. Dame eso. —La vuelvo a guardar.

—¿Desde cuándo habláis tan a menudo?

Vuelvo a tumbarme sobre mi toalla naranja y lo pienso. ¿Desde cuándo? No lo sé. Koen y yo siempre hemos tenido una amistad muy estrecha, pero cuando Simon vivía nuestra relación era diferente, quizá un poco más superficial o lejana. Últimamente hemos quedado con más frecuencia y me siento bien cuando estamos juntos. Es fácil. Es cómodo. Koen me conoce, no tengo que fingir ser alguien que no soy, ni evitar hablar de Simon como me ocurre con los demás o mostrarme más animada de lo que me siento. Con él puedo estar triste. O enfadada. O quejarme porque la vida no es justa y mi marido debería estar vivo.

—No es asunto tuyo. —Me doy la vuelta.

—¿Cómo es posible que Koen se resista a mis encantos? Es la única muesca sobre mi cabecero que me queda por tachar. Deberías ayudarme a solucionarlo.

—¿Qué más te da? Si ni siquiera te gusta.

—Me interesa para un rato, eso es verdad, pero no creo que eso haya sido nunca un problema para Koen.

—¿Nunca has buscado nada estable?

—Pues no. ¿Para qué?

Levanto la cabeza y miro a mi hermana.

—Enamorarte de alguien no tiene nada que ver con el sexo. Es mucho más. Algo profundo, especial e íntimo. Tanto como para compartir tu vida con otra persona.

Amber me sonríe con tristeza.

—¿Estás pensando en Simon?

—Siempre pienso en él.

Al caer la tarde regresamos a la isla. Damos una vuelta por una zona cercana al paseo de la playa que está llena de puestos artesanales y encuentro un pequeño joyero que pienso que es perfecto para regalárselo a Zoe. Tiene conchas y piedras del mar incrustadas en la tapa de madera. Decido llevármelo y esa noche tacho otro punto de la lista.

Cuando Koen me llama más tarde, estoy en el cuarto de baño terminando de darme una ducha, así que Amber coge el teléfono. Al salir para buscar mi pijama, me la encuentro tumbada en la cama con una sonrisa idiota en la cara.

—Oh, mira, aquí está mi hermana. Como Dios la trajo al mundo. ¿Koen? ¿Sigues ahí? Te estaba diciendo que estoy libre el próximo jueves por la noche y conozco un *pub* de música *rock* que te encantaría. ¿Por qué te ríes? —Hace un mohín y pone los ojos en blanco cuando escucha su respuesta—. Deja de llamarme Amber-Lamber. Está bien. Tú te lo pierdes. —Me da el teléfono.

Desaparece en el cuarto de baño y yo salgo al balcón. Es

pequeño, pero hay una mesa redonda de madera, dos sillas y algunas plantas. Me siento con las rodillas contra el pecho. Huele a jazmín, y es una noche templada y agradable de verano.

—¿Un buen día? —pregunta Koen.

—No me quejo. Lo he pasado en un barco junto a varias *influencers* y he sobrevivido sin salir en ninguna foto de refilón. No me preguntes cómo lo he conseguido.

Koen se ríe y luego suspira.

—Ahora mismo te envidio. Yo he conseguido cerrar la etapa de la primera mujer de Pickman. Creo que cuando termine tendré que volver a revisar el manuscrito y eliminar la mitad del material. ¿Sabes? Me ha ocurrido en varias ocasiones no tener casi de dónde tirar para conseguir que la biografía resultase interesante, pero en este caso, joder, me estoy planteando omitir ciertas cosas.

—¿Como qué?

—Pues como que le encantaba esnifar coca sobre las tetas de su cuarta mujer. O que por culpa de los excesos no recuerda nada de lo que hizo durante, exactamente, siete meses. O que una vez el grupo se había colocado tanto que llenaron de mierda las paredes del hotel.

—¿Te estás quedando conmigo?

—Ojalá, Sophie. —Vuelve a reír.

—En primer lugar, no puedes censurar esos detalles porque, seamos sinceros, a los lectores les gusta el morbo y lo raro. En segundo lugar, ¿qué tipo de hombre es ese?

—Si te lo cruzases ahora por la calle pensarías que tan solo es un viejecito encantador, de esos con el pelo blanco y pantalones marrones. Por cierto, dejó embarazadas a la vez a la cuarta y la quinta mujer, así que tengo que decidir en qué orden lo cuento.

—No sé cómo la gente puede tener vidas tan intensas. Lo

digo en serio, Koen. Menudo agobio, ¿no? Tantas emociones a la vez. ¿Sueno como una señora aburrida?

—Tan solo como alguien sensata.

—Siempre sabes elegir el adjetivo adecuado.

—Gajes del oficio. ¿Qué hacéis esta noche?

—Nada especial, me quedaré en el hotel.

—Deberías salir.

—¿Para qué?

—Pues para divertirte. No te digo que termines tan borracha como para llenar las paredes del hotel de mierda, pero sí como para que te lo pases bien un rato.

Me echo a reír y chasqueo la lengua.

—Creo que me voy a dormir ya.

—Buenas noches, Sophie.

—Buenas noches, Koen.

Me quedo un rato más en el balcón después de colgar. Se está bien aquí, escuchando el cantar de los grillos y el leve rumor de los clientes que aún siguen en el comedor tomándose una copa y disfrutando de la velada. Las estrellas parecen temblar en lo alto del manto oscuro. Y siento un escalofrío cuando de repente me pregunto si él podrá verme. Quizá Simon esté ahí, en alguna parte, en el borde de alguna constelación, o en el aire que me rodea. Quizá me vea y sonría al verme más o menos entera, pensando en él y contemplando la noche.

Es la última noche que vamos a pasar en la isla. Mañana sale nuestro vuelo de regreso a las seis de la tarde, así que he cedido cuando Amber se ha empeñado en que saliésemos de fiesta con el resto de las chicas. «No puede ser tan terrible», me he dicho para animarme. Pero probablemente me equivoque. Lo noto en cuanto mi hermana insiste en que me ponga uno de sus vestidos cortísimos y me maquille más de la cuenta.

Cuando me miro al espejo me cuesta ver a la chica que he sido estos meses, una que casi se fundía con las paredes y que pasaba desapercibida para el mundo, como si me hubiese convertido en un fantasma tras la marcha de Simon. El vestido es negro, pero al caminar no dejo de bajármelo por detrás por miedo a que se me vea el trasero, algo que provoca que Amber se ría de mí.

Después de una cena ligera en un japonés para complacer a Babette, vamos a un *pub* de moda que tiene techos altos y cierto estilo futurista con luces de neón azules por todas partes. Me arreglé menos el día de mi boda que mucha de la gente que está aquí para salir esta noche. Casi me siento ahora un poco fuera de lugar con mi vestido veraniego y los pendientes de concha que he estrenado. Suena una música *techno* a mucho volumen.

Nos acomodamos en una mesa grande que está libre. Todas piden copas con nombres desconocidos para mí. «Aphrodisiac, Coco Blue y Sex on the Beach».

—¿Qué vas a tomar? —me pregunta Amber.

—¿Un Martini? —No estoy segura de que sigan existiendo, quizá ahora formen parte de la prehistoria—. O lo que tú tomes estará bien.

Media hora después tengo una bebida de color rosa fucsia en la mano y desconozco qué lleva, pero admito que está deliciosa. Mi hermana y Gia se ríen mientras cotillean el perfil de una chica de Instagram; prefiero no preguntar quién es ni qué les hace tanta gracia. Marta está sentada en el regazo de su novio y no deja de besarlo como si fuese una especie de aspirador. Babette mira a su alrededor con cara de estar oliendo a mierda; no estoy segura de que nada en este mundo sea capaz de entusiasmarla.

De repente Sigrid me coge de la mano y dice:

—¡Me encanta esta canción! ¡Bailemos!

Me veo arrastrada hacia el fondo del local, donde la gente está de pie y se sacude al compás de la canción que suena por los altavoces. Amber y Gia se unen a nosotras. Así que me muevo junto a ellas. Y me lo paso bien, porque admito que son más divertidas de lo que esperaba. Pero pronto me doy cuenta de que, aunque esté bailando, no voy a poder tachar ese punto de la lista, no sería justo, porque no puedo abandonarme a la música. Sigrid comienza a grabar con su teléfono y yo sonrío a la cámara e intento no parecer una lechuga amargada. Poco a poco voy relajándome hasta que, de pronto, noto unas manos en mi cintura. Me giro y un chico rubio y alto me sonríe.

—Guapísima —dice con acento italiano.

—Lo siento, estoy casada —contesto.

—Yo no celoso —replica.

Tiene una sonrisa bonita. No es sincera y amplia, como la de Simon. Ni tampoco reservada y enigmática, como la de Koen. Es tan solo eso, bonita, está un poco vacía. Me hace dudar, pero mi hermana parece entusiasmada al verme interaccionar con otro ser humano y me digo que quizá es lo correcto, lo que debería empezar a hacer.

—¿Puedo invitar una copa?

—De acuerdo.

Cinco minutos después tengo una copa en la mano derecha y a un italiano enfrente que no deja de moverse siguiendo el ritmo de la música, así que lo imito y bailamos un rato. Me siento como si fuese una jubilada que no recuerda cómo se ligaba. Él no parece tener intención de mantener una conversación interesante ni de bromear. Yo hubiese agradecido estar en un lugar más tranquilo, pero en algún momento (cuando me termino la segunda copa) me olvido de todo y cuando él me coge de la mano doy vueltas y vueltas y vueltas. Me ha dicho que se llama Fabio. O Filipo. Ya no me acuerdo.

Pero entonces me rodea la cintura y me atrae hacia su cuerpo. Estoy un poco mareada y las luces azules parecen chisporrotear alrededor.

—Bella —dice peligrosamente cerca de mi boca.

Y luego me besa. Alguien que no es Simon me está besando y, en lugar de disfrutarlo, lo único en lo que puedo pensar es que el tacto de sus labios es distinto y sus movimientos no se parecen a los de mi marido, porque son torpes e incómodos, como dos bocas que no se reconocen y a las que les cuesta encajar. No es excitante. No es placentero.

Me aparto dando un paso hacia atrás.

—Lo siento. —No lo miro a los ojos antes de dar media vuelta y alejarme de él. Me abro paso entre la gente hasta llegar a mi hermana, que está haciéndose un *selfie* con Gia.

—Sophie, ¿te lo has pasado bien?

—Me marcho —digo secamente.

Camino hacia la puerta principal y respiro al fin cuando salgo. El aire fresco de la noche es como un bálsamo, pero mientras me alejo calle abajo noto que empiezan a escocerme los ojos. No dejo de pensar en Simon y en nuestro primer beso juntos. Fue perfecto. Fue un beso épico. Él, con esa chaqueta vaquera que le quedaba tan bien y el pelo revuelto después del concierto. Él bajando del escenario y deslizando su mano por mi nuca. Él haciendo magia al besarme. ¿Cómo podría nadie superar aquello?

—¡Sophie! ¡Espérame! —grita Amber.

Pero no le hago caso. Sigo caminando. Lo hago porque no puedo parar. Sé que en cuanto deje de mover los pies me derrumbaré, así que continúo sin dudar, aunque no sé si el hotel está en la dirección contraria. Mi hermana logra darme alcance y me coge del brazo.

—¿Qué ha pasado ahí dentro?

—Nada, solo quiero irme ya.

—¿Ese tío te ha hecho algo?

Freno al fin y miro a mi hermana, aunque sé que hacerlo es un error, porque me siento de repente como uno de esos edificios que alguien decide demoler y que tras la primera explosión van desplomándose poco a poco hasta convertirse en una nube de polvo.

—¿Qué? No. Solo me ha besado. Y ha sido horrible. Ha sido como coger algo precioso y romperlo hasta que no quede ningún pedazo intacto. O como probar una cucharada de un plato delicioso y que después te den de comer sobras. Y estoy cansada. Y triste. Y borracha. Pero, sobre todo, estoy enfadada, porque Simon debería estar aquí, conmigo, en ese estúpido local de moda. Al menos, nos habríamos reído juntos de los nombres que ponen hoy en día a las copas o habríamos jugado a «Imagina que». Pero no está. Nunca va a volver. Y créeme, la mayor parte del tiempo me siento razonablemente bien, pero de repente ocurre algo que me recuerda que con Simon las cosas eran mucho mejores y siento que vuelvo a caer hasta el fondo y yo..., yo...

Rompo a llorar cuando Amber me abraza con fuerza. No sé cuánto tiempo estamos así en medio de la calle, pero sí que es el abrazo más sentido que mi hermana me ha dado jamás. Cuando se aparta veo que ella también está llorando en silencio. Caminamos juntas hasta el hotel. Me quito el vestido en cuanto llego y me meto en la cama. Amber se tumba a mi lado y me acaricia el pelo como si fuese una niña pequeña hasta que me quedo dormida.

26

LEIDEN, 2009

Esa noche iba a ser especial. Ellen se había ido a dormir a casa de Drika para dejarme el apartamento libre y yo había invitado a Simon a cenar. Él había sonreído antes de decir:

—¿Me estás pidiendo una cita, Sophie?

—Creo que sí. —Me reí tontamente.

Así que por la tarde me puse un conjunto de lencería que me gustaba y mi vestido favorito, que era de punto y de color gris. Le pedí a la señora Ferguson que me diese la receta del asado que había hecho semanas atrás para todos y dejé la casa impoluta. Quería que fuese perfecto, como una de esas citas dignas de película romántica.

Ya eran las ocho cuando Simon llamó al timbre.

—Llego puntual a pesar del tráfico —bromeó.

Sonreí y le di un beso antes de dejarlo entrar. Él me siguió hacia la cocina y yo abrí el horno para comprobar que todo fuese según lo previsto. La carne tenía un estupendo aspecto dorado, así que pensé que era el momento ideal para añadir las patatas.

—¿Se te da bien cocinar? —preguntó Simon.

—Sí, pero no especialmente. Quiero decir, todo el mundo puede saber cocinar si hace las cosas adecuadamente. Tan solo hay que seguir punto por punto los pasos de cualquier receta y el orden es recompensado con un resultado delicioso.

—¿Te he dicho alguna vez que a veces me das miedo?

Me eché a reír y metí de nuevo la bandeja en el horno.

—¿Qué tal los ensayos esta semana?

—Nos entendemos muy bien, sobre todo cuando se trata de crear nuestras propias canciones. Koen escribe unas letras increíbles y Drika tiene un don para marcar el ritmo, los demás tiramos a partir de ahí. Es como el efecto de bola de nieve.

—¿No habéis pensado en volver a actuar?

—Sí, puede que lo hagamos. A Isaäk le pasaron el contacto del dueño de un local que podría estar interesado en que tocásemos algún día. Ya veremos.

—La botella de vino está en la nevera.

—Yo la abriré —se ofreció.

Simon cogió la botella y, cuando fue a descorcharla, tiró con fuerza el brazo hacia atrás, golpeándome en la nariz. Solté un grito de dolor y él dejó el vino en la encimera.

—¡Mierda, joder! ¡Lo siento!

—Ay —gimoteé.

—Perdóname.

Y empezó a besarme la nariz. Y a mí me entró la risa tonta. Y luego sus labios se deslizaron más abajo, hasta rozar mi boca. Y dejé de sentir dolor porque todo lo llenó él. De repente, nuestras manos estaban por todas partes, tocándonos y acariciándonos. Me sostuvo contra su cuerpo antes de alzarme y yo rodeé sus caderas con mis piernas. Hundí los dedos en su pelo cuando dejó un reguero de besos por mi cuello. Quería más. Quería mucho más.

—Dios, Sophie... ¿Dónde... dónde está...?

—¿La habitación? Gira a la derecha.

Llegamos. No sé cómo, pero llegamos. Acabamos tumbados en mi cama, besándonos despacio para saborear cada instante. Las manos de Simon se colaron bajo mi vestido y ascendieron lentamente. Yo me arqueé contra él y le quité la camiseta. Estaba deseando tocarlo, memorizar su piel, buscar marcas y lunares que fuesen solo suyos. Nos desnudamos el uno al otro entre jadeos. Hacía frío, así que Simon cogió el edredón y nos tapó con él mientras nuestros cuerpos se conocían, apretándose entre sí y rozándose antes de que finalmente encajásemos. Y fue perfecto. Tan mágico..., tan fácil... Siempre he pensado que el mundo subestima la sencillez, lo que fluye, lo que funciona sin esfuerzo, como si necesitásemos sufrir y luchar con uñas y dientes para que algo adquiera más valor. Con Simon todo fue siempre sencillo y jamás necesité más.

—Joder. —Me abrazó cuando conseguimos respirar de nuevo con normalidad. Sus labios se posaron en mi cabeza y bajaron hasta mi oreja—. Imagina que tuvieses que repetir un momento de tu vida en bucle y sin parar. Pues bien, creo que en mi caso lo tengo claro.

—Sorpréndeme.

—La secuencia empezaría en la cocina, justo después de estar a punto de romperle la nariz a mi novia, y terminaría exactamente aquí, jugando a «Imagina que».

Sonreí tanto que me dolieron las mejillas. Fue la primera vez que Simon le puso nombre a nuestro juego, pero en esos momentos ni siquiera sabía que se convertiría en algo solo nuestro, porque hubo otra cosa que llamó mi atención.

—Así que «tu novia» —dije.

Simon dudó, como si hubiese metido la pata o algo así. Se giró y quedamos frente a frente, los dos mirándonos casi sin pestañear. Estaba guapísimo con el cabello despeinado y los labios enrojecidos por culpa de todos los besos que le había dado.

—Quizá no debería haberlo dado por hecho, pero me gustas, Sophie. Me gustas más de lo que jamás me ha gustado nadie. Así que...

—No hace falta que me hagas una declaración.

Me eché a reír y él se relajó un poco.

—Menos mal, porque se me dan fatal.

—Bien. Entonces... somos novios.

—Novios.

—Muy novios.

—¿El «muy» implica algo?

—Yo qué sé. Estoy nerviosa. —Tenía la sensación de que mi cuerpo estaba relleno de gelatina y había olvidado qué día era y casi hasta mi nombre, pero en medio de mi paseo por las nubes percibí un olor que no era el de la colonia de Simon—. ¿A qué huele?

—Ni idea. Espera. —Olfateó el aire.

—¡Mierda! —Me levanté de un salto.

Corrí hasta la cocina y lo primero que hice fue apagar el horno. Luego abrí la puerta y una humareda lo llenó todo. Tosí cuando Simon apareció a mi espalda. El asado estaba totalmente arruinado, negro como el carbón. Encendí la campana de la cocina.

—¿Estás bien? —Me abrazó.

—Nos hemos quedado sin cena. Yo tenía pensado que fuese una cita romántica; con las velas, el vino, la música que tenía preparada en el reproductor. Y después, cuando estuviésemos un poco achispados, tú me besarías y acabaríamos en la habitación.

—Veo que lo tenías todo controlado. Y, ahora, ¿qué te parece si pedimos una *pizza* y nos la comemos en el sofá? No me dirás que no es un plan mucho mejor.

Sonreí y él fue a la habitación para coger el teléfono.

Simon siempre arreglaba las cosas. Siempre. Por eso era el pilar sobre el que todos nos sosteníamos. Simon era el parche, el hilo que cosía, el cemento sobre las grietas.

Antes de que él se convirtiese en una.

27

ÁMSTERDAM, 2017

Llego diez minutos tarde cuando veo a Koen en la puerta del teatro. No parece impaciente, tan solo distraído hasta que su mirada se cruza con la mía. Entonces sonríe. Una de sus sonrisas pequeñas. Me da mi entrada cuando me acerco. Esta vez son para el musical de *Grease* y me hace especial ilusión porque de pequeña me encantaba la película.

—Te sienta bien el bronceado.

—Gracias. —Lo sigo dentro.

Nuestros asientos están en la quinta fila. Nos acomodamos instantes antes de que empiece el espectáculo. Vuelvo a sentirme como una adolescente cuando veo a Sandy llegando al nuevo instituto después de despedirse de ese amor de verano al que pensó que no volvería a ver. Hacia la mitad de la obra, cuando el protagonista está bailando en el decorado de un taller de coches con un peine en la mano, la cara de Koen es un poema. Está horrorizado. Lo sé porque lo conozco bien, pero pese a todo intenta mantenerse sereno.

—«You better shape up, 'cause I need a man and my heart is set on you...».

En medio de la canción final, miro a Koen.

—¿Seguro que te encuentras bien?

—Sí, claro. Sí, muy bien.

Me río bajito y vuelvo a disfrutar de la obra. La chica lleva unos pantalones negros de cuero ajustadísimos y él también, con un tupé algo exagerado en la cabeza. No dejan de moverse al son de la canción mientras los personajes secundarios siguen la coreografía.

Aplaudo emocionada cuando termina.

Creo que Koen es el primero de toda la sala en salir. El viento templado de finales de agosto nos recibe y echamos a andar calle abajo. Yo visto una chaqueta fina de punto, pero él va en manga corta y en la parte superior de los antebrazos pueden distinguirse algunas marcas y cicatrices. Me pregunto qué tendrá Koen dentro del pecho. Qué sentirá. Qué teme. Qué anhela. Si alguna vez piensa en sus padres. Si es capaz de sentir nostalgia cuando recuerda su infancia o tan solo alberga dolor y odio.

—Gracias por acompañarme.

—No tienes que dármelas.

—Sí, porque sé que no soportas los musicales. —Sonrío sin dejar de andar—. Y sé que cuando estabas ahí dentro has pensado en huir, pero no lo has hecho.

Una sonrisa fugaz y pequeña se dibuja en sus labios.

—No podía dejarte a tu suerte. ¿Y si acababas contagiándote del virus y comprándote pantalones de cuero o toneladas de laca?

—Y cantando: «You're the one that I want, ooh, ooh, ooh, honey».

—Esto me ha quitado años de vida, lo sabes, ¿verdad? Deberías recompensarme de alguna forma, pero no se me ocurre nada lo suficientemente odioso.

Avanzamos por Herengracht. Los barcos se mecen en el canal bajo la luz de la luna, que intenta abrirse hueco entre la telaraña de nubes que cubre el cielo. Nuestros pasos acompasados resuenan en la noche y, cuando pasamos frente a una heladería, le digo que me apetece un helado. Me pido uno de chocolate y él elige otro de nata.

—Está riquísimo, ¿quieres? —le ofrezco.

—Sabes que no soporto el chocolate.

—Pero es que este está delicioso...

—¿Lo estás haciendo solo para poder probar el mío?

—Sí. —Sonrío al darme cuenta de lo rápido que me adivina y hundo mi cuchara de plástico en su helado para coger un poco—. Sabroso, pero no tanto como el mío.

Enfilamos la última calle antes de llegar a mi casa. Hace rato que nos hemos terminado los helados y caminamos en silencio. Es relajante hacerlo, sobre todo de noche, cuando no hay tanta gente alrededor y el ruido de cada día se convierte en un murmullo. Miro a Koen. Lo conozco desde hace tantos años que creo que podría distinguir su forma de andar entre otras cien personas más; los hombros tensos, la espalda recta, pero, curiosamente, casi arrastrando los pies como con cierta dejadez.

—¿Puedo contarte algo? —le pregunto.

—Claro. Lo que sea.

—Cuando Simon murió no soportaba ni mirarte.

—Ya lo sé.

—Lo único que veía cuando te tenía cerca era el hueco que él había dejado, porque siempre estaba entre nosotros y de repente... ya no. Creo que no fui justa contigo.

Koen suspira y niega con la cabeza para quitarle importancia. Pasa un rato hasta que me mira dubitativo, como si hubiese estado sopesando qué decir.

—¿Y ahora? —susurra.

—Ahora no soportaría tenerte lejos.

Esta vez, Koen me regala una sonrisa de verdad antes de seguir andando calle abajo. Y entonces, cuando él aparta la mirada, dejo escapar un suspiro. Hasta que lo hago no soy consciente de que estaba conteniendo el aliento. Porque he sido sincera. La idea de que Koen se aleje me acongoja tanto que me asusto. Cuando estoy con él, me siento como si viviese dentro de una de esas botellas de cristal donde se construyen barcos en miniatura. Hacerlo es una tarea muy minuciosa: tienes que meter cada pieza con unas pinzas y tener un pulso de acero, pero, al estar inmersa en algo que te requiere tal precisión, no piensas en nada más. Solo en que las velas queden extendidas, cada mástil recto y todos los detalles bien colocados. Y en esos momentos, centrada en nuestro pequeño mundo, olvido por un instante el peso de la ausencia que los dos compartimos.

SEPTIEMBRE
—

28

ÁMSTERDAM, 2017

Llevo media mañana al teléfono con Vandor y no conseguimos entendernos. Todo iba bien hasta el cuarto capítulo. Gigi,
la protagonista de su nuevo libro, es una chica que siempre va
acompañada de su perro, lleva el pelo recogido en una larga
trenza y una chaqueta roja que le da el poder de hacerse invisible. Era perfecto, hasta el momento en el que Vandor ha
decidido que la trama fuese que la niña entrase a robar un
banco.

—No puedes escribir eso, Vandor.

—¿Por qué no? Es un giro inesperado.

—¡Pero está mal! No podemos decirles a los niños que su
heroína utiliza el poder de la invisibilidad para robar. Se supone que debemos trasmitir mensajes adecuados.

—¿Sabes? Escribir con tantas normas es aburrido.

No quiero enfrascarme en una discusión con él, así que reprimo un suspiro mientras anoto en mi agenda un par de cosas
con el teléfono sujeto entre el hombro y la mejilla.

—¿Qué te parece la idea de que Gigi utilice su poder para
lo contrario? Es decir, podría ayudar a atrapar a los ladrones.
Juega con ventaja.

—Mmmm, no está mal.

—¿Cuándo podrías entregarme el nuevo capítulo?

—¡Se me ha ocurrido una idea! —Oh, oh, me lamento—.

¿Y si va acompañada por una capibara? Tener un perro es tan corriente y vulgar...

—¿Qué? ¿Qué es una capibara?

—Pertenece a la familia de los cávidos.

—No sé ni de qué me estás hablando...

—Se le suele describir como el roedor de mayor tamaño del mundo.

Mientras Vandor sigue hablando, aprovecho para hacer una búsqueda rápida en Google y descubro que las capibaras son una especie de mezcla entre rata y ardilla gigante.

—Ya has escrito los primeros tres capítulos con el perro.

—Puedo cambiarlo, eso no sería un problema. ¿Qué opinas? Una idea tuya, la de que Gigi pille a los ladrones, y una idea mía, que lo haga con una capibara.

Estoy atrapada. Tengo que ceder porque de lo contrario es probable que jamás termine este proyecto y necesito que lo entregue en apenas unos meses. Ya lo hemos retrasado dos veces, no tenemos más margen porque se lo hemos presentado a los comerciales y en *marketing* están preparando la campaña de publicidad. Me froto las sienes con cierto agobio e intento mantener la calma y la serenidad.

—De acuerdo. Pásame el capítulo cuanto antes.

Vandor cuelga sin despedirse y me quedo mirando el teléfono como una idiota. Sacudo la cabeza antes de volver a lo mío: responder correos electrónicos. Antes de que termine la mañana hablo con una correctora, con el maquetador, y finalmente llamo a *marketing*. Cinco minutos más tarde, Zoe aparece en mi pequeña celda con una sonrisa.

—Lo siento, llevo un día de locos. La vuelta de las vacaciones siempre es catastrófica, ya lo sabes, pero tengo preparado el *dossier* para el nuevo libro de *Amy McAdams*.

—Perfecto. Gracias.

—¿Qué tal fueron las vacaciones?

—No me puedo quejar. Y, por cierto, te traje una cosa —digo mientras me giro para buscar el regalo en mi bolso—. Es una tontería, pero quería darte un detalle por tu compromiso.

—No era necesario, de verdad.

—Ábrelo. —Se lo tiendo.

Zoe rasga el papel marrón con prisas, como una niña. Sonríe cuando ve la cajita de madera llena de pequeñas conchas del mar y piedrecitas de aristas irregulares.

—¡Es preciosa, Sophie!

Repasamos un poco más el catálogo de los próximos meses y todo lo que tiene previsto el equipo de *marketing*. Después, cuando Meghan llega de una reunión, hablamos del plan de esa tarde. El día de hoy lo tengo marcado en el calendario con una enorme cara sonriente que indica que es el comienzo del concurso infantil de cuentos.

—¿Nerviosa? —Meghan se sienta.

Las dos se ríen cuando respondo:

—Un poquito. Un poco. Mucho.

—Todo irá genial —me dice Zoe.

—Mándanos un mensaje al acabar.

Cojo la bicicleta al salir del trabajo y pedaleo hasta la ludoteca. Me pierdo dos veces antes de encontrarla. Simon siempre decía que tenía el sentido de la orientación atrofiado, ni siquiera se fiaba de mí cuando miraba Google Maps. La fachada del edificio es de un tono azul tan pálido que casi parece gris hasta que lo miras de cerca. La puerta de la entrada es robusta y por la calle circulan madres y padres llevando a sus hijos de la mano. Me dan ganas de gritarles a todos esos niños que sean buenos y aplaudan mucho cuando le toque el turno a *La ballena Buba*. Le pongo el candado a la bicicleta y espero a Lieke Dahl.

Llega diez minutos más tarde jadeante y con la cara roja.

—Lo siento. Tuve un problema de última hora y se me hizo tarde. Dios, estoy muy nerviosa, Sophie, no sé si voy a ser capaz de leer en voz alta. Ya sé que son niños, ¿vale? Pero odio hablar en público. Cuando era pequeña se reían de mí en clase porque no sé pronunciar bien la letra «r» y seguro que estos críos se dan cuenta y...

—Shhh, cálmate. Todo saldrá bien.

Apoyo las manos en sus hombros y le sonrío. Lieke es una mujer de unos treinta y cinco años, de mejillas redondeadas y bonitos ojos verdes. Suelta el aire que ha estado conteniendo y respira hondo. Me doy cuenta en este momento de que hacía mucho tiempo que no tranquilizaba a nadie, porque durante los últimos meses era lo que tenían que hacer conmigo. Resulta agradable poder consolar y brindar apoyo.

—Tu trabajo es estupendo y ahora lo único que tenemos que hacer es enseñárselo a los demás para que puedan verlo. ¿Estás preparada?

Lieke asiente con la cabeza.

—Venga, pues vamos.

Entramos en la ludoteca. Es pequeña y la sala que se ha habilitado para la lectura de cuentos está ya llena de niños que hablan sin cesar, juegan y gritan. Los miembros de las otras cuatro editoriales están junto a la organizadora del evento, una joven con el cabello de un rosa chicle que sostiene un micrófono en la mano. Nos acercamos a ella.

—Hemos organizado los turnos por el nombre alfabético de las editoriales. Así que en primer lugar le toca a Dertien y por último a Raket. Será mejor que empecemos ya.

—Un momento —la interrumpo—. ¿Será siempre así?

—¿Qué quieres decir? —Parece irritarle mi pregunta.

—No creo que sea justo mantener un orden estático. En mi opinión, dirigiéndonos a un público infantil, las primeras lecturas parten con ventaja. Son niños, se cansan enseguida de todo. Cuando nos toque a las últimas, habrán dejado de prestar atención.

—Lo siento, así son las reglas —contesta secamente.

Se aleja sin mirar atrás y se coloca en el centro de la sala antes de llevarse el micrófono a los labios. Los niños se callan cuando empieza a hablar con un entusiasmo forzado. Nunca me ha gustado la gente que les habla a los más pequeños como si fuesen tontos, me da la sensación de que los subestiman. A mi lado, Lieke se muerde las uñas mientras la organizadora le cede el turno de palabra al primer autor, un hombre que viste una apretada americana y que me recuerda a un dibujo animado que no termino de ubicar.

—*Las flores mágicas de la abuela* —dice leyendo el título antes de carraspear—. «Cuando Pipper se fue a vivir con su abuela, no imaginaba que su mundo estaba a punto de cambiar. Aquella casa tenía dos plantas y una buhardilla llena de antigüedades que parecían tesoros...».

Debo admitir que me parece bueno. Cuando acaba su lectura, sé que si ese cuento hubiese llegado a mis manos lo habría publicado. Después les toca el turno a las otras tres editoriales. No me atrapan de la misma manera. Uno de los cuentos va sobre un osito, algo que está demasiado visto. Otro sobre la importancia del reciclaje; es un buen tema, pero nosotros hemos publicado varios similares durante el último año. Y finalmente uno de una bailarina que tiene unas zapatillas mágicas. La autora sostiene el cuento con una mano mientras con la otra mueve la marioneta de una joven enfundada en un tutú.

Cuando le toca el turno a Lieke estoy tan nerviosa como ella, pero intento disimularlo para que no se agobie más. Es tan tímida que se sonroja en cuanto se sienta en el sillón que han preparado frente al grupo de niños. Como me temía, gran parte del público ya está deseando que acabe el espectáculo, cansados de tantos cuentos. El crío que tengo al lado intenta meterle el dedo en la nariz a su compañero y las chicas que hay más allá hablan entre ellas de quién sabe qué, ignorando a Lieke, que ha empezado a leer.

Lo hace insegura, tropezándose con algunas palabras, casi sin levantar la vista del cuento que sostiene entre las manos. Les dirijo a los niños que están hablando una mirada afilada, pero ignoran deliberadamente mi cabreo. Pobre Lieke, era lo último que necesitaba para mermar su seguridad. Cuando termina su turno se levanta atropelladamente y casi tira abajo la silla. Un par de niños sueltan una risita de lo más irritante.

—Ha sido un desastre —me dice cuando le sonrío.

—No, en absoluto —miento—. Lo has hecho bien. Tú no tienes la culpa de que el sistema del concurso sea injusto. Espera aquí, voy a hablar con la organizadora.

La joven del pelo rosa arruga su diminuta nariz al verme llegar.

—¿Puedo ayudarte en algo?

—Sí. He visto que una de las participantes salía con una marioneta y quería saber si eso está permitido, porque en ese caso podríamos preparar también algo similar.

Duda un instante, como si la hubiese pillado con la guardia baja.

—Sí que puede hacerse —contesta finalmente.

—Genial. —Le sonrío y me doy media vuelta.

Lieke y yo salimos de la ludoteca poco después. Le repito que lo ha hecho muy bien y que probablemente en la próxima irá aún mejor, porque todo es cuestión de práctica. Nos despedimos y regreso a casa en bicicleta. Suena el teléfono cuando vierto en el cazo que tengo al fuego el contenido de una sopa instantánea de sobre.

—He tenido un día horrible, así que no va a ser difícil que el tuyo haya sido mejor. A menos que hayas descubierto que William Pickman en realidad no se casó ocho veces, sino nueve. Dicho lo cual, tampoco sería algo sorprendente para nadie.

—¿Sophie? ¡Soy Ellen! ¿Con quién hablabas?

—Perdona, pensaba que eras Koen.

—Pues no, soy tu mejor amiga, aunque a veces casi ni lo recuerdes —dice con retintín—. Así que, cuéntame, ¿por qué has tenido un día horrible?

—Tengo que lidiar con un autor caprichoso.

—¿Cómo de caprichoso? ¿Nivel ocho?

—Nivel «seguro que si fuese rico pediría bañarse en leche de cabra cada vez que fuese a un hotel y que le exprimiesen el zumo de naranja en la misma habitación para asegurarse de que está recién hecho». Ese tipo de autor.

—Encantador.

—Y luego ha sido la inauguración del concurso. Un desastre. Resulta que salimos siempre en último lugar, cuando los niños ya están aburridos de escuchar historias, ¿a ti te parece justo?

—No.

—Bien, porque no lo es. Una de las autoras ha ido con una marioneta.

—¿Y eso es malo?

—No avisaron de que podía hacerse.

—Pues aprovéchate de eso tú también.

Me muerdo el labio inferior mientras la cocina se llena del aroma que desprende el caldo. Apago el fuego y sonrío lentamente cuando una idea me sacude de pronto.

—¡Creo que se me acaba de ocurrir algo genial!

Aquella primavera todos florecimos a la vez.

Los Dinosaurios empezaron a actuar a menudo en algunos locales de la ciudad. De repente, tenían seguidores: algunos estudiantes que iban allá donde tocaban y cuyas caras se volvieron conocidas. Casi siempre era en sitios pequeños y a cambio de cerveza gratis, algo de lo que nos aprovechábamos todos. Cantaban algunas versiones que nunca fallaban de Nirvana, Red Hot Chili Peppers, Kings of Leon, Oasis o The Killers. Y poco a poco fueron incorporando más temas propios. A Koen y Drika se les daba bien componer juntos, en el repertorio tenían *Ese castillo es nuestro corazón*, que siempre me recordaba al momento en el que Simon se bajó del escenario y me besó; *Tiempo de huracanes*, que hablaba de tocar fondo y volver a levantarse; o *Nosotros en la luna*, un tema más romántico sobre dos personas que se encontraban en el lugar y en el momento equivocado.

Fue tan paulatino que no supuso un cambio para nadie. «Es divertido», repetía siempre Koen como si esa palabra lo explicase todo. Los demás le daban la razón.

Esa noche actuaban en Garazi, un club que estaba de moda en aquel entonces y que solía llenarse los fines de semana. Cuando llegué al *pub* con Ellen, el grupo ya estaba haciendo la prueba de sonido sobre el escenario. Era más grande que los anteriores, no se trataba exactamente de la típica taberna oscura en la que solían tocar. Había asientos acolchados de color rojo, las paredes estaban recubiertas de papel pintado y el suelo de madera parecía recién barnizado. Lo habían decorado con mucho gusto.

Isaäk estaba con una chica que no había visto antes, algo que tampoco me sorprendió porque cada mes lo acompañaba una diferente. Terminaron pronto y nos sentamos todos alrededor de la mesa. Jenna se acomodó en el regazo de Koen y le dio un beso tan tórrido que aparté la vista con las mejillas sonrojadas. Simon se echó a reír y me estrechó contra él.

Llevábamos dos meses saliendo juntos, desde principios de enero. De pronto se había convertido en algo rutinario tener en casa a Simon o subir a la suya, no me importaba pasar tiempo con Koen e Isaäk cuando Ellen tenía con Drika una de sus peleas, algo que era más frecuente de lo que a todos nos gustaría. No había una razón concreta, aunque las dos eran muy celosas y tenían la mecha muy corta. Así que a menudo acababa huyendo al apartamento de los chicos tan solo para no estar en medio y que Ellen me pusiese en la tesitura de mediar entre ellas. «¿A ti no te parece que decirle a alguien que te gusta su pintalabios es coquetear?». Sinceramente, pensaba que no, pero cuando se lo decía solo conseguía que el enfado se extendiese hacia mí. O «Sophie, ¿crees que deberíamos comer lácteos caducados?, porque aquí hay alguien que pretende morir de una intoxicación».

Refugiarme en el apartamento del tercer piso era la manera de evitar todas esas preguntas y estar en medio. Normalmente, Simon y yo nos encerrábamos en su habitación, hacíamos el amor, alguna vez fumábamos hierba y jugábamos a «Imagina que». Cuando salíamos para comer algo, Isaäk nos deleitaba con sus chistes (todos malísimos, pero era imposible no contagiarse de su buen humor) y Koen nunca nos molestaba, a excepción de cuando aparecía con Jenna en casa y escuchábamos el cabecero de su cama golpeando contra la pared hasta las tantas de la madrugada.

Pero, de algún modo, todos nosotros nos habíamos convertido en un grupo y no tenía nada que ver con la música, aunque siempre sumaba. Nunca había sentido que formase parte de algo hasta ese instante. Y me gustaba. Me gustaban las bromas tontas de Isaäk, el descaro de Jenna, la inocencia de Sue, la serenidad de Evelyn, la impulsividad de Drika, la lealtad de Koen, la locura de Ellen y el amor de Simon.

Entonces aún no sabía que todo tiene su final.

—¿Qué hora es? —preguntó Sue.

—Aún quedan cuarenta minutos.

—Deberíamos pedir otra ronda.

El local se empezó a llenar mientras nosotros bebíamos, bromeábamos y charlábamos. Simon trazaba espirales en mi espalda con el dedo pulgar sin dejar de reírse de algo que Ellen había dicho. Yo me fui poniendo nerviosa; me pasaba antes de cada actuación. Uno de los dueños del local los llamó cuando el ambiente llegó a su punto álgido y les pidió que se preparasen para subir al escenario.

Empezaron tocando *Don't Look Back in Anger*. El público movía los brazos al son de la voz ronca de Koen, que esa noche parecía animado y un poco achispado por cómo se movía por el escenario. Yo estaba enfrente de Simon, mirándolo como una idiota durante una canción tras otra, bailando con Ellen y haciendo el tonto.

Fue perfecto. Todo fue perfecto.

Fui a buscarlo cuando terminaron.

—¿Has visto a Simon?

—¿Qué? —Koen estaba ligando con dos chicas que se habían acercado a él tras verlo bajar del escenario. Levantó la vista hacia mí—. Creo que ha ido al almacén a buscar algo.

Pasé de largo y empujé la puerta del fondo, aunque había

un cartel que prohibía la entrada. Todo estaba muy oscuro. Tanteé la pared para buscar un interruptor.

—¿Simon?

—¿Sophie?

—No veo nada.

—No va la luz. Espera.

Lo vi cuando encendió su móvil.

—¿Qué haces aquí?

—Guardar la guitarra. Y buscar la púa que he perdido, pero creo que mejor lo dejo para otro momento... —Pude ver su sonrisa justo antes de que el móvil se apagase.

Luego sus manos se deslizaron hasta mis caderas y nuestras bocas se encontraron. Hundí los dedos en su pelo y saboreé sus labios. El beso empezó lento y terminó por volverse intenso, como un huracán cogiendo fuerza. Colé los dedos bajo su camiseta y acaricié los músculos de su espalda hasta que lo sentí estremecerse.

—Ven aquí. —Me cogió de la mano y nos internamos más en el almacén oscuro, iba pegada a él para evitar chocar con las estanterías que se alzaban a ambos lados.

Nos quitamos la ropa con prisas.

Notaba la sonrisa de Simon cada vez que me besaba. Se oía a lo lejos el murmullo del local y nunca hasta entonces pensé que me excitaría hacer algo prohibido, pero fue divertido y apasionante. Terminamos rápido, los dos jadeantes y sin aire. Simon encendió su móvil para poder buscar la ropa que habíamos tirado al suelo.

—Creo que podría aficionarme a esto —dijo.

Le di un codazo entre risas y luego salimos juntos. Volver al *pub* fue como viajar a una dimensión paralela. Estaba llenísimo de gente que bailaba al ritmo de la música que ahora sonaba por los altavoces. Olía a humo y sudor. No había rastro de nuestros amigos.

—¿Dónde se han metido? —pregunté.

Simon me cogió de la mano y recorrimos el lugar sin dar con ellos. Empujó la puerta para salir y entonces escuché los gritos de una pelea.

—¡Estabas bailando con ella! —dijo Drika.

—¿Y? ¿Cuál es tu problema? ¡Estás borracha!

—Ya basta. —Koen se interpuso entre las dos cuando Drika, tambaleándose, dio un paso al frente hacia Ellen—. Tú te vienes conmigo.

Koen rodeó a Drika por los hombros y se alejaron calle abajo. Yo tardé un rato en lograr convencer a Ellen para que nos fuésemos a casa y Simon e Isaäk se quedaron en el local para desmontar los instrumentos y meterlos en la furgoneta.

Estuvo llorando todo el camino hasta casa. No dejaba de repetir balbuceante que había sido un malentendido y que quería que Drika volviese. La metí en la cama y me levanté dos veces durante la noche para sujetarle el pelo mientras vomitaba.

Cuando desperté a la mañana siguiente, Ellen se había venido a mi cama y estaba hecha un ovillo a mi lado. Me di la vuelta. Estaba despierta. Lancé un suspiro.

—No podéis seguir así —le dije.

—Ya lo sé. Fue culpa de las cervezas.

Yo no estaba muy convencida, pero no insistí.

Dos horas más tarde, ya se habían reconciliado.

Esa primavera fue una explosión de color y emociones. Había momentos malos, Drika y Ellen se controlaban un poco más, aunque las discusiones entre ellas seguían siendo frecuentes. Pero cuando no había nubarrones negros todo era perfecto. Al llegar el buen tiempo, en una ciudad como Leiden llena de estudiantes, era habitual bajar a la calle el típico sillón de

Ikea que todos teníamos y cenar al aire libre. La señora Ferguson se unía a menudo al plan y terminaba cocinando alguna de sus recetas para todos. Carne con salsa y guisantes, pescado al pesto o las mejores albóndigas que he probado en toda mi vida. Abríamos una botella de vino, una moda que se había asentado durante los últimos años, y disfrutábamos hablando con los demás vecinos que también bajaban. La señora Ferguson entretenía a media calle contando viejas anécdotas de su vida.

Fue una época increíble. Y, sin darnos cuenta, nos convertimos en familia.

Cuando llegó el verano, no estaba segura de ser capaz de pasar las vacaciones sin ellos. Sobre todo, sin Simon. Estuve llorando durante buena parte del viaje en tren.

Estábamos creciendo juntos. Estábamos madurando y marcando cada uno la ruta que quería recorrer en un mapa sobre el que empezábamos a tener todo el control.

30

ÁMSTERDAM, 2017

Voy directa a casa al salir del trabajo y dejo la bicicleta enfrente del portal. Como los restos de la cena del día anterior que guardé en la nevera y me pongo unas zapatillas más cómodas. He quedado con Amber para acompañarla de tiendas después de aguantar sus ruegos durante toda la semana. No hubiese cedido de no ser porque en unos días, a principios de octubre, es el cumpleaños de nuestra madre y queremos comprarle algo entre las dos.

Amber coge un montón de prendas en cuanto entramos en la primera tienda. Se prueba unos pantalones que tienen más rotos que tela, camisetas con transparencias, faldas de colores vibrantes y botas con plataforma. Tiene el problema contrario al de la mayoría de la gente: según ella, todo le queda bien y le gusta, así que debe hacer criba.

—Ojalá no estuviese tan bien hecha.

—Eres insufrible, Amber —le digo.

—Yo no tengo la culpa de contar con este cuerpo y esta cara. —Se ríe, probablemente a propósito para hacerme enfadar—. ¿Sabes una cosa, Sophie? Todo el mundo dice que nos parecemos mucho. Y eso significa que lo que marca la diferencia es mi autoestima.

—Sí, debería estar mejor repartida.

—¿Eso que huelo es envidia?

—¿Puedes decidir ya qué te llevas?

Mi hermana suspira y se gira hacia las prendas. Estamos metidas en el minúsculo probador porque se ha empeñado en que entrase. Selecciona un par de camisetas y desecha otra a un lado. Luego coge un vestido rojo precioso y me mira.

—¿Te gusta?

—Sí.

—Pues pruébatelo.

—¿Yo? No.

Ya se lo ha puesto ella hace unos minutos y le quedaba perfecto, como un guante. Es un vestido rojo de manga larga con un estilo minimalista.

—Acabas de decir que te gusta.

—Ya, pero ¿cuándo voy a ponerme algo así? Por si no te has dado cuenta, no voy cada sábado a una fiesta diferente en clubs exclusivos de la ciudad.

—Podrías hacerlo, a mí me mandan un montón de invitaciones. O para ir al teatro con Koen, por ejemplo.

—Es demasiado atrevido.

—¿Y qué importa?

—A mí me importa.

—¿Por qué?

No sé cómo explicárselo a Amber, porque temo que no entienda algo que incluso a mí me cuesta comprender. Pero tengo la estúpida sensación de que ponerme ese vestido sería una forma de gritarle al mundo que estoy bien, que me apetece volver a sentirme guapa y que me miren, que he dejado de ser un fantasma que lo único que quiere es hacerse un ovillo en la cama. Además, de algún modo me parece una contradicción ponerme ese vestido, porque en el fondo sigo sintiéndome triste y su ausencia me persigue cada día. Pero empiezo a pensar..., empiezo a pensar que quizá siempre va a ser así.

Que tendré que aprender a vivir con esa grieta.

Que nunca dejaré de echarlo de menos.

—Dios, dame el maldito vestido.

Amber aplaude mientras me lo pruebo. Me miro al espejo. Tengo que reconocer que me sienta bien. Simon siempre decía que el color rojo me favorecía.

—Dime que vas a llevártelo.

—Creo que sí. —Sonrío.

El sábado me levanto un poco más tarde. Hago café y me lo tomo en el silencio de la cocina. Reviso la agenda, tacho cosas, añado otras, guardo un par de tiques que tengo que pasar a administración y... entonces me fijo en la fecha: 28 de septiembre.

Hace exactamente ocho meses que Simon murió.

Media hora más tarde, estoy sentada delante de una caja, en la alfombra del salón. Recuerdo que discutimos el día que fuimos a comprarla; los dos coincidíamos en que queríamos que fuese de pelo largo, pero a Simon le gustaba una azul y a mí de color beis. Terminó él cediendo, como de costumbre.

Suspiro y abro la caja. Me tiemblan las manos cuando empiezo a escarbar entre recuerdos. Una cuerda de su guitarra, algún que otro suvenir del viaje a Grecia que nunca supimos dónde colocar en el piso, posavasos de los locales donde actuó el grupo, un álbum lleno de fotografías, un colgante con una piedra y, finalmente, mis dedos tropiezan con un disco de música. Lo cojo. El diseño de la carátula son cuatro dinosaurios de colores rugiendo. Fue la única maqueta casera que terminaron grabando en uno de esos estudios de grabación que cobran por hora.

Enciendo el reproductor de música. La voz de Koen inunda el salón y se me llenan los ojos de lágrimas. Tantos recuerdos, tantos momentos, tantas vivencias. Me tumbo en la alfombra y lloro mientras escucho *Tiempo de huracanes*. Es una canción preciosa. Recuerdo las noches con el grupo en cualquier *pub* lleno de humo y cervezas. Fuimos felices. Muy felices. Pero han pasado ocho años y todo ha cambiado tanto que no sé qué queda de aquella chica que llegó a la universidad sin saber que allí conocería al amor de su vida. Éramos un puzle. Y ahora seguimos siéndolo, supongo, solo que uno con muchos años, de esos que terminan con alguna pieza debajo del sofá y otras tantas perdidas. Sue y Evelyn fueron las primeras en alejarse, quizá porque nunca estuvieron tan unidas como el resto. Después se marchó Jenna, cansada de que Koen se negase a sentar cabeza. Y Drika fue la estocada final, ese golpe que ninguno imaginábamos que ocurriría una noche que parecía como otras tantas. Isaäk jamás se alejó del todo, continuó siempre bromeando alrededor, pero se casó cuando encontró a la chica adecuada para él, se mudó a las afueras de la ciudad y formó una familia. Ellen empezó a viajar cada vez más a menudo, hasta el punto de que lo raro era que pasase más de una semana en un mismo sitio. Y Simon... Simon murió.

Esos éramos nosotros.

Esos somos ahora.

Me dejo caer hacia atrás y estiro los brazos mientras miro el techo. Pasan un par de canciones. Me sé de memoria el orden y cada una de las letras, a pesar de que hacía mucho que no las escuchaba. Es como si estuviesen cobijadas en algún lugar seguro de mi memoria.

Entonces suenan los primeros acordes y sonrío entre lágrimas.

Las alas de Sophie siempre fue mi favorita. Koen la cantaba con delicadeza y, al mismo tiempo, como si las palabras se le atascasen un poco en la garganta antes de dejarlas salir. Rompo a sollozar mientras las notas se cuelan por cada rincón del salón.

Simon la escribió para mí. Solo para mí.

No sé cuánto tiempo paso escuchando el disco una y otra vez. Después, vuelvo a sacar cosas de la caja. Una cartera, un amuleto familiar, algunos recuerdos olvidados. Imagino que Amber debió de recoger durante los primeros meses muchas de las pertenencias de Simon que fue encontrando por la casa. Termino cogiendo el álbum y paso las páginas. Está lleno de fotografías de todos nosotros. No puedo dejar de mirarlas. El primer año, todos por la noche en la acera de casa cenando en una mesa plegable junto a la señora Ferguson. Una en la que salimos Simon y yo dándonos un beso entre risas. Otra de las chicas juntas, Ellen me rodea la cintura con un brazo y Drika a su lado hace una mueca graciosa. Paso los dedos por la instantánea en la que aparecen Koen y Simon: siempre fueron inseparables pese a sus diferencias, Koen tiene un cigarrillo en los labios y Simon exhibe una de sus sonrisas sinceras, de esas que le llegaban hasta los ojos. Acaricio el papel como si así pudiese retener algo de ese pasado que hemos dejado atrás. En esta foto, los dos parecen invencibles. Tan jóvenes. Tan despreocupados. En la siguiente, Los Dinosaurios están encima de un escenario. Las últimas son del viaje que hicimos en caravana el verano que pasamos juntos, antes de empezar el último curso. Fue inolvidable, para bien y para mal.

Cojo el teléfono y hago una llamada.

—Hola. —Su voz suena adormilada.

—¿Te he despertado? Mierda, lo siento.

—No te preocupes, es por el cambio de horario.

Escucho a Ellen levantarse y caminar por donde quiera que esté. Aprieto con más fuerza el teléfono mientras sigo notando las lágrimas calientes. Ni siquiera sé por qué estoy llorando, pero creo que es por culpa de la nostalgia. Por eso y porque me he dado cuenta de que he tenido la suerte de rodearme de personas que valen la pena y no todo el mundo puede decir eso. Gente dispuesta a dejar que llores cuando tengas que hacerlo, pero también capaces de decirte que ya está bien, que ha llegado el momento de parar de lamentarse y dar un paso al frente. Gente que conoce tus debilidades, pero que jamás las usaría para hacerte daño. Gente que se equivoca, que es humana, pero que también entiende que tú lo eres y que está dispuesta a hacer la vista gorda cuando no respondes como deberías o esperan que hagas. Gente que te ha visto reír, sollozar, gritar, soñar despierta o perder el control.

—Es que creo que nunca te he dicho que eres la mejor amiga del mundo.

—Yo también te quiero y sabes que me encanta que me endulcen los oídos, pero me preocupas, Sophie. ¿Va todo bien? Puedes contarme cualquier cosa.

—Sí, es solo que estaba echándole un vistazo a una caja llena de cosas de Simon y encontré el álbum de fotografías que hice el último año.

—Dime la verdad, ¿me has notado desmejorada?

Suelto una carcajada y me levanto para sonarme la nariz. Cuando vuelvo a sentarme estoy mucho mejor. Hablar con Ellen siempre es extrañamente terapéutico.

—Estás mucho mejor.

—Solo por eso, te perdono que me hayas despertado. Pero, fuera de bromas, no sé si es bueno para ti ponerte a desempolvar recuerdos un sábado.

—Tenía que hacerlo en algún momento.

—Sí, pero...

—Y hoy hace ocho meses.

—¿Ya?

—Lo sé. Es increíble. Así que me he pasado la tarde escuchando la maqueta que grabaron y cantando sola como una loca. Seguro que mis vecinos me odian.

—¿Qué piensas hacer ahora?

—Creo que debería decidir qué cosas me quedo y cuáles no.

—Es una buena idea, Sophie.

—¿Y devolverle a su madre lo que descarte?

—Si estás preparada para hacerlo, me parece bien.

Un día después, el último domingo de septiembre, estoy en el coche de Koen sentada en el asiento del copiloto. Él permanece en silencio mientras escucha música. Sé que no le gusta hablar cuando conduce, así que evito preguntarle por el trabajo, a pesar de que estoy deseando saber si ya va por el quinto o el sexto matrimonio de William Pickman.

Aparca delante de una casa pintada de un verde grisáceo.

—¿Quieres bajar tú sola o te acompaño?

—Ven —le digo tras pensarlo unos segundos. No es solo porque Koen haya sido el mejor amigo de Simon y conozca a sus padres casi tanto como yo, ya que pasaba los veranos en su casa, sino porque siento que necesito tenerlo cerca en un momento como este.

Abre el maletero del coche y coge las cosas de Simon que ya no tienen cabida en mi apartamento. Enseres personales, recuerdos de infancia que pertenecen a su familia, pilas de libros o la caja de herramientas que su padre le regaló tres Navidades atrás.

Victoria, la madre de Simon, abre la puerta como si estuviese esperándonos, cosa que probablemente ha hecho desde que la llamé anoche. Nos abrazamos con cariño. Tiene los ojos un poco hundidos, las mejillas vacías y algunas arrugas que creo que antes no estaban tan acentuadas. Pero la casa huele a algo delicioso y está impoluta, cosa que apreciaba cuando iba de visita, y que me hace pensar que sus días siguen siendo rutinarios.

—Oh, Koen, me alegro de volver a verte.

Le brillan los ojos por las lágrimas contenidas. Supongo que es inevitable que ese chico que tantos veranos acogió en su casa le recuerde al hijo que ha perdido.

—Poneos cómodos en el salón —nos dice.

El padre de Simon tenía turno de mañana en el trabajo, así que no ha podido venir. Victoria nos prepara café y lo sirve con un bizcocho de limón, pero tengo el estómago cerrado porque no dejo de mirar cada rincón de esa casa e imaginar a ese niñito rubio que corría por la moqueta del salón o veía dibujos animados los sábados en este mismo sofá donde estoy sentada. El mueble está lleno de fotografías suyas y en todas aparece sonriente, como siempre, con ganas de comerse el mundo y de exprimir cada segundo. Así era Simon.

—Gracias por el bizcocho, no era necesario.

—No es nada. Gracias a ti por traerme sus cosas... —Se queda mirando la caja que permanece a los pies del sofá—. Pensé muchas veces en llamarte y pedírtelas, pero no sabía..., no estaba segura de que fuese apropiado...

Le sonrío y cojo su mano temblorosa. Hablamos un rato más mientras nos terminamos el café; Victoria nos cuenta que uno de los hermanos de Simon va a ser padre la próxima primavera y que al otro lo han ascendido en el trabajo. Las cosas les van bien. Todo lo bien que puede ir algo arrastrando el peso de la ausencia.

—¿Quieres abrirla cuando estés a solas? La mayoría son cosas como libros o documentos personales, pero hay algunos álbumes de fotografías familiares.

—Lo sé, recuerdo que se los llevó para hacerte un regalo.

Asiento y trago saliva. Es cierto. En un aniversario hizo una especie de cuento infantil en el que aparecíamos nosotros desde que éramos pequeños hasta la actualidad.

—También pensé que a Ron le gustaría recuperar la caja de herramientas. Simon le tenía mucho aprecio, era lo único que conseguía mantener en orden. —Cada compartimento estaba bien organizado: los clavos y los tornillos de menor a mayor tamaño.

—Muchas gracias, Sophie.

Charlamos un rato más para ponernos al día, aunque mientras lo hacemos tengo la extraña sensación en el pecho de que puede que sea una de las últimas veces que pise esta casa. Supongo que hay relaciones que resisten cuando se corta el nudo que las mantiene unidas, pero creo que nosotras no tenemos mucho más que decirnos ahora que Simon se ha ido. Nos queda el cariño y la admiración, pero también un hueco demasiado grande.

Me siento bien cuando nos marchamos.

Ya en el coche, le sonrío a Koen. Espero que sepa lo mucho que aprecio todo lo que está haciendo por mí. Él me devuelve la sonrisa y luego enciende la radio, pone *All We Ever Knew* y arranca el coche. Cada kilómetro que dejamos atrás es un paso hacia delante, como si me sintiese más ligera después de deshacerme de todas esas pertenencias. Me quedan muchas. Me queda el libro preferido de poesía de Simon, uno de Cees Nooteboom, la figurita de madera de una jirafa, su camiseta, fotografías y todos los recuerdos que creamos juntos en ese apartamento. Pero, mientras nos alejamos del pueblo donde Simon vivió y creció, me doy cuenta de que no necesito nada material para recordarlo, porque siempre voy a llevarlo cobijado en algún lugar cerca de la sexta costilla. En el corazón.

OCTUBRE

31

ÁMSTERDAM, 2017

Llueve a cántaros cuando mi padre nos recoge en la estación de tren. Amber se queja porque se le ha mojado su nuevo sombrero, pero no me molesto en consolarla antes de meterme en el asiento delantero del coche a toda prisa.

Amber se acomoda atrás y mi padre arranca.

—¿Por qué siempre va ella delante?

—Porque soy la mayor —respondo.

—La de veces que he escuchado esta misma discusión cuando erais pequeñas. Amber, cielo, ponte el cinturón de seguridad y deja de protestar por todo. —Mi padre sonríe con nostalgia mientras los limpiaparabrisas chirrían de un lado a otro.

Continúa lloviendo cuando llegamos a la casa donde crecimos. Está en uno de los extremos de un pequeño pueblo costero y tiene los balcones llenos de plantas que mi madre cuida con mimo. Al entrar me contagio de la calidez del hogar. Huele a recuerdos de la infancia. Mi madre sale de la cocina con un delantal que tiene estampada la cara de Colin Firth, su actor favorito. Fue un regalo de Amber y lo usa a diario desde entonces, asegura que las recetas salen más sabrosas con Colin cerca.

—¡Mis pequeñas! —Nos da un abrazo.

—¡Mamá, que me despeinas!

Amber se zafa rápidamente, pero yo me quedo un rato más entre los brazos de mi madre. Lleva un perfume antiguo de rosas que usa desde siempre y el collar de nuestra abuela que nunca se quita. Nos miramos emocionadas cuando nos separamos.

—Tienes las mejillas un poco más llenas.

Mi padre acarrea las maletas y lo ayudo cuando veo que tiene intención de subirlas él solo por las escaleras. Mi habitación es la última del pasillo, un poco más grande que la de mi hermana. Sigue intacta, mi madre se niega a cambiar nada, a pesar de que hemos intentado convencerla para que se haga un pequeño saloncito, un gimnasio o la use de trastero.

Me siento en la colcha rosa y miro a mi alrededor.

Es como viajar de golpe al pasado.

Entre estas cuatro paredes dejé de ser una niña para convertirme en una mujer, estudié, leí historias, soñé despierta, hablé con mis amigas por teléfono hasta que mi madre amenazó con cortarme la línea, lloré por cosas que no tenían importancia, me reí y pasé semanas de verano echando a Simon de menos y tachando los días del calendario...

—¿Qué haces ahí tirada como una gamba?

Pongo los ojos en blanco al oír la voz de Amber.

—Reflexionaba. Olvídalo, tú no sabes lo que es eso.

—¿No? Pues mis seguidoras piensan que soy muy profunda.

—Tus seguidoras no pueden distinguir un garbanzo de una lenteja.

Amber suelta una carcajada y se lanza a mi cama. Resoplo, pero termino contagiándome y comportándome como una chiquilla. Sí, definitivamente volver a casa es como abrir una cápsula del tiempo. Mi hermana y yo siempre estábamos discutiendo por cualquier tontería; cuando éramos pequeñas ella destrozaba mis juguetes mordiéndolos o arrancándoles la cabeza a las muñecas, y cuando crecimos se divertía espiándome cada vez que traía amigas a casa o chivándose a nuestros padres de cualquier cosa.

—¡Chicas, la comida está lista! —grita mamá.

Nos miramos y sonreímos antes de bajar las escaleras haciendo mucho ruido, algo por lo que mi madre solía reñirnos a menudo. «Parecéis elefantes», se quejaba. Cuando termina de cebarnos con todos los platos que ha preparado, Amber se va para traer el regalo de cumpleaños que le hemos comprado. Es mañana, pero mi hermana es tan impaciente que sabía que si la hacía esperar terminaría desvelándole qué era.

Es un abrigo rojo que nos ha costado más de lo que teníamos pensado gastarnos. Tiene los mismos botones dorados que el verde que ella suele usar y pensamos que era una señal, porque hacía tiempo que decía que estaba muy viejo.

—Es precioso, chicas. Precioso —repite.

Al día siguiente me levanto tan tarde que temo haber caído enferma, pero supongo que solo son los efectos de pasar un fin de semana en casa. Bajo a la cocina y desayuno mientras mi madre se mueve sin parar alrededor haciendo cosas. No tardo en unirme a ella. Mientras Amber y mi padre van a comprar al supermercado, nosotras limpiamos concienzudamente, de arriba abajo, prestando especial atención a los detalles y las esquinas.

Miramos satisfechas la cocina cuando terminamos.

—Oh, queda el horno —digo al caer en la cuenta.

Mi madre me pasa un brazo por los hombros.

—Puede esperar. ¿Nos preparamos un té?

Me extraña su actitud porque la mujer que recuerdo no habría soportado saber que el horno estaba a medio hacer. Habría sido para ella como tener una pequeña piedra en el zapato. O sentarla delante de un botón rojo en el que pone «no apretar» y que provoca que solo tengas ganas de hacerlo. Sin embargo, le hago caso y salimos a tomárnoslo al diminuto jardín trasero. Apenas son unos metros que están llenos de parterres con flores y donde hay una mesa redonda con dos sillas. Nos acomodamos allí y vemos a la gente del pueblo pasar a lo lejos a través del muro de piedra recubierto de hiedra.

—¿Estás bien? —me pregunta con tiento.

—Sí. Más o menos. O eso creo.

—Tienes buena cara.

—Tú también.

Mi madre me sonríe con cariño, deja el vasito de té tras dar un sorbo y me coge de la mano por encima de la mesa. Las gafas no esconden su mirada acuosa.

—Ha sido un año tan duro, Sophie... —Suspira hondo—. He sufrido mucho por ti, por no poder ayudarte. Una madre lo único que desea para sus hijas es que sean felices.

—Fui muy feliz.

—No hables en pasado. Volverás a serlo, seguro que sí. Algunas heridas no cicatrizan con medicinas ni de forma milagrosa, lo único que necesitan es tiempo.

—Lo sé. Estoy siguiendo adelante.

—Eso está bien, Sophie.

—¿Seguro?

—Claro que sí. Es lo que él hubiese querido.

—Mamá... —Me da un vuelco el corazón.

—Simon era generoso y muy especial.

—Sí. —Lo echo tantísimo de menos...

—Pero tú eres fuerte y valiente.

—No es verdad.

—Claro que sí. Soy tu madre, nadie te conoce mejor que yo. Puede que creas que tus amigas lo saben todo sobre ti, pero ¿sabes una cosa? No te han parido ni te han visto crecer.

Me río y me limpio las mejillas.

—No puedo discutirte eso.

—Mírame, Sophie. —Mi madre me coge de la barbilla y

siento un nudo en el estómago, un pequeño tirón que parece avisarme de que lo que va a decirme es importante y debo recordarlo—. Solo tienes veintinueve años, cariño. Nunca vas a olvidar a Simon ni tampoco dejarás de quererlo. Pero seguirás adelante. Viajarás, harás planes que ahora ni siquiera imaginas, conocerás a nuevas amistades y te enamorarás.

Asiento lentamente con los ojos llenos de lágrimas.

—Y ahora ven aquí y dame un abrazo.

Me levanto y busco sus brazos como cuando era una niña. El aroma a rosas me envuelve. A lo lejos se escucha el murmullo del pueblo entre el cantar de los pájaros.

Y no necesito más para saber que todo irá bien.

Al mediodía vuelve a llover, así que nos pasamos la tarde en casa. Mi padre se empeña en jugar al Monopoly y terminamos los cuatro en la mesa del salón, tan concentrados que no se oye ni un suspiro. Yo voy a la cabeza, como de costumbre. Me cuesta no sonreír al percibir el enfado de Amber, que está sentada a mi izquierda. La partida dura horas. Cuando anochece, he conseguido hacerme con todo un imperio.

—Es la hora de la cena —dice mamá.

—¡Pero si aún puedo remontar!

—Amber, no te esfuerces —me río, y ella me da un pisotón por debajo de la mesa. Se lo devuelvo—. ¿Cómo puedes tener tan mal perder?

—¡Es que no es justo! Has tenido mucha suerte.

—Se llama «inteligencia» —respondo llevándome un dedo a la sien.

—¿Chuletas de cordero os va bien? ¿Con patatas o col?

—Patatas —respondo mientras me levanto.

Guardamos el juego para poder poner los platos de la cena en la mesa. Es una noche agradable, muy agradable. Charlamos de cosas sin importancia con las noticias de fondo. Amber nos cuenta que va a firmar un nuevo contrato con una marca de ropa reciclada.

—Eso no me lo habías dicho.

—Pensé que no te interesaría. —Se encoge de hombros como una niña pequeña y pienso que, quizá, de algún modo sigue siéndolo. Al fin y al cabo, solo tiene veinte años. A esa edad fue cuando conocí a Simon, y mi vida y mis preocupaciones no tenían nada que ver con las que tengo ahora. Me gusta mi hermana. Me gusta, a pesar de todas nuestras diferencias. Es avispada, intrépida y tiene muy claro lo que quiere.

—Pues me parece interesante esa propuesta.

—¿Sí? —Me mira dubitativa.

—Claro. Tienes que enseñármelo.

Lo hace un rato más tarde, cuando mis padres se ofrecen para recoger la mesa. Nos sentamos en el sofá, que es viejo pero cómodo y se hunde bajo nuestro peso. Desliza los dedos por el móvil para dejarme ver el catálogo de la tienda y enseñarme el proceso de reciclaje y en qué consiste la iniciativa. Luego vemos un rato la televisión, pero lo hago a medias porque no dejo de mirar el móvil esperando esa llamada que no se hace de rogar. El nombre de Koen aparece en la pantalla cuando vibra. No contesto entonces, pero doy las buenas noches a mi familia y subo a mi habitación. Le devuelvo la llamada.

—No sabía si interrumpía algo.

—No, ya hemos terminado de cenar.

—¿Qué tal la escapada?

—Reparadora —admito.

—Bonita palabra.

Sonrío y me tumbo en la cama. Quizá me he acostumbrado demasiado a quedar con Koen los fines de semana, porque de repente me doy cuenta de que lo he echado de menos.

—Justo estaba pensando en ti.

Koen se queda callado y no sé por qué, pero resulta incómodo. Me muerdo el labio mientras jugueteo con la colcha de la cama entre los dedos.

—Quiero decir..., esperando tu llamada.

—Se me hizo tarde. Salí a tomar una copa con mi agente.

—¿Y todo va bien?

—Sí, estuvimos hablando de próximos proyectos. Es posible que consigamos que nos encarguen la biografía de una investigadora coreana. Sería interesante. Más interesante que ordenar cronológicamente ocho matrimonios.

—Pero menos jugoso.

—Eso seguro.

Suspiro y me relajo.

—¿Sabes? Me siento como una manta.

—¿Una manta? —Koen se ríe.

—Sí. Una manta que va por la vida sin mirar dónde pisa, haciéndose agujeros, rasgaduras y deshilachándose. Y llegar a casa es reparador porque mis padres saben coser todos esos rotos, ¿entiendes? Ponen parches y cortan hilos. Y termino pareciendo una almazuela de colores y telas distintas, pero al menos estoy entera, que ya es mucho.

Koen se queda callado al otro lado de la línea, pero lo oigo respirar. Cuando pienso en su familia, en que él no tiene ningún hogar donde refugiarse, me pregunto si habré metido el dedo en la herida. Pienso en su madre, tan envuelta en la tristeza que no pudo soportar continuar y decidió que no podía seguir viviendo, y en su padre, que los atormentó durante años. Pero Koen no parece estar recordando tiempos peores, y su voz suena animada:

—Estoy deseando ver el resultado final, Sophie.

—Admito que tú también sabes dar algunas puntadas.

—Se me habrá pegado de ti.

Nos quedamos callados unos segundos.

—El otro día, cuando guardé las cosas de Simon, encontré la maqueta. Y estuve escuchándola durante horas y horas, cantando sin parar. Erais geniales.

—Fue una buena época. —Oigo que se enciende un cigarro.

—Sí, ¿recuerdas aquel verano que pasamos juntos?

—Más a menudo de lo que me gustaría.

—Fue una locura. Una locura genial.

Todos juntos viajando por Holanda con la caravana y la furgoneta llena de instrumentos, parando en cualquier playa, tocando en locales de mala muerte, improvisando.

Después de colgar me pongo el pijama. Aún no tengo sueño. Pienso en llamar a Ellen, pero como está en la otra punta del mundo es probable que esté trabajando a estas horas, así que abro el cajón de la mesilla de noche para buscar una novela. Dentro hay muchas cosas, pero ningún libro. Caramelos, coleteros, figuritas, bolígrafos... y un papel arrugado. Lo desdoblo. Es una de mis listas. Una lista que escribí hace mucho y que me hace sonreír.

COSAS QUE ME GUSTAN DE SIMON

Tiene la sonrisa más bonita del mundo.

Le gustan las jirafas.

Su pelo es de color miel.

Viste con prendas coloridas.

Cuando me mira se para el mundo.

Es muy sexy cuando toca la guitarra.

Tiene las uñas cuidadas.

Lee mucho.

Siempre me hace reír.

Su comida preferida es la italiana.

Quererlo es muy fácil.

La doblo con cuidado y me la guardo como recuerdo. Luego intento conciliar el sueño, pero la lluvia golpea con fuerza la ventana y el viento sopla impetuosamente y sacude las copas de los árboles de la calle de enfrente. Acabo levantándome al cabo de veinte minutos. Enciendo la luz de la lámpara de noche y deslizo los dedos por los libros de la estantería y los peluches que probablemente mi madre ha lavado hace poco porque no tienen ni una mota de polvo. Entonces me fijo en las tarjetas que hay en una esquina, sujetas por el lomo de un libro. Todas son de condolencias. Vecinos que se enteraron de lo ocurrido, amigos de mis padres y otros míos que no tenían mi nueva dirección, como compañeras del instituto o, la última de todas, una que tiene el nombre de Sue escrito con una caligrafía cursiva.

Querida Sophie:

Me he enterado de la terrible noticia. No sabes cuánto me entristece lo que le ha ocurrido a Simon. Te mando flores blancas porque sé que eran tus preferidas y espero, de todo corazón, que vuelvas a sonreír.

Es un mensaje sencillo y bonito.

Pero entonces me fijo en la dirección y vuelvo a coger el teléfono para marcar el número de Koen. Responde al quinto tono, cuando estaba a punto de colgar.

—¿Tanto me echas de menos?

—Eres idiota. Resulta que Sue me mandó flores y una tarjeta, me lo dijeron mis padres en su momento, pero no les presté atención.

—Vaya, Sue. ¿Cómo le va?

—Hace mucho que no hablo con ella, pero lo último que supe fue que se casó con un abogado y se fue a vivir a Haarlem. La cuestión es que ella era la mejor amiga de Drika, su compañera de habitación, ¿recuerdas? Imagino que seguirán en contacto, así que sabrá dónde podemos encontrarla. ¡Bingo!

32

LEIDEN, 2009

Probablemente fumábamos demasiado, bebíamos demasiado y trasnochábamos demasiado, pero en esos momentos ninguno se planteaba si estaba bien hacerlo, ni siquiera yo, que siempre era la sensata del grupo; llevaba esa etiqueta pegada en la frente. A veces lo único que me faltaba era preguntarles a los demás si se habían lavado los dientes y cambiado de ropa interior como si fuese una mamá oso. La semana anterior les había comprado unas camisetas de dinosaurios que encontré en un mercadillo de la ciudad y que eran perfectas.

Esa noche tocaban en un local que estaba a las afueras de la ciudad y al que no solíamos ir porque no tenía muy buena fama. Yo había dudado cuando les llegó la propuesta a través de un compañero de la universidad, pero todos insistieron en que sería divertido.

El lugar era tan oscuro que, mientras montaban los instrumentos, le pedí al chico que estaba al mando que encendiese las luces y me dijo que ya lo había hecho. Miré las tristes bombillas que colgaban del techo con cierto pesar. El grupo se animó cuando se pusieron las nuevas camisetas oficiales. Nos juntamos todos sobre el escenario para hacernos una fotografía que años más tarde colgaría en un álbum lleno de recuerdos.

Nos sirvieron cervezas. Luego, Koen pidió una ronda de chupitos de tequila. Lamí la sal del dorso de la mano de Simon y nos lo bebimos de un trago después de brindar con sonrisas. La clientela había empezado a aparecer: algunos estudiantes que parecían seguir a Los Dinosaurios allá donde actuasen cada semana, porque siempre colgábamos carteles que imprimíamos en el apartado de eventos de la universidad, y otros más adultos, gente con un aspecto tosco y sombrío, y algunos moteros que parecían estar allí de pasada y que pretendían acabar con las reservas de alcohol.

—¡Esta noche tenemos con nosotros a Los Dinosaurios! —Los presentó uno de los camareros cuando llegó la hora de que empezasen a tocar.

Todos iban achispados a esas alturas. Simon comenzó un solo de guitarra antes de tiempo y le entró la risa, aunque no sé si alguien del público llegó a darse cuenta. Koen tenía la voz más ronca de lo habitual. Isaäk tocaba la guitarra con un pitillo entre los labios y Drika parecía perdida en su propio mundo mientras aporreaba la batería con todas sus fuerzas.

Tocaron *Creep*, de Radiohead. Y cuando la multitud se animó tarareando las canciones y saltando bajo el escenario, alternaron versiones de canciones conocidas con algunas propias. No recuerdo exactamente cómo ocurrió. Sue estaba a mi lado bailando al ritmo de *Ese castillo es nuestro corazón* cuando de repente un hombre deslizó sus manos por mi cintura desde atrás y me pegó a él. Me di la vuelta hasta quedar frente a frente con él. No lo había visto en mi vida. Intenté zafarme. El estribillo sonaba a mi espalda.

—Suéltame, idiota —escupí furiosa.

Lo único que conseguí fue que sus manos me aferrasen con más fuerza. Ellen se dio cuenta y se acercó para ayudarme, pero ya era demasiado tarde. La música había dejado de sonar y Simon había saltado del escenario directo hacia él. Le dio un empujón y el hombre se balanceó hasta que su espalda dio con el público que había tras él.

—¿Qué demonios haces? —rugió.

—No, ¿qué demonios haces tú?

Nunca había visto a Simon así de enfadado. Tenía los hombros tan tensos que parecía un gato a punto de atacar. Su rostro se suavizó cuando me miró y me preguntó si estaba bien. Yo asentí y en ese instante el hombre se precipitó sobre él y le dio un golpe en la cara.

Después, todo ocurrió muy rápido.

Koen le devolvió el puñetazo y segundos después varias personas se peleaban entre el público que gritaba e intentaba salir de la estrecha sala. En algún momento, dejé de distinguir quién le pegaba a quién y todo eran brazos y piernas golpeándose. Quería llegar hasta Simon, pero cada vez estaba más lejos. Ellen tiró de mí con fuerza.

—Vamos fuera.

—Pero...

—Ven, Sophie.

Hacía frío y empecé a tiritar cuando el viento de la noche nos sacudió. Sue y Jenna no dejaban de hablar con un chico que no conocía sobre quién había empezado la pelea. Yo solo quería entrar de nuevo y saber qué estaba ocurriendo, pero, cuando di un paso al frente, Drika se interpuso y me dio un abrazo antes de pedirme que esperase. Casi toda la clientela del local estaba en la calle. Se oía una sirena de la policía a lo lejos que se fue volviendo más nítida conforme el coche se acercaba.

Bajaron dos agentes que entraron en el lugar. Estuvieron allí un buen rato y, cuando salieron, Simon, Isaäk y Koen los seguían. Los tres tenían el rostro magullado y algún que otro corte. Corrí hacia Simon y lo abracé tan fuerte que estuve a punto de tirarlo al suelo.

—¿Estás bien? —pregunté.

—Tocado, pero no hundido.

No me había dado cuenta hasta ese momento de que estaba llorando. Me llevé las manos a las mejillas para limpiarme y sacudí la cabeza. Un agente se acercó y me pidió que hiciese una declaración. Le conté lo que había ocurrido y que aquel hombre no parecía tener intención de soltarme a pesar de mis esfuerzos por librarme de él.

Fue una noche muy larga.

Cuando regresamos a casa ya era de madrugada. Como Koen había bebido, tuvimos que dejar la furgoneta a las afueras y regresar cogiendo un taxi. Los tres se habían pasado todo el trayecto riéndose y gritando «¡nadie se mete con Los Dinosaurios!», como si todo hubiese sido divertido. Al llegar al portal, Simon era incapaz de encajar la llave en la cerradura y terminé quitándosela de malas maneras y abriendo yo misma. Estaba enfadada con ellos.

—Parecéis idiotas —espeté entrando.

—Relájate, Sophie, han bebido —me dijo Ellen, pero le cambió la expresión cuando vio que Isaäk cogía el felpudo de la señora Ferguson y se lo ponía en la cabeza—. ¿A ti qué demonios te pasa? ¿Has perdido el juicio? Deja eso en el suelo.

La puerta de nuestra vecina se abrió en ese instante. Vestía una bata rosa que debía de tener más de cuarenta años, llevaba puestas las gafas y el pelo alborotado.

—¡Son las dos de la mañana! —exclamó.

—¡Señora Ferguson, qué alegría verla! —Koen apretó los labios para no reírse y le hizo una reverencia—. Está usted especialmente encantadora.

—Te vas a ganar un azote —lo amenazó.

—Hemos tenido una noche dura —dijo Simon.

—Muy dura —añadí con cierta ironía.

—¿Qué os pasa en la cara?

—Una pequeña trifulca...

—No quiero oír ni un suspiro a partir de ahora, ¿entendido? Y ya os podéis despedir de las galletas de chocolate que iba a preparar para merendar mañana.

—No me jodas, las galletas no —se quejó Koen.

—Haced el favor de desinfectaros esas heridas.

La señora Ferguson les dirigió una mirada letal y luego se metió en su casa dando un sonoro portazo. Isaäk dejó en el suelo el felpudo que instantes antes tenía en la cabeza y Ellen le dijo que era asqueroso. Subimos las escaleras hasta el apartamento de los chicos y los obligué a sentarse en el sofá mientras iba a por alcohol y unas gasas.

—Ven aquí. —Le limpié a Simon la brecha que tenía en la frente y el pómulo magullado y enrojecido. Se mantuvo callado, probablemente para evitar problemas—. Y ahora tú —le dije a Koen.

—No creo que sea necesa..., ¡ay, joder!

Presioné el algodón contra el corte de su ceja y él me miró enfurruñado. Ellen se hizo cargo de Isaäk, que casi se había quedado dormido con la cabeza apoyada en un almohadón del sofá. Guardé las cosas en el botiquín cuando terminé.

—Bien, nosotras nos vamos ya.

Simon extendió los brazos hacia mí.

—¿No te quedas a dormir?

—Pues no. Buenas noches.

Estuve tres días enfadada con él. No era porque se hubiese metido en una pelea, Simon ni siquiera lo buscó, pero me había sentido tan perdida fuera del local sin saber qué le estaba ocurriendo que, cuando salió y se pasó el resto de la noche riéndose con sus amigos, me entraron ganas de sacudirle. No fue divertido, pese a que ellos siguieron recordándolo así mucho tiempo después. Llevaba un año saliendo con Simon. Pero esa noche por primera vez fui consciente de que no podría soportar que le ocurriese algo. Y tuve miedo.

33

ÁMSTERDAM, 2017

Lo último que me apetece un viernes por la tarde es tener una reunión con un autor. Sobre todo, si ese autor se llama Vandor Waas. Pero a él le era imposible quedar otro día de la semana y yo no quería esperar hasta la próxima para asegurarme de que todo va según lo previsto. Tengo la sensación de que en cualquier momento puede desviarse. Es imprevisible. Y nunca me han gustado las cosas imprevisibles ni las sorpresas.

Ha sido una semana estresante por el lanzamiento de un par de cuentos. Y el miércoles por la noche tuve un pequeño bajón y acabé bebiendo vino sola y escuchando el disco de Los Dinosaurios mientras contemplaba mi salón vacío y cantaba *Las alas de Sophie*. Pero fue algo puntual. Cada vez son menos los momentos en los que me dejo caer. Además, pese a todo el trabajo, también hubo buenas noticias: contacté con Sue y conseguí la dirección de Drika. Por fortuna, no vive muy lejos de la ciudad, a unos cuarenta minutos en coche.

Vandor se ha empeñado en quedar en una cafetería parisina llamada L'Eléphant Rose porque, en palabras textuales, «me resulta muy inspiradora». Está muy cerca del mercado Albert Cuyp, en Pijp. Ato la bicicleta al llegar y me quito el gorro y la bufanda. Vandor ya está sentado en una mesa con una tetera delante y una bandeja llena de exquisitos dulces. Es absurdamente pretencioso. Va vestido como siempre: zapatillas de marca, vaqueros Levi's y una camisa de cuadros azules abierta sobre una camiseta blanca. Ordenar su armario tiene que ser muy aburrido, pienso.

—¿Cómo va eso, jefa? —Me guiña el ojo.

Quiero pegarle. Y resulta curioso porque, aunque la mayor parte del tiempo no lo soporto, en el fondo le tengo aprecio. Lanzo un suspiro y me siento frente a él.

—Voy a pedir un café.

Me levanto antes de que la camarera se acerque a nuestra mesa. Después dejo el bolso colgando de la silla y saco la carpeta que he traído del trabajo. Esta mañana he trazado un esquema que entendería cualquier niño de cinco años con los puntos clave del proyecto. Se lo enseño. Hay palabras subrayadas en fosforescente: aventuras, compromiso con el medio ambiente, solidaridad, buenos mensajes, diversión.

—Sería interesante potenciar todo esto.

Vandor le echa un vistazo a mi esquema mientras se come un *macaron* de color amarillo. No deja de fruncir el ceño y lanzar suspiros que me están poniendo nerviosa.

—He terminado dos capítulos más —dice tras apartar a un lado los papeles que le he dado como si fuesen una mosca molesta que no quiere volver a ver—. He decidido que la capibara puede hablar, pero solo Gigi es capaz de escucharla.

—Mmmm. —No estoy segura de si es una genialidad o una idea terrible, pero antes de que pueda decidirlo me suena el móvil. Es mi hermana. Cuelgo e intento recordar lo que estaba a punto de decir—. Puede que sea un buen recurso y..., espera.

Amber está llamándome otra vez.

—Cógelo si quieres.

—Sí, gracias. —Lo hago.

—¿Sophie? Tengo un problema. Me han invitado al evento para el lanzamiento de un nuevo perfume. Es mañana por la noche y no tengo nada que ponerme.

—Estoy con un autor en L'Eléphant Rose. Hablamos más tarde.

—¡Oh, me encanta ese sitio! ¡Ahora mismo voy para allí!

—¡No, espera! ¿Amber? Mierda.

Me ha colgado. Mi hermana ha colgado.

—¿Va todo bien? —Vandor alza una ceja.

—Es probable que tengamos visita, así que adelantemos todo lo posible. Nos habíamos quedado en la capibara habladora. Creo que es una buena idea.

—Gracias. Además, he decidido que Gigi debe tener un mejor amigo. Ya sabes, un chico al que le gusten los cómics y que pueda echarle una mano.

—De acuerdo, me parece bien.

—Y podrían enamorarse.

—No creo que a esas edades sea imprescindible. La idea es que los libros se centren en Gigi y sus superpoderes. Tienen que ser trepidantes, llenos de aventuras y diversión.

En ese instante entra Amber por la puerta. Lo hace con varias bolsas abultadas en las manos que deja en el suelo antes de empezar a bajarse la cremallera de la chaqueta.

—Me has pillado justo a diez minutos de aquí.

—Qué suerte —replico con ironía—. Amber, este es uno de mis autores, Vandor. Ella es mi hermana pequeña, incapaz de comprender que ahora mismo estoy trabajando.

Los dos me ignoran y se saludan con una sonrisa.

—Bonita camisa —le dice ella.

—No tanto como tus ojos.

¡Lo que me faltaba! Afortunadamente, la camarera aparece en ese instante para tomarle nota a Amber, que pide un zumo sin azúcar, sin edulcorantes y sin pulpa.

—¿No sería más fácil pedir agua? —pregunto.

—Odio la pulpa —le dice Vandor.

—¿Verdad? Es un incordio.

Así que la pulpa de los zumos es un incordio. Primera noticia. Debo de vivir en un planeta diferente al de las dos personas con las que comparto mesa y que parecen de lo más compenetradas. Bebo un sorbo largo de café y carraspeo para llamar su atención.

—Hablábamos de los libros —le recuerdo.

—¿Qué libros? —Vandor ni siquiera me mira.

—Tengo un problema. He arrasado en el centro comercial, pero sigo sin saber qué ponerme para mañana por la noche, Sophie. Tienes que ayudarme.

Amber hace un puchero encantador.

—Ahora mismo no pued...

Vandor me corta sin reparos:

—¿De qué es el evento?

—Un perfume nuevo.

—¿Tienes aquí la ropa?

Es como si estuviese en un partido de tenis, incapaz de articular palabra mientras Vandor y Amber coquetean y consiguen que la reunión se vaya al garete. Mi hermana se pone de pie y empieza a sacar ropa de las bolsas. Un vestido rosa palo, otro amarillo con unas cintas cruzadas en la espalda, uno rojo con volantes en la cintura...

No sé si reírme o echarme a llorar.

—Esta era mi primera opción, pero tengo la sensación de que el color no me queda bien con mi tono de piel. Demasiado monocromático.

—A mí me parece muy bonito —le digo.

—Yo siento opinar que no te favorece.

Durante unos segundos la tensión flota en el aire mientras Amber clava su mirada en Vandor, que coge otro *macaron* y lo muerde con indiferencia. Es el típico idiota que sabe que es guapo y disfruta siendo el centro de atención a cualquier precio.

—¡Gracias! ¡Eres justo lo que necesito! Alguien sincero.

Mi hermana sonríe más animada y saca un vestido verde y largo con una raja enorme que casi debe de llegar hasta la ingle. No sé si es posible llevar ese vestido con bragas. Yo me sentiría violenta incluso poniéndomelo en la intimidad de mi casa, pero admito que es explosivo. Los ojos de Vander se entornan de un modo seductor cuando ella comenta que la espalda va al descubierto completamente.

—Me gusta —le dice él.

—¿Mucho? —Amber sonríe.

—No tanto como tú, pero está a la altura.

No oigo lo que ella le responde, pero por cómo él se relame los labios comprendo que probablemente es algo que prefiero no saber. Lanzo un suspiro, recojo la carpeta que había traído para la reunión y me termino los restos del café que ya está frío.

—Casi que mejor me marcho ya.

—Adiós. —Amber ni me mira.

No sé por qué, pero termino sonriendo cuando salgo de la cafetería negando con la cabeza. Los miro a través del cristal mientras le quito el candado a mi bicicleta. La mano de Vandor descansa en el respaldo de la silla de ella, que no deja de sacudirse el pelo como si le faltase un tornillo. El viento frío de finales de octubre me azota en la cara mientras pedaleo hacia casa. Tengo ganas de llegar, ponerme el pijama, un poco de música y cocinar. Puede que haga unos canelones con setas y bechamel. O algo de repostería.

Ya ha anochecido cuando suena el teléfono. He hablado con mi madre, con Ellen y con Koen, así que por descarte deduzco que es Amber antes de ver su nombre en la pantalla.

—Gracias por fastidiarme la reunión.

—Pero si era viernes por la tarde y estabais comiendo *maca-*

rons. Además, necesitaba tu ayuda, era algo urgente. Pero vayamos al grano...

—Sorpréndeme. —Lanzo un suspiro.

—¡Es guapísimo! ¿Sabes si está soltero?

—¿Vandor? Ni idea. ¿Por qué? —Nunca me lo había planteado, aunque imagino que sí porque, sinceramente, ¿quién podría aguantarlo?

—Porque le he preguntado si le apetecía acompañarme al evento y ha dicho que sí, así que me gustaría saber de antemano si tiene mujer y cuatro hijos.

—Eres única en tu especie, ¿lo sabías?

—No sé qué intentas decirme.

—Que solo a ti se te ocurriría tener una cita con mi autor. ¿Te das cuenta de que me pones en un compromiso? En dos días te habrás olvidado de él y espero que esto no me afecte a nivel laboral. Ya es suficientemente estresante trabajar con Vandor.

La escucho soltar una risita al otro lado de la línea.

—Oh, venga, Sophie, ¡solo disfruto de la vida!

—Mientras los demás nos fastidiamos.

—Ese no es mi problema. ¿Tú no quieres?

—¿El qué? —Me siento en el sofá.

—¡Disfrutar de la vida!

—Amber... —Suspiro.

—Ya va siendo hora, Sophie.

Y después, cuelga. Dejo el teléfono y abrazo el almohadón que tengo más cerca. Las cortinas de mi salón siguen estando torcidas, el silencio se cuela en las grietas de las paredes buscando cobijo y las palabras de mi hermana resuenan con fuerza en mi cabeza.

NOVIEMBRE

—

34

ÁMSTERDAM, 2017

No puedo creer lo que estoy a punto de hacer.

Pero fue lo único que se me ocurrió después de la última función y cuando lo consulté con Zoe y Meghan pensaron que era una idea maravillosa. Debo añadir que ahora mismo a mí no me lo parece. Estoy metida en los baños de la ludoteca, luchando por sacar la cabeza para respirar e intentando recordar en qué momento pensé que esto era una buena idea.

Lieke Dahl me está esperando fuera y ha llegado tan nerviosa como el primer día, así que intento desesperadamente tardar lo menos posible, pero no es fácil. He apurado hasta el último momento para hacerlo, cuando ya habían participado las dos primeras editoriales. Logro salir cuando se escuchan los aplausos que indican que la anterior acaba de terminar. Lo hago caminando como un pingüino por el escaso hueco que tengo para sacar las piernas.

Porque soy una ballena.

Una ballena enorme y con muy poca movilidad. La cabeza de tela se mueve constantemente y pierdo la poca visibilidad que tengo con los dos agujeros de los ojos.

Lieke me sonríe y se sienta en la silla que hay en el escenario. Cuando abre el cuento, noto que le tiemblan un poco las manos. Ojalá pudiese infundirle un poco de seguridad. Es una mujer brillante, encantadora e inteligente. Carraspea antes de empezar:

—«A la pequeña ballena Buba le cuesta recordar cómo era su vida cuando vivía en el mar. Tenía amigos, mucho espacio para jugar y siempre nadaba detrás de su mamá. Pero un día, mientras perseguía a un divertido pez globo, perdió de vista al resto de su manada».

Y entonces llega mi momento. Salgo de detrás del escenario dando saltitos para no caerme de bruces y finjo que soy una ballena que acaba de perderse en medio del océano.

La respuesta es inmediata. Los niños chillan entusiasmados.

Reconozco que eso me sube un poco el ánimo y, conforme Lieke continúa leyendo las siguientes páginas, me suelto algo más. Muevo las aletas que llevo en los brazos como si estuviese nadando, camino de un lado a otro como un pingüino y, finalmente, al llegar al último párrafo, salto con todas mis fuerzas cuando Buba consigue al fin escapar del parque de atracciones, ser libre y reencontrarse con su madre.

Los aplausos son atronadores. Los niños han prestado atención mientras Lieke leía y ahora me señalan, entusiasmados por poder conocer a la ballena Buba. Acepto un par de abrazos espontáneos antes de que la ludoteca empiece a vaciarse conforme los padres insisten en que ha llegado la hora de irse.

Entonces lo veo.

No me había fijado en él antes, pero un hombre de cabello oscuro y ojos claros está al fondo, apoyado en la pared con cierta despreocupación, como si aquello no fuese con él.

Koen se acerca cuando me quito la cabeza de ballena.

—Pensaba que habíamos quedado a las cinco.

—Ya, pero no podía perderme este espectáculo.

Sonrío un poco avergonzada. Ha llegado antes, mucho antes, y lo ha hecho a propósito. Habíamos acordado que me recogería en la puerta de la ludoteca porque esta tarde hemos conseguido quedar por fin con Drika. No contaba con que entrase y me viese haciendo el mayor ridículo de la historia.

—¿Nos vamos ya? —pregunto.

—Dímelo tú, ballenita.

Le presento a Lieke cuando se acerca y él la felicita por la historia que ha escrito. Nos despedimos de ella poco después porque tiene prisa. Aprovecho que tengo a Koen al lado para apoyarme en su hombro y poder quitarme el dichoso disfraz que me he puesto encima de la ropa. Cuando ve que no consigo desprenderme de una de las aletas, me sujeta y tira con fuerza. Me coge antes de que me caiga al suelo por culpa del empujón.

—Creo que no es de tu talla —bromea.

Media hora más tarde, vuelvo a ser una persona normal, aunque aún tengo el pelo alborotado. Estoy sentada en el asiento del copiloto mientras Koen conduce y dejamos atrás la ciudad. No hablamos mucho. Él me pregunta qué tal le van las cosas a Sue y le cuento lo poco que hablamos después de que me pusiese en contacto con ella. Está esperando un bebé, trabaja como *freelance* en el departamento de comunicación de un hospital y es feliz. Fue una conversación corta pero cálida, que me hizo darme cuenta de que algunas veces el apego que les tenemos a las personas no entiende de tiempo o de distancia.

—¿Estás bien, Koen? —le pregunto.

Lo noto tenso. Nunca ha sabido disimularlo. Cuando está mal, parece incómodo dentro de su propia piel; como si quisiese escapar, pero no tuviese adónde.

—Sí, es solo... que no sé si es una buena idea.

—¿Hablar con Drika? ¿Por qué no iba a serlo?

—Yo qué sé. Hay puertas cerradas que es mejor no volver a abrir. —Chasquea la lengua mientras conduce—. O puede que tú tengas razón. Quizá tenga sentido.

—Lo tiene. Desde que Simon murió, no dejo de pensar en

todo lo que no hacemos y dejamos pasar o en las palabras que nunca decimos y terminan perdiéndose.

—Ya.

—¿Sabes lo que quiero decir?

—Sí.

Miro los trazos de carretera que parecen pinceladas a través de la ventanilla del coche. Las copas de los árboles son brochazos verdes bajo el cielo grisáceo.

—¿Recuerdas aquel verano, Koen? Cuando recorrimos el país en caravana. Fue increíble. Últimamente pienso mucho en esos días. No lo hago con tristeza, no es eso, sino con nostalgia. Ojalá pudiésemos repetirlo. No tanto tiempo, claro, pero sí recorrer la zona más cercana, los locales de los pueblos costeros, los *campings* donde paramos...

—Sería divertido. —Koen enciende la radio.

Una idea sobrevuela mi mente de repente. Es algo impulsiva, pero me entusiasmo de inmediato. Y lo veo claro, como si fuese una señal.

—¿Por qué no lo hacemos?

—¿Qué?

—Eso. Una escapada. Podríamos irnos un fin de semana. Seguro que Ellen consigue encontrar algún hueco libre en primavera.

—Claro, estaría bien.

Koen sigue mostrándose incómodo hasta que llegamos a la dirección. Puede que sea porque hace una eternidad que no vemos a Drika y, con el paso de los meses, él terminó forjando con ella una relación especial. Una relación trenzada entre letras y melodías. Se entendían muy bien a la hora de componer y, además, Koen tenía un don para calmarla cuando las cosas se ponían difíciles y había alguna discusión.

Un edificio de color amarillo pálido nos recibe cuando bajamos del coche. Tres escalones de piedra recubiertos de musgo dirigen hacia la puerta, que se abre segundos después de que llamemos al timbre. Lo primero que me sorprende es su pelo, que ya no le roza la cintura, sino los hombros. Y luego su ropa: nada de los pantalones y las camisetas muy ajustadas que solía vestir, Drika lleva puesto un chándal gris que le viene grande. Está guapa. Diferente pero guapa. Nos sonríe un poco insegura.

Luego, Koen da un paso al frente y se abrazan.

Les dejo ese instante de intimidad manteniéndome al margen. Se dicen algo que no llego a oír y se miran reconociéndose, como si después de esos años necesitasen saber que siguen siendo los mismos. Yo saludo a Drika poco después y nos invita a pasar.

Tiene una casa bonita. La veo a ella reflejada en los adornos raros, como una bola del mundo de cristal o un cuadro con tres líneas rojas sobre un fondo negro. El suelo es de madera grisácea y hay mucho blanco. Nos invita a pasar a la cocina y nos presenta a una chica morena y bajita que lleva gafas de pasta y bebe café.

—Antje, mi novia. Ellos son Koen y Sophie.

—Encantada de conocerte —le digo.

—¿Queréis café? Está recién hecho.

—Sí, gracias —contesta Koen.

—Yo tengo trabajo que hacer —dice Antje cuando se levanta y abre un armario para coger una galleta—. Así que mejor os dejo a solas y aprovecho para adelantar.

Nos despedimos de ella y un silencio un poco incómodo llena la cocina mientras preparamos las tazas. Después, Drika nos guía hasta el comedor, donde nos sentamos. Nerviosa, se frota las manos y luego me mira. Abre la boca para decir algo, pero la vuelve a cerrar. Termina sacudiendo la cabeza y suspirando.

—Lo siento tantísimo, Sophie...

—Lo sé. —Tengo un nudo en la garganta.

—Yo quise llamarte en cuanto me enteré... Pero ni siquiera sabía qué decirte después de tanto tiempo. Y Simon..., Simon no se lo merecía.

Hablamos un rato sobre este último año: cómo ha sido, lo sorprendente que me resulta que ya hayan pasado más de nueve meses desde que se marchó y qué tal me van las cosas en el trabajo. Koen aprovecha para aligerar la conversación y contarle mi hazaña disfrazándome esa tarde de ballena para la representación infantil.

—No te perdono que te quitases el disfraz para venir —dice Drika, y Koen le contesta que hizo una fotografía durante el espectáculo. Se ríe cuando se la enseña—. Estás adorable.

Ya solo quedan restos en las tazas de café y todavía no hemos sacado el tema de conversación que parece sobrevolarnos como una nube negra y cargada de lluvia. Dejo que él y Drika charlen un poco más sobre música y trabajo. Por lo visto, ahora ella se dedica a componer canciones para otros grupos, pero nunca ha vuelto a tocar.

—¿Y tú? —le pregunta a Koen.

—Alguna vez en casa. Cuando me aburro.

Pienso en la guitarra de Simon que le pedí que se llevase. Me gusta la idea de imaginarlo tocándola en el silencio de la noche y manteniéndola viva.

—A mí me trae demasiados recuerdos. —Drika suspira.

—En cuanto a eso... —Me muerdo el labio, sin saber muy bien cómo seguir—. Era una de las razones por las que quería verte. Sé que Ellen cometió un error terrible, pero nosotros no debimos dejar que te alejases así... Todo se desmoronó.

—Yo necesitaba poner distancia —contesta.

—Lo entiendo. Pero ¿crees que existe ahora alguna posibilidad de que podamos volver a reunirnos? No es fácil lo que te estoy pidiendo, pero desde que Simon murió tengo la necesidad de resolver cuentas pendientes. Sé que esto no es exactamente eso..., pero me apena pensar que jamás lleguéis a tener una conversación sobre lo que ocurrió. —Lo suelto todo de carrerilla y casi sin respirar—. ¿Y si mañana le pasase algo malo a Ellen? ¿Te arrepentirías de no haberla escuchado, al menos? El final fue un desastre, pero también hubo momentos buenos. Muchos. Muchísimos. No dejo de recordarlos estos días.

Drika parece un poco conmocionada.

—Vienes con toda la artillería, Sophie.

—Era mi única opción —admito.

Ella se frota el brazo y chasquea la lengua.

—La verdad es que os he echado de menos —dice mirando a Koen de reojo, que le regala una sonrisa sutil—. Y ha pasado el tiempo. Ya no duele. Así que supongo que, quizá, algún día, podríamos coincidir por casualidad, ¿quién sabe?

Por lo menos, no es un «no» rotundo. Y esa puerta que estaba cerrada con llave ahora acaba de abrirse para dejar una pequeña rendija por la que puede entrar la luz.

35

LEIDEN, 2010

Esa semana había estado con tos y fiebre, así que cuando llegó el sábado lo último que me apetecía era meterme en un *pub* lleno de humo y gente. Los demás se fueron, pero Simon y yo decidimos quedarnos en su apartamento y pasar una noche tranquila. Había ido a comprar *pizzas* del supermercado y las metimos en el horno.

—Está riquísima —dije con un hilo de queso colgando.

Simon se rio y mordió su porción. Llevábamos un año juntos. Un año maravilloso, pese a algún que otro enfado. Nunca había conocido a nadie tan bien como a Simon. Sabía que le encantaban las gominolas de frambuesa, que tenía cosquillas en la planta de los pies (curiosamente, más en el derecho que en el izquierdo), que el invierno lo ponía de mal humor, que no soportaba a Abba (algo del todo incomprensible para mí), que era más de salado que de dulce, que dormía boca arriba, que le gustaba leer libros de poesía y aventuras o que podía hablar durante horas de cualquier tema histórico.

Con Simon, la rutina no era aburrida, sino cómoda. Me gustaba poder comerme una *pizza* vestida con un pijama viejo y la televisión de fondo. No sentía que tuviese que impresionarlo o llamar su atención. Solo tenía que ser yo. Y eso era fácil.

—Creo que el concierto de la semana que viene va a ser genial.

—Sí, el sitio es muy grande —comentó Simon distraído.

—¿Sabes? No quiero que termine el curso. En serio, no me mires así, tengo ganas de que pasen los exámenes, pero no de estar todo el verano sin ti. El anterior fue agónico.

—Agónico. Me encanta que seas tan dramática.

Solté una carcajada y recosté la espalda hacia atrás. El sofá del apartamento de los chicos era más cómodo y básicamente explicaba por qué solíamos quedarnos allí.

—Será el último verano antes de que terminemos.

—Sí, deberíamos hacer algo diferente.

—¿Cómo qué?

—Yo qué sé. Un viaje.

—Mmm, suena bien.

—¡Lo tengo! —dije emocionada—. ¡Un viaje en caravana! Podríamos recorrer el país y que el grupo fuese tocando en los *pubs* que estuviesen en la ruta.

A Simon le brillaron los ojos y supe que le había entusiasmado la idea. Me besó antes de coger la última porción de *pizza* y preguntarme si quería. Dije que no y le dio un bocado. Continuamos hablando un rato más del tema. ¿Dónde llevaríamos los instrumentos? En la furgoneta, propuse. ¿Quiénes iríamos? Eso habría que hablarlo, sobre todo ahora que Jenna pensaba que Koen era un imbécil por no querer nada más serio con ella; ella, Evelyn y Sue habían dejado de quedar con los demás con tanta frecuencia como antes. ¿Cuánto tiempo estaríamos de viaje? Sería conveniente tener una ruta bien planificada.

—Yo puedo encargarme de organizarlo todo —propuse.

—A mí me parece genial, pero antes hay que hablarlo con los demás.

—Claro. Y hacer un presupuesto lo más ajustado posible.

Simon asintió y fue a la cocina para coger un poco de agua y fregar los platos de la cena. Continuamos hablando a pesar de la distancia, si estiraba la cabeza podía ver su cabello cobrizo desde donde estaba sentada. Sonreí al imaginar cómo podría llegar a ser el verano que se aproximaba. Recosté la cabeza en uno de los almohadones y algo crujió debajo. Metí la mano. Era un papel doblado. Simon comentaba los detalles sobre el alquiler de caravanas cuando me incorporé y alisé lo que parecía ser la hoja de una libreta cuadriculada.

En ese momento no me fijé en la caligrafía. No vi nada más allá de aquellas palabras.

Porque eran eso. Palabras que unidas formaban la letra de la canción más bonita del mundo, una que me pareció tan sencilla, íntima y tierna que cuando Simon apareció en el salón yo ya tenía los ojos llenos de lágrimas. Estaba emocionada.

—¿Qué te pasa? —Él se acercó.

—Nada. Yo... lo siento. —Lo veía borroso—. No debería haberla visto. Imagino que era un secreto, pero es que nunca nadie me había regalado nada tan especial.

—¿De qué estás hablando?

—¡La canción, tonto! —Me limpié las mejillas y le señalé el papel—. Es perfecta. Gracias, Simon. ¿Ya está terminada del todo? Porque ahora necesito escucharla.

Él se había sentado a mi lado y sostenía entre las manos el papel, que estaba lleno de tachones y garabatos, como si la hubiese escrito en el momento, improvisando. Simon estaba pálido. Lo zarandeé con suavidad y tardó en mirarme a los ojos.

—¿Te has enfadado porque he arruinado la sorpresa?

—Yo... sí. —Me sonrió a medias.

—Lo siento. Estaba en el sofá...

Contestó con la voz un poco ronca:

—Debería haberla guardado mejor.

—Eres un desastre. Te lo digo siempre.

—Ya.

—¿Me dejas leerla de nuevo?

Apoyé la cabeza en su hombro para disfrutar otra vez de

esas palabras. Unas que iban dirigidas solo a mí y que se remontaban a lo que Ellen había dicho el año anterior cuando estaba borracha. Las había guardado en el refugio de la memoria: «Lo que quiero decir es que las vi. Fue uno de mis pálpitos. Vi las alas de Sophie plegadas a su espalda, como las de las hadas. Y pensé, ¡joder, el día que decida echar a volar nadie podrá parar a esta chica!».

Y ahora estaban en la canción que Simon me había escrito.

LAS ALAS DE SOPHIE
Ella vuela cuando camina
Ella llena todas las grietas
Ella ríe los días de lluvia
Ella es un golpe en el alma
Y me pierdo en su espalda
Porque Sophie tiene alas
Sophie, Sophie tiene alas
Ella es como una libélula
Ella puede cambiar el mundo
Ella es un latido silencioso
Ella es la llegada de la primavera
Y me pierdo en su espalda
Porque Sophie tiene alas
Sophie, Sophie tiene alas
Pienso en la primera vez que la vi...
Recuerdo su sonrisa llena de flores...
Y me pierdo en su espalda
Porque Sophie tiene alas
Sophie, Sophie tiene alas

36

ÁMSTERDAM, 2017

Hemos quedado para ver el musical de *Cats*. Ha sido tan divertido que la hora y media se me ha pasado como diez minutos y, al salir, aún no me apetece volver a casa. Así que decidimos cenar en la hamburguesería de Lombardo's, y tachar otro punto de la lista. Llegamos justo cuando empieza a llover con suavidad y las gotas empañan los cristales.

Koen está especialmente guapo esta noche. Lleva un suéter oscuro que resalta sus ojos claros, tiene el mentón recubierto por la barba de dos días y posee ese aire interesante y reservado que llama la atención; lo hace parecer enigmático.

El local es muy estrecho y apenas caben unas cuantas mesas, pero todo el mundo sabe que aquí sirven las mejores hamburguesas de Ámsterdam. Nosotros estamos sentados en una esquina junto al reducido pasillo por el que se mueve la camarera. Yo he pedido una con pimientos y Koen la especialidad de la casa.

—Así que Amber ha hecho de las suyas...

—Sí. ¿De verdad crees que somos hermanas o es posible que hubiese algún error en el hospital? Porque me lo pregunto cada día —bromeo.

—Lo dudaría si no os parecieseis tanto.

—En fin... —Cojo una patata frita que está exquisita, crujiente y dorada—. Pues sí, resulta que está saliendo con uno de mis autores, el más insufrible de todos, Vandor Waas.

—«Saliendo». Es decir, que va en serio...

—Eso asegura ella. Dice que está convencida de que es el amor de su vida. Y no podía enamorarse del fontanero, o del camarero de la cafetería a la que vamos siempre, o de algún chico con el que se cruzase por la calle, yo qué sé. No. Ella se ha enamorado de mi autor. ¿Y sabes lo que eso significa? Que cuando rompan, tendré problemas.

—Probablemente. O no. Quizá les funcione.

Alzo las cejas, pero me abstengo de decir nada. ¿Cómo va a funcionar? Los dos están locos, son impulsivos, descarados y les encanta gustar. Aunque visto así, en perspectiva, puede que, en cierto modo, hayan encontrado un espejo donde mirarse. Por el momento, Amber está emocionada de una manera casi ridícula, pero que me hace recordar mis primeros meses con Simon; ese tirón que sentía en la tripa al verlo, lo mucho que me alteraba cada roce, las ganas que tenía de saber más cosas sobre él y de que pasásemos tiempo juntos...

—¿Cuándo voy a poder verte de nuevo vestida de ballenita?

Le lanzo una patata que él esquiva sin inmutarse.

—El mes que viene es la última función.

—Tendrás que darlo todo en el escenario.

Muy a mi pesar, me río. Es absurdo que haya terminado disfrazada de ballena y dando saltitos delante de un montón de niños, no era algo que entrase en mis planes. Pero así es la vida. Está lo que crees que va a pasar, lo que presupones. Y luego lo que termina ocurriendo.

—¿Y tú? ¿Has terminado ya?

—Casi. Voy por el matrimonio número siete.

—Mmmm. —Me relamo el kétchup y Koen baja la vista un segundo hasta mis labios antes de volver a mirarme a los ojos—. Sorpréndeme. ¿Qué falló esta vez?

—¿Según él? No se entendían. ¿Según ella? Le puso los cuernos con su hermana.

—Dios mío. Es abrumador.

—Lo mejor es el final.

—¿A qué te refieres?

—Pues a que el octavo matrimonio, que es su actual pareja, fue con su primera mujer. Por lo visto se encontraron cuarenta años más tarde y la chispa seguía ahí. O eso dice él.

—Fascinante. Un buen giro.

Koen se termina lo que le queda de hamburguesa con dos bocados. La mía aún está a medias en el plato, pero he estado ocupada hablando y picoteando patatas. A nuestro alrededor, los clientes charlan y ríen con despreocupación. Qué fácil parece la vida a veces. Qué difícil es en otras ocasiones.

—Por cierto, estuve mirando la página web de caravanas y reservé una para el fin de semana de abril que acordamos con Ellen. Era la más básica.

—¡Déjame verla! —le pido emocionada.

Koen la busca en su móvil y me la enseña. Es una caravana pequeña, pero suficiente para los tres. Isaäk y Drika nos dijeron que no podían unirse al plan, aunque tampoco contaba con que lo hiciesen. Hubiese sido bonito e idílico recrear todos juntos aquel viaje que hicimos cuando éramos más jóvenes, pero era complicado que volviésemos a encontrarnos en el camino después de que todos tomásemos desvíos distintos.

—Será genial, como en los viejos tiempos.

—¿Estás feliz? —pregunta esperanzado.

Lo miro. Miro a Koen de verdad. Hace nueve años que lo conozco y siempre ha estado ahí cuando más lo he necesitado, sobre todo durante este último año. Nunca me ha fallado. Nunca ha dicho que no cuando esperaba de él que dijese que sí. Y recuerdo lo que pensé una de las primeras veces que lo vi. Que Koen era como la luz de un faro. Los faros siempre están al pie del acantilado, solitarios, iluminando su alrededor para que los barcos consigan alcanzar la costa sin hundirse a la deriva.

—Gracias, Koen, no te merezco.

Él me mira sorprendido y está a punto de decir algo, probablemente quitándole importancia, cuando un hombre choca con la mesa al pasar hacia el baño y nos sonríe alzando las manos. Va un poco achispado y tiene las gafas torcidas.

—Lo siento, pareja.

—No pasa nada.

Me sonrojo y nos quedamos callados hasta que la camarera aparece y Koen le pide la cuenta. Coquetea con él mientras busca monedas para darle el cambio. No me sorprende. Pero no es porque esta noche esté especialmente guapo, sino porque Koen es divertido e inteligente, tierno y encantador. Cualquier chica podría ser feliz a su lado si él la dejase entrar. Cualquier chica podría encontrar un refugio entre sus brazos. Caigo en la cuenta de que hace mucho tiempo que no me habla de ninguna.

La camarera se aleja moviendo las caderas.

—¿Y qué hay de tu vida sentimental?

Koen alza las cejas. Creo que esta noche no dejo de sorprenderlo. Aguardo impaciente su respuesta. Se muerde el labio y luego suspira.

—No hay nadie.

—Vaya, el gran Koen Ludvok está soltero. Hagan sus apuestas sobre cuánto durará esta vez. Chicas, cojan número para ponerse en la fila —bromeo, imitando la voz de un locutor de radio mientras nos ponemos en pie y cogemos nuestros abrigos.

La sonrisa de Koen no llega a sus ojos.

Salimos del pequeño establecimiento. Hace un frío punzante cuando echamos a caminar calle abajo, pero ha dejado de llover, tan solo chispea un poco. Me pongo el gorro de lana y los guantes, con la bufanda aún colgando del brazo. Noviembre es uno de mis meses preferidos, excepto porque odio que se me congele la nariz.

—¿Y tú qué? —Koen me mira de reojo.

—Besé a un chico en Mallorca, ¿no te lo conté? —Él niega con la cabeza y continúa caminando con las manos metidas en los bolsillos y la vista clavada en el suelo empedrado que está húmedo por la lluvia—. Pero no me gustó. Fue horrible.

—¿Qué tuvo de malo?

—Que no era Simon.

Una ráfaga de viento nos azota y mi bufanda sale volando unos metros más allá. Koen va a por ella antes de que pueda hacerlo yo y la recoge. No dice nada, pero me coloca la bufanda en el cuello. Yo también me quedo en silencio. La luz de la farola más cercana proyecta sombras en su rostro. Está serio. Pasa un extremo de la tela por dentro del otro. No sé si alguna vez hemos estado tan cerca como en este momento, pero no lo recuerdo. Tengo que alzar la cabeza para poder mirarlo a los ojos, esos que parecen evitarme. Trago saliva con fuerza y él lo nota, porque tiene la vista clavada en mi cuello. No sé por qué. No entiendo por qué. Pero de repente pienso que este es el momento más especial e íntimo que he vivido en los últimos meses. Entonces los dedos de Koen me rozan la barbilla tras ajustarme la bufanda, provocándome un escalofrío. Y, aunque no es Simon, me gusta. Cuando lo miro asustada y sin respiración, noto un tirón inconfundible en la tripa.

DICIEMBRE

37

ÁMSTERDAM, 2017

La ludoteca donde va a celebrarse el concurso es más grande que las demás, en un edificio público de la ciudad. El escenario ocupa un tercio de la sala, que está repleta de niños. Hay tanto alboroto que me siento un poco abrumada, sobre todo cuando al fondo veo a Koen, Isaäk y su mujer, que han venido con los niños. Intento hacerme un hueco entre la multitud para llegar hasta ellos. Lieke Dahl aún no ha aparecido y estoy empezando a ponerme nerviosa.

—¡Isaäk! —Nos damos un abrazo.

Su mujer, Greta, es encantadora. Una de esas chicas dulces que siempre están sonriendo. Cuando Isaäk nos la presentó, todos pensamos que sería una más y que durarían poco, pero un año después le había pedido matrimonio y estaba tan perdidamente enamorado de ella que Simon y Koen siempre se burlaban de él cuando quedábamos; sobre todo porque tiempo atrás, cuando era joven, Isaäk llegó a asegurar que jamás pasaría por el altar y hablar de «hijos» era algo que le producía alergia.

Ahora tiene a un niño pequeño colgado de su cuello y otro cogido a la pierna, pero parece encantado. Koen saluda a los pequeños revolviéndoles el pelo.

—¿Listos para aplaudir mucho cuando salga la ballena?

—¡Síííííí! —contestan con entusiasmo.

Parto con la ventaja de tener a dos fieles seguidores entre el público, menos es nada. Charlo un rato con Greta sin dejar de mirar el reloj hasta que Lieke Dahl aparece jadeante por la puerta. No entiendo por qué siempre llega tarde y corriendo.

Nos acercamos juntas hacia la zona del escenario. La chica con el pelo rosa ya está allí con un micrófono en la mano hablándoles a los niños como si fuesen bebés. Yo llevo en la mano una bolsa con el disfraz y hace calor en la ludoteca, así que no sé cómo voy a sobrevivir cuando me ponga encima otra capa más. Esperamos impacientes mientras le toca el turno a la primera editorial. El cuento de ese hombre me sigue pareciendo el mejor de nuestros adversarios. Es muy bonito. Narra la historia de una abuela que tiene flores mágicas en el jardín y cuando Pipper, su nieta, se va a vivir con ella, le enseña su poder. Pese a todo, creo que el mensaje de *La ballena Buba* es mucho más necesario hoy en día, una manera de explicarles a los niños que los zoos y los espectáculos con animales no son divertidos para ellos. Que han nacido para ser libres y no para vivir recluidos.

Cuando empieza el tercer cuento, me giro para mirar a mis amigos. Están de pie entre otros padres. Koen tiene la vista clavada en mí, pero la aparta cuando me ve mirándolos. A su lado, una chica rubia mueve la mano en alto sin cesar. Es Ellen. Ha venido por sorpresa. Me comentó hace días que no llegaría a la ciudad por Navidad hasta la próxima semana. Contengo las ganas de levantarme parar ir a abrazarla; en lugar de eso, me alejo hacia los baños del fondo de la sala para prepararme.

Consigo abrocharme la cremallera del traje a trompicones. Me lavo el rostro en el lavabo cuando salgo del cubículo y me pongo la cara de la ballena en la cabeza. Salgo caminando de una manera tan ridícula que me muero de la vergüenza. En realidad, mis amigos no deberían estar hoy aquí. Pero Koen se lo dijo a Isaäk y este pensó que era una idea genial para salir a dar una vuelta con los niños. Imagino que lo de Ellen se lo estaba guardando desde hace días. Así que aquí estoy, a punto de hacer mi última representación.

—¿Sabéis lo que viene ahora? —les pregunta la presentadora a los niños—. ¡Sí, aún nos queda el último cuento! ¿Quién quiere conocer a la ballena Buba?

Se escuchan vocecitas diciendo «yoooo».

—¡Pues aquí la tenéis! —exclama jovial.

Espero impaciente tras el escenario donde normalmente los pequeños hacen obras de teatro y otras actividades. Lieke empieza a leer. Lo hace más tranquila que las otras veces, con la voz clara y un tono pausado que acompaña la narración.

Y entonces llega mi momento.

Salgo dando saltitos. Los niños me señalan y gritan encantados. ¡La ballena Buba está aquí!, me dan ganas de decir. La capucha se me ha doblado un poco, así que solo veo por un ojo. Lieke continúa leyendo tranquilamente, sin trabarse. Yo muevo las aletas y me sacudo como si fuese una ballena saliendo del agua. Algunos críos se ríen.

—«La ballena Buba no podía creerse lo que estaba ocurriendo. Aquel niño, ese que se había convertido en su amigo, le estaba abriendo la puerta que separaba el parque de atracciones del océano. Miró al pequeño y lanzó un chorro de agua con alegría antes de escapar nadando con un gran salto. ¡Era libre! ¡La ballena buba era libre! Y justo en ese instante, como si hubiesen estado esperándola hasta entonces, escuchó a su mamá llamándola a lo lejos. ¡Buba, Buba! ¿Dónde estás?". ¡Aquí, mami, estoy aquí!"».

Me emociono tanto al final del cuento que me falta poco para caerme de bruces sobre el escenario entre aleteos y saltitos. Los niños aplauden animados cuando terminamos. Estoy jadeante y sudorosa, pero muy satisfecha. Lieke me acompaña tras el escenario cuando la presentadora vuelve a coger el micrófono. Me quito la cara de la ballena y le sonrío.

—¡Lo has hecho genial! —le digo.

—¡Tú sí que has estado increíble!

—¿Sabes una cosa? No importa si no ganamos, solo por ver a todos esos niños emocionados ya ha valido la pena. Somos un equipo, Lieke.

Tengo un momento de euforia, sí, pero lo pienso de veras. He hecho el ridículo, he pasado vergüenza, he terminado vestida de ballena, pero ¿qué importa? Ha sido divertido. Una nueva experiencia. Y de repente pienso que si Simon hubiese estado aquí para verme se lo estaría pasando en grande, seguro que no dejaría de bromear.

—Gracias por todo, Sophie —me dice.

Estamos tan distraídas poniéndonos sentimentales que ninguna se da cuenta de que la presentadora está a punto de dar el nombre del ganador. De repente dice algo sobre «los jueces», a los que he evitado mirar durante todo el espectáculo. Y luego escucho:

—¡La ballena Buba! —Y un montón de aplausos.

—¿Qué? —Lieke me mira confundida.

—¡Joder, que hemos ganado! —grito.

Tengo que darle un pequeño empujón para que salga al escenario de nuevo. Cuando lo hace, Lieke tiene las mejillas tan rojas como dos ciruelas. Yo me coloco la capucha antes de aparecer y los niños vuelven a ovacionarme encantados. Me siento como una estrella. Además, el anonimato hace que me suelte con más facilidad, claro. Doy un par de vueltas sobre mí misma mientras agito las aletas y los críos se ríen.

—¡Enhorabuena! —nos dice la joven de pelo rosa.

Nos dan una placa conmemorativa y yo consigo escaparme para ir al baño y quitarme el disfraz. Después, nos hacemos fotografías para algunos medios de prensa, casi todos *online* o pequeñas agencias. También posan los concursantes de las otras editoriales.

Cuando terminamos, sigo eufórica como si me hubiese tomado cinco tazas de café. Abrazo a Ellen tan fuerte que ella suelta un chillido estridente. Isaäk propone que vayamos a tomar algo a una cervecería que hay dos calles más allá. Invito a Lieke para que venga con nosotros, pero declina el ofrecimiento porque tiene ganas de celebrarlo junto a su familia.

Ya en la cervecería, Ellen nos entretiene con sus últimos escarceos amorosos. Por lo visto, acaba de empezar una relación amorosa con una pareja.

—No lo entiendo —digo confundida.

—Ay, pobrecita. —Ellen se ríe mirándome—. No es tan difícil. Somos tres. Ella, él y yo. Nos lo pasamos muy bien juntos. Ojalá no me manden pronto a un nuevo destino.

Isaäk se gira hacia su mujer con una sonrisa.

—¡Pero qué buena idea! ¡Deberíamos probar!

—¡Eso! ¡Con otro hombre! —responde Greta satisfecha, y a él le cambia la cara en menos de dos segundos.

—¿Qué? ¡No! Así no tiene gracia.

—Para mí, sí —Greta sonríe.

Es suficiente para que Isaäk se arrepienta de haber abierto la boca y olvide el tema. Sus hijos corretean por la cervecería y de vez en cuando acuden a Koen para preguntarle por «las pistas de un tesoro» que él les ha dicho que está escondido muy cerca.

—¡Por Sophie, la ballenita! —Koen alza su cerveza.

—¡Por la ballenita! —repiten los demás riendo.

Brindamos y bebemos. Me siento feliz. Muy feliz. Hay un hueco enorme en esta mesa, sí, y estoy segura de que todos lo notamos, pero seguimos adelante. Estamos aquí. Estamos vivos, celebrando una buena noticia, hablando y riéndonos. Y es perfecto.

Salimos horas más tarde, cuando los críos ya están cansados de buscar el tesoro y se quejan porque tienen hambre. Nos despedimos de Isaäk y Greta con un abrazo largo. Antes de que se marchen a buscar su coche, a él lo miro con cariño y le deseo una feliz Navidad.

Ellen se acerca y me da un beso en la mejilla.

—Yo también tengo que irme ya, que todavía no he ido a ver a mis tíos y seguro que se están desesperando. —Luego parece recordar algo y se muerde el labio inferior—. Por cierto, en cuanto al viaje..., no sé si voy a poder ir.

—¿Qué? ¡Venga ya! —me quejo.

—Estoy en negociaciones...

—¿Negociaciones?

—Para presentar mi propio programa.

—¿Bromeas? ¡Pero eso es increíble!

Me olvido del viaje y la abrazo. Ellen es la mujer más alucinante que conozco. Ha conseguido todas y cada una de las cosas que se ha propuesto a lo largo de su vida. ¿Independencia? Hecho. ¿Un trabajo sin oficina? También. ¿Tener su propio programa de televisión? Por lo visto está a punto de alcanzarlo. Hace que me sienta orgullosa de ella.

Ellen sube en un taxi minutos después, y Koen y yo nos quedamos a solas, mirándonos en medio de la calle. Ya ha anochecido, pero el ambiente es muy agradable. Las luces navideñas envuelven de colores la ciudad, empezando por los escaparates y los árboles que adornan cada rincón. Me encanta esta época del año. Es mágica. Unos pocos días en los que todo parece congelarse bajo el embrujo de la Navidad. La gente se vuelve más solidaria, más familiar y hace balance de todo su año. El mío ha sido el peor de mi vida, pero tengo la suerte de estar aquí para contarlo y eso hace que me sienta afortunada. Más aún, no estoy sola. Koen está delante de mí.

—¿Coges un taxi o quieres ir caminando?

—Prefiero dar un paseo —contesto.

—Te acompaño.

Me he acostumbrado a caminar por la ciudad en silencio junto a él. Es fácil y me despeja la mente. Lo miro de reojo mientras se enciende un cigarrillo. Ninguno de los dos dice nada hasta que, veinte minutos más tarde, llegamos a mi portal.

—Ven a casa a pasar las navidades.

—Sophie... —Parece incómodo, pero también emocionado. Sacude la cabeza y clava la vista en el suelo—. No creo que sea una buena idea.

—¿Por qué no?

Cuando salía con alguna chica, a veces pasaba las fiestas con ella. Pero también acudía a casa de Simon a menudo. No me gusta imaginarlo solo en Navidad. Debe de ser triste no tener una familia con la que reunirse en las ocasiones especiales.

—No pinto nada ahí.

—Claro que sí. Eres mi amigo. Además, Amber irá con Vandor porque, según ella, ahora son «novios oficiales». No me hagas pasar sola por esa tortura.

Koen sonríe tímidamente y suspira.

—Está bien.

38

LEIDEN, 2010

Simon y Koen apenas se hablaban.

Empecé a notarlo una tarde, cuando durante el ensayo evitaban casi hasta mirarse. Normalmente, Koen daba órdenes sin parar: «Alarga la última nota», «toca con más suavidad», «empieza dos segundos antes». Ese día solo les dio sugerencias a Drika e Isaäk.

Unas horas después, tomándonos algo en un *pub* cerca del apartamento, comprobé que no se dirigieron la palabra ni una sola vez, y eso que, cuando salimos de allí, era casi de madrugada. Yo le pedí a Simon que se quedase a dormir en mi casa esa noche.

Hicimos el amor y luego él, estirándose en la cama, abrió el primer cajón de mi mesilla de noche para coger las gominolas de frambuesa que sabía que guardaba allí.

—¿Qué te pasa con Koen?

Casi se atraganta. Tosió.

—Nada. ¿Por qué?

—Os he notado distantes.

—¿En serio? Pues no.

—Simon. —Le sujeté el rostro por las mejillas para obligarlo a mirarme a los ojos y noté su incomodidad—. Te conozco. Sé cuándo mientes.

Suspiró y lo solté. Esperé impaciente.

—No puedo decírtelo. No... puedo.

—Nosotros no tenemos secretos.

—Ya, pero esto es diferente. Hay otra persona implicada. Y son cosas personales. Cosas suyas. ¿Puedes entenderlo? —Alzó los brazos para ponerse la camiseta.

—Pero es que vosotros sois inseparables.

—Sí. Seguimos siéndolo —puntualizó.

—¿Habéis discutido?

—Algo así.

—¿Es grave? Solo contéstame a eso.

Simon soltó el aire que estaba conteniendo.

—Nada que no podamos solucionar.

—Bien. Eso está bien —susurré.

—Solo necesitamos un poco de tiempo.

—Vale. —Le froté la espalda con cariño.

Simon no me mintió. Unas semanas más tarde, las cosas empezaron a volver a su cauce. No fue de golpe, sino paulatinamente. Pasaron de no dirigirse la palabra a decirse algunas cosas, casi todo monosílabos. Poco a poco, las frases se volvieron más largas. Y unos meses más tarde, daba la sensación de que nunca había ocurrido nada, como una de esas heridas que cicatrizan tan bien que apenas dejan marca. Excepto porque yo lo sabía. Sabía que había pasado algo entre ellos que los había alejado antes de que lograsen encajar de nuevo.

Aquella primavera fue un suspiro.

Pasamos los días planificando el viaje en caravana que haríamos ese verano. Drika y Ellen continuaban discutiendo a menudo; a veces, se enfadaban tanto que pasaban días sin verse. Yo me concentré en subir mis calificaciones. Y Los Dinosaurios siguieron actuando en *pubs* de la ciudad, cada vez con más público, luciendo sus simbólicas camisetas y consiguiendo que algunos estudiantes se aprendiesen parte de las canciones. *Las alas de Sophie* se convirtió en algo real. Yo nunca había escuchado nada tan especial. La melodía era suave, como un aleteo. Y la voz de Koen sonaba más rota de lo habitual cuando la cantaba, dándole un aire melancólico que quedaba perfecto. Compusieron algunas canciones más, así que, un día, Isaäk propuso que fuesen a un estudio de grabación, pagasen por horas y grabasen una maqueta. Unas semanas más tarde, teníamos el disco en las manos.

Simon apareció con la caravana de buena mañana.

Habíamos terminado el curso y estábamos deseando empezar aquel viaje. Yo llevaba meses planificando la ruta que seguiríamos y ya había contactado con varios *pubs* para que el grupo tocase. Los instrumentos irían en la furgoneta que Koen conduciría. Todo estaba estudiado, incluso la compra semanal que pensábamos hacer. La señora Ferguson nos había preparado comida para varios días, pese a que insistí en que no lo hiciese, y se despidió llorando y asegurando que iba a echarnos mucho de menos. Durante los días previos, había hecho tantas listas que Ellen temía que pudiese enloquecer de un momento a otro.

Drika, Ellen, Isaäk y yo nos subimos a la caravana. Ivanka iría con Koen en la furgoneta. Llevaban saliendo algo más de un mes; estudiaba *marketing*, tenía un llamativo aspecto nórdico y solía mostrarse bastante posesiva con él. A ninguno nos caía especialmente bien, pero fingíamos que sí. Hablaba constantemente de cosas sobrenaturales, como los fantasmas o los signos del zodiaco. Era intensa, no pasaba desapercibida.

El primer día apenas hicimos kilómetros. Nos dirigimos hacia el interior porque la noche siguiente el grupo iba a tocar en un local pequeño que había estado encantado de recibirlos.

Compramos en un Spar las provisiones para el viaje y luego hicimos una parada en Gouda. Mientras dábamos un paseo, llegaron grandes ruedas de queso arrastradas por carros con caballos para una subasta. Nos quedamos contemplando el espectáculo: unos jóvenes vestidos con el típico traje holandés nos ofrecían porciones para probar y los granjeros y comerciantes sellaban sus tratos dándose la mano, de la manera más tradicional.

Luego pasamos frente a un escaparate lleno de quesos y entramos para comprar unos cuantos. Los había de todos los tipos y colores: rojos, verdes, naranjas, cremosos o más secos. En resumen: nos llevamos nuestro peso en queso. Aprovechamos el resto del día para comportarnos como turistas y dar una vuelta por el centro histórico de la ciudad, admirando los edificios y las bonitas tiendas. Nos hicimos un par de fotografías delante de la iglesia Sint-Janskerk, la más larga de Holanda y famosa por sus vidrieras y, cuando nos cansamos del paseo a orillas de canales centenarios, nos sentamos en una acogedora terraza en la calle Hoge Gouwe, justo en la antigua lonja del pescado.

—Pásame el mapa —me pidió Koen, y luego estuvo echándole un vistazo un buen rato, pese a que todos se habían burlado de mí por comprar uno teniendo Google Maps. ¿Y si nos quedábamos sin cobertura en los teléfonos? Además, era mucho más fácil verlo en grande y no a través de una pantalla—. Estamos cerca del *camping*.

—¿Cuántos días nos quedaremos ahí? —preguntó Ivanka.

—Unos cuantos. Es barato —le respondió él.

Isaäk se recostó en su silla con una sonrisa inmensa mientras el sol del mediodía nos calentaba la piel. El verano era una estación maravillosa. El cielo de aquel día era azul y unas nubes blancas y esponjosas lo surcaban lentamente, con pereza.

—¿Por qué miras tanto al camarero? —preguntó Drika.

—¿Qué? No lo estoy mirando —se quejó Ellen.

Intercambié una mirada con Simon. Sí, todo era perfecto excepto cuando empezaban a discutir por cualquier tontería. Las dos habían entrado en una dinámica de celos y reproches difícil de parar. En cierto modo, se habían acostumbrado a que su relación fuese así, con altos y bajos, como una montaña rusa trepidante. Me preocupaba que no supiesen frenar.

Drika estuvo de morros el resto de la tarde.

Salieron a recibirnos al llegar al Área de Alblasserdam. Poco después elegimos nuestra parcela y fuimos a recepción. Nos informaron de las actividades que había en las cercanías y cogí un par de folletos turísticos antes de dar un paseo por los alrededores a solas con Simon.

—¿Todo bien? —preguntó cogiéndome de la mano.

—Sí. Pero me preocupan Ellen y Drika.

—Es lo de siempre. —Se encogió de hombros.

Al día siguiente nos levantamos temprano y desayunamos café de sobre y un poco de pan con los quesos que habíamos comprado en Gouda. Dormíamos en la caravana. Las camas eran estrechas, para una persona, así que el único que tenía un poco de comodidad era Isaäk. Pero a todos nos daba igual, excepto a Ivanka. Estuvo quejándose sin cesar durante gran parte del viaje, empezando por esa misma mañana. Que si el café no se disolvía bien. Que si Koen se movía mucho cuando dormía. Que si el interior de la caravana olía raro. Que si le iba a oler el aliento por desayunar queso. Que si... Que si...

—Me estás deprimiendo —protestó Ellen.

Unas horas más tarde, alquilamos unas bicicletas y dimos un agradable paseo por la orilla del río mientras los barcos danzaban alrededor. No tardamos en llegar a los molinos históricos de Kinderdijk y visitamos uno de ellos por dentro, junto a otros muchos turistas. El interior del molino era precioso. Podías hacerte una idea de cómo vivían los holandeses en el siglo XVIII, con sus camas en armarios, estrechas escaleras que conducían a la cúpula y pequeños fogones para cocinar. Nos sacamos algunas fotografías mientras fingíamos vivir en esa estrecha habitación de madera. Ellen y Drika estaban de buen humor después de la reconciliación y no dejaban de bromear junto a Isaäk.

Y aunque hacer turismo por el país era divertido, todos estábamos deseando que llegase la noche para que el grupo actuase. Róterdam quedaba a unos veinte minutos del *camping*. El local era pequeño pero acogedor; las paredes estaban llenas de camisetas de grupos de *rock* y posavasos pegados que llegaban hasta el techo. Hablamos con el dueño, que fue amable e incluso les ayudó a montar los instrumentos y hacer la prueba de sonido. Nos sirvieron copas gratis y brindamos por aquel viaje.

Fue una noche muy intensa. Cuando Los Dinosaurios terminaron de tocar, el escenario se convirtió en una especie de karaoke improvisado. No sé en qué momento me dejé arrastrar por Ellen y canté junto a ella una vieja canción de Madonna. Lo hicimos fatal. Parte del público nos abucheó, pero nosotras no podíamos dejar de reírnos.

En un momento de la noche, vi que Koen y Simon estaban hablando a solas al fondo del local, sentados en dos taburetes frente a la barra. Me acerqué a ellos tambaleante y abracé a Simon por la espalda. Olía a casa, a algo tan cálido que sabía que sería imposible hacer una fragancia así y meterla dentro de un bote de cristal.

—¿Por qué no os unís a la fiesta?

—Ahora iremos, Sophie —contestó Simon.

Probablemente fue porque estaba achispada, pero me molestó el tono algo cortante e impaciente de su voz.

—¿Qué os pasa?

—Nada.

—¡Estoy cansada de vuestros secretos!

Entonces, Koen suspiró, se giró y me miró:

—Mi padre ha muerto. Acaban de llamarme.

—¿Qué? Joder. Mierda. Lo siento... Yo...

Me incliné para abrazarlo, pero Koen se apartó con delicadeza. Luego llamó al camarero y pidió una ronda de chupitos de tequila. Me dio uno y alzó la mano para llamar la atención de los demás miembros del grupo, que estaban bailando más allá.

—No te preocupes, vamos a celebrarlo.

—¿Cómo? —Estaba un poco aturdida.

—¡Coged cada uno un vaso de tequila!

Drika, Ellen, Isaäk e Ivanka obedecieron.

—¡Por este día! —brindó Koen.

Simon lo miró fijamente y le dijo bajito:

—A tu salud. —Y luego bebió de un trago.

Esa noche, Koen e Ivanka desaparecieron un buen rato en la caravana mientras los demás continuábamos divirtiéndonos en el local. Cuando salieron, ella tenía el pelo revuelto y él los ojos un poco enrojecidos después de haber estado fumando. Drika se ofreció para conducir la furgoneta tras cargar los instrumentos. Simon estuvo toda la noche pendiente de Koen y yo me mantuve callada, sin saber qué decir.

Eran las cinco de la madrugada cuando me desperté. Hacía tan solo unas horas desde que habíamos vuelto de Róterdam y todos dormían. Todos menos Koen. En su cama solo estaba Ivanka hecha un ovillo. Me di la vuelta e intenté conciliar el sueño de nuevo, pero no pude, así que terminé levantándome. Lo vi en cuanto salí de la caravana.

Estaba tumbado en la parte de atrás de la parcela, con la vista fija en el cielo y un canuto entre los dedos. El humo serpenteaba sobre su cabeza. A su lado había una cerveza vacía.

Fui hacia él arrepintiéndome de no haber cogido una chaqueta y lo miré desde arriba.

—¿Qué estás haciendo aquí?

—Nada. Pensar. Y fumar.

—Deberías entrar a descansar.

Koen no contestó, así que me tumbé a su lado. Desde aquel lugar alejado de la ciudad se veían algunas estrellas que titilaban en medio de la oscuridad.

—No hace falta que te quedes.

—Me quedo si tú no entras.

—Joder, Sophie.

Cogí aire y lo miré.

—¿Por qué has brindado?

—Se brinda por las buenas noticias.

—¿Y que tu padre haya muerto lo es?

—Sí. Ya todo acabó. Por fin acabó.

Nos quedamos un rato callados hasta que Koen se dio cuenta de que estaba temblando de frío. Se incorporó y se quitó la chaqueta. Me la puso por encima.

—No es necesario... —protesté.

—Estás helada. Vete dentro.

No lo hice. Me acurruqué bajo el calor de su chaqueta y luego le hice la pregunta que nunca hasta entonces me había atrevido a formular. Nadie hablaba de ello. Creo que solo Simon conocía el pasado de Koen y siempre se lo guardó para él.

—Las cicatrices que tienes... ¿son por su culpa?

—Sí, era pequeño, no podía defenderme.

Me giré hacia él. Me dolía imaginarlo. Quería consolarlo de algún modo, pero no sabía cómo. Pasé los dedos por una cicatriz circular que tenía en el brazo y que parecía la quemadura de un cigarro. Koen se estremeció y se apartó.

—Sophie..., no hagas eso, por favor.

—Lo siento, no quería incomodarte.

—No es... No me incomodas.

Koen expulsó el aire que estaba conteniendo y me miró fijamente. Había algo en su mirada. Algo distinto. Pero no supe qué era. ¿Anhelo? ¿Tristeza? ¿Culpa? ¿Miedo? Antes de que pudiese averiguarlo, él se puso en pie. El viento sacudió su cabello oscuro.

—Será mejor que nos vayamos ya.

—Vale. —Me incorporé y le di la chaqueta.

Me abrió la puerta de la caravana para cederme el paso. Dentro, todo estaba en silencio. Mi cama estaba al fondo, era la litera de abajo. Isaäk dormía arriba a pierna suelta. Me tumbé junto a Simon, que ni siquiera abrió los ojos. Deslicé un brazo por su cintura y lo abracé. Escuché el latido de su corazón hasta que me quedé dormida.

39

ÁMSTERDAM, 2017

La casa huele a Navidad. O lo que es lo mismo, a *kerstkransjes*, las tradicionales galletas especiadas con almendras que mi madre siempre prepara por estas fechas.

—Qué buena pinta —digo al entrar en la cocina.

—Gracias, cariño. Ven, dame tu abrigo.

Mi padre ha ido a recogerme a la estación, porque Koen no llegará hasta mañana para la cena de Navidad. Y a las doce y cinco minutos del día siguiente, es decir, esa misma noche, es mi cumpleaños. Sí, a mi madre le encanta contar la anécdota todos los años. Treinta inviernos atrás, cuando estaba a punto de servir el tradicional conejo con col lombarda, empezó a notar unas fuertes contracciones. Llegué tan rápido que estuve a punto de nacer en el viejo Peugeot 205 que tenían mis padres.

—¿Cómo estás? —me pregunta mi madre.

—Bien. Más o menos.

Es una época complicada. Se supone que la Navidad consiste en pasar tiempo con nuestros seres más queridos y echo de menos a Simon. Los últimos años decorábamos juntos el apartamento y siempre me dejaba poner la estrella en la punta del árbol. Además, llevo unas semanas sintiéndome confusa, como si en ocasiones no me reconociese dentro de mi propia piel, si es que eso tiene algún sentido. Y tengo picos. Muchos picos. Momentos de euforia como cuando gané el concurso infantil y fuimos todos a celebrarlo a esa cervecería. O cuando quedo con Koen. Y otros en los que siento que me hundo hasta el fondo. No sé si tiene algún sentido, pero los últimos meses habían sido más lineales, casi monótonos, y de pronto no sé cómo manejar estos cambios bruscos de ánimo.

Paso el resto del día disfrutando de mis padres. Hacía mucho tiempo que no estábamos los tres a solas. Aprovecho para ir al estudio de papá y sentarme en sus rodillas, como cuando era pequeña, mientras él repasa su colección de monedas y me habla de cada una de ellas. Son uno de sus bienes más preciados. Al caer la tarde, vamos juntos al mercadillo navideño que han puesto en el centro del pueblo y compro un par de adornos de madera para colocar en el árbol. Comemos pan con pasas y pastas de almendras.

Al día siguiente, llegan Amber y Vandor.

Sinceramente, no estoy preparada para verlos juntos. Mi hermana me ha invitado a tomar café en dos ocasiones, pero he terminado poniéndole una excusa. Me siento un poco incómoda al tener que lidiar con uno de mis autores más insufribles en mi propia casa, sobre todo teniendo en cuenta que no me ha mandado los últimos capítulos, tal y como prometió que haría. ¿Debería recordárselo? Lo descarto, pero tan solo porque es Navidad.

—¡Qué alegría conocerte al fin, Vandor! —dice mi madre.

—El placer es mío. Ya veo de dónde ha sacado Amber toda su belleza —contesta él cogiendo a mi madre de la mano con confianza, como si se conociesen desde hace años.

—¡Oh, qué encanto! —Se sonroja.

Ojalá el suelo se abriese bajo mis pies y pudiese desaparecer. Pero no ocurre. Así que aguanto con la espalda recta hasta que Vandor se gira hacia mí y me guiña un ojo. Está ridículamente guapo, con su habitual atuendo y unas zapatillas nuevas de Adidas.

—¿Cómo va eso, jefa?

—Quizá sea mejor que me llames Sophie.

—Es verdad, que ahora somos familia. Ven aquí, dame un abrazo.

Comprendo que lo dice totalmente en serio cuando se acerca con los brazos extendidos y me estrecha contra su pecho. Huele a colonia cara. Amber grita «¡abrazo de tres!» y se une a nosotros saltando sobre mi espalda. Fantástico.

—¿Queréis comer algo, chicos? —ofrece mi madre.

—Yo tomaré un café caramel *macchiato* —dice Vandor.

—¿Qué es eso? Me temo que no tengo.

—¿Café *moka*?

—Tampoco...

—Tomará un café con leche de toda la vida —me entrometo cuando entramos en la cocina. Mi madre aún está confundida—. Yo lo prepararé. Podéis sentaros.

El resto del día pasa relativamente rápido mientras nos ocupamos de los preparativos para la cena. Vandor y Amber desaparecen en el piso de arriba y se escuchan risitas de vez en cuando. Prefiero no saber lo que están haciendo. Mi madre me pide que la ayude a hacer el puré de castañas porque este año comeremos pavo en lugar de conejo.

—Hacen muy buena pareja, ¿no te parece?

—Mmmm, supongo que sí —admito.

—Él es un listillo encantador.

Qué forma más dulce de decirlo.

—La verdad es que no recuerdo haber visto a Amber tan enamorada desde... nunca. Imagino que es una buena señal. Tienen mucho en común —reflexiono en voz alta.

—¿Y qué hay de ti, Sophie?

Miro a mi madre sorprendida.

—¿Yo?

—Claro, tú.

—Hace once meses que mi marido murió.

—Precisamente por eso. Además, el amor es totalmente impredecible. Nunca sabes cuándo aparecerá, no puedes elegirlo ni controlarlo. Por eso es tan especial y arrollador. ¿Recuerdas mi historia? Llevaba dos años saliendo con el bueno de Brandy Neelson y, de repente, aparece tu padre en la panadería donde estaba trabajando y me pide unas galletas de jengibre. Entonces lo miro y me quedo sin respiración. Fue justo así. Cuando terminé mi turno y salí de la panadería, él estaba esperándome en la puerta. Me preguntó si podía acompañarme a casa, y el resto…, bueno, es historia. Dos meses después estábamos casados y me quedé embarazada de ti. Fue la mejor decisión de toda mi vida.

—Dos meses. Qué locura —contesto.

—El amor es así, Sophie. Un golpe. Pum.

No contesto. Voy a la nevera y saco los ingredientes para preparar la salsa. Justo entonces llaman al timbre. Cuando salgo al salón, mi padre ya ha recibido a Koen y este le tiende una botella de vino y una bolsa llena de dulces navideños.

Lo saludo con un beso en la mejilla.

—Estás helado —digo.

—Está a punto de nevar.

Mi madre le da un abrazo y luego, cuando Amber y Vandor bajan, los presento. No pueden ser más diferentes. Mientras que Vandor es extrovertido, Koen es reservado. Pero por suerte encajan bien y pronto están hablando de sus respectivos trabajos al tiempo que ultimamos los detalles de la cena. Cuando todo está listo, mi madre sonríe animada.

—¡Ha llegado el momento de ir a misa!

—¿De verdad tenemos que hacerlo? —Como cada Navidad, Amber protesta. Yo tampoco soy creyente y mis padres apenas pisan la iglesia durante el resto del año, pero es una tradición y un momento bonito y familiar.

—Sí, ponte el abrigo, Amber.

Salimos y vamos caminando. Es una estampa apacible que no habría tenido ningún sentido tan solo un año atrás, pero ahora siento que es exactamente dónde debo estar. Vandor rodeando la cintura de mi hermana mientras le susurra algo al oído que la hace reír, Koen a mi lado con las manos metidas en los bolsillos de su chaqueta oscura, y mis padres satisfechos por tener a sus hijas en casa mientras saludan a los vecinos con los que nos cruzamos.

La iglesia está llena de gente.

Encontramos un hueco en una de las últimas filas y mi madre y yo nos sentamos. Koen se queda de pie, apoyado en uno de los pilares y con la vista fija al frente. Escucha toda la misa sin perder detalle. Me pregunto en qué estará pensando.

La ceremonia es esperanzadora. Se habla del perdón, de la generosidad y de dejar marchar a nuestros seres queridos. No esperaba terminar con los ojos llenos de lágrimas, pero lo hago. Pienso en Simon. Quizá le haría gracia verme así en estos momentos. Veo su sonrisa, siento sus dedos entrelazando los míos y el tacto de su piel en la mejilla. Y no me invade la pena, sino el agradecimiento, porque al menos tuve la oportunidad de pasar nueve años junto a él. Hay personas que nunca encuentran al amor de su vida, otras que se tropiezan con una pared porque no es correspondido, algunas que lo pierden antes de poder empezar. Pero yo lo tuve. Lo tuve, lo sentí, lo cuidé. Y ahora se ha ido, pero en el fondo siempre seguirá conmigo.

—¿Todo bien? —Mi madre me frota la espalda.

—Sí, muy bien. —Asiento con una sonrisa.

Ha empezado a nevar cuando salimos de la iglesia, así que regresamos a paso rápido hasta casa. Mi padre abre la puerta dándole un pequeño golpe con el hombro porque se ha quedado atascada. El calor del hogar nos recibe. La chimenea aún tiene brasas y me agacho para removerlas y añadir unos cuantos troncos. Todos han ido a la cocina para traer los platos de la cena y poner la mesa. Koen se inclina a mi lado y sonríe.

—Feliz cumpleaños, Sophie.

—Todavía faltan unas horas.

—Ya, pero quería ser el primero en felicitarte.

Yo sonrío. Él me quita el tronco de las manos cuando ve que no consigo encajarlo sobre los demás y lo coloca bien.

No cabe ni un solo plato más en la mesa. Vandor lo mira todo con el ceño fruncido como si buscase el caviar por alguna parte, pero, cuando prueba el pavo de mi madre relleno de puré de castañas, le cambia la cara y se relame.

—Está delicioso, señora Bakker.

—Oh, llámame Angelien, encanto.

Koen come en silencio; parece relajado mientras mi padre le habla de su colección de monedas. De vez en cuando hace rabiar a Amber tan solo por placer y le dice «pásame la sal Amber-Lamber».

—¿A qué viene eso? —pregunta Vandor.

—Cuando era pequeña siempre iba a todas partes con una muñeca de la marca Lamber. No se separaba de ella ni para ducharse —cuento mientras mi hermana resopla.

—Pero al final me cansé y le arranqué la cabeza —añade Amber.

—Eso también es verdad. —Me encojo de hombros.

Vandor y Amber se pasan toda la velada haciéndose arrumacos. Cuando terminamos de cenar, estoy tan llena que lo único en lo que puedo pensar es en desabrocharme el botón de los vaqueros. Nos sentamos en los sofás frente a la chimenea, y mi madre trae los dulces que Koen ha comprado. Comemos *speculaas* y *appelbeignets*, el corazón de la manzana con canela está delicioso. Mi hermana se chupa los dedos al terminar.

—Tal día como hoy... —comienza mi madre.

—Oh, no, ahí viene. —Amber pone los ojos en blanco,

pero se sienta junto a mí y me pasa un brazo por los hombros. Nos conocemos la historia al dedillo; sin embargo, cada año la escuchamos atentamente como si fuese una tradición más.

—Acababa de dejar la bandeja con el conejo en la mesa cuando de repente noté un dolor insoportable. Vuestro padre dijo: «¿Se puede saber qué te pasa, Angelien?». Y yo le grité: «¡Me pasa que hace nueve meses me dejaste embarazada y ahora estoy a punto de parir!». Se puso tan nervioso que se tropezó con la mesa y la lámpara del salón. Yo temí que se hubiese hecho un esguince o algo peor. Montamos en el coche, era un viejo Peugeot 205 de color rojo. Yo nunca había sentido nada semejante, pensé que me partiría en dos de dolor. Vuestro padre solo repetía: «Respira, respira, respira», y yo quería pegarle un puñetazo en la nariz. Cuando llegamos al hospital, me bajaron a una habitación...

—Me perdí por los pasillos —añade mi padre.

—Sí, tardó media hora en encontrar la zona de maternidad después de rellenar los papeles. Cuando llegó, estaba a punto de echarme a llorar. Pero entonces, no mucho más tarde, la comadrona me dijo que se veía la cabeza y a las doce y cinco minutos te oí llorar por primera vez, Sophie. Y todo mi mundo, el nuestro, cambió.

He escuchado esta historia año tras año durante toda mi vida, pero en esta ocasión me emociono y se me llenan los ojos de lágrimas. Amber me abraza y luego siento el cuerpo cálido de mi madre rodeándome antes de susurrarme:

—Fuiste el mejor regalo de Navidad.

Quitamos los restos de la cena, bebemos vino mientras contamos viejas anécdotas y brindamos cuando llega la hora de mi cumpleaños. Treinta años. Parecían lejanos hace apenas un suspiro, cuando vivía en esta casa o estudiaba en la universidad, pero aquí están. Treinta.

Amber y Vandor son los primeros en irse a la cama, imagino que porque lo último que piensan hacer es dormir, claro. Se despiden y desaparecen escaleras arriba. Por desgracia, alcanzo a ver cómo él le da una palmada en el trasero y ella se ríe tontamente.

—¿Te quedas a dormir, Koen? —le pregunta mi madre.

—No, creo que será mejor que me vaya. Pero muchas gracias por invitarme esta noche y por la cena, estaba todo muy bueno. —Se levanta.

—¿Ya te marchas? —Estoy desilusionada.

—Tengo un largo camino por delante.

—Pero aún queda vino. —Señalo la botella con un mohín—. Y es peligroso que te vayas a estas horas. Puedes dormir en la habitación de invitados.

Koen me mira vacilante y al final asiente con la cabeza.

Cuando nos quedamos a solas, cojo la botella de vino y propongo que subamos a mi habitación. Parece un poco cohibido al entrar y yo cierro la puerta a su espalda. Mira a su alrededor. Sí, había estado antes en mi casa, hace años, cuando celebramos aquí un cumpleaños de Simon, pero nunca había subido a mi dormitorio.

—Es como viajar atrás en el tiempo —comenta.

—Sí, hace una década que nadie ha tocado nada.

Koen contempla el póster donde sale un cantante de *rock* que me gustaba de pequeña y luego alza la cabeza, se fija en la estantería, en la cama, en los muebles...

—El oso azul en la estantería, el elefante al lado de la almohada, la rana a los pies de la cama, el pingüino en la silla del escritorio... —susurra despacio.

—¿Cómo... cómo sabes eso? —Es el lugar que ocupan mis peluches. Cada uno tiene su sitio desde que era una niña y ya era igual de ordenada que ahora.

—Me lo dijiste una vez, hace muchos años. —La habitación

no es grande y está delante de mí tras dar dos zancadas—. Ya sabes, tengo una memoria de elefante.

—¿Eso no puede ser un problema a veces?

—Pues sí.

—¿Hay cosas que te gustaría no recordar?

—Demasiadas.

—¿Qué tal el trabajo esta semana?

—Está casi terminado, a la espera de que William Pickman dé el último visto bueno. En enero tengo programado el primer viaje a Corea para entrevistarme con Min Rhee.

Se acerca a la ventana y yo me siento en la cama. Bebo directamente de la botella sin apartar los ojos de él. Fuera nieva. Los copos son mecidos por el viento y se amontonan en el alféizar y en las copas de los árboles del jardín. La habitación, en cambio, está caldeada. Es un contraste agradable. Escucho a Koen suspirar. Me pregunto en qué estará pensando.

—No me siento diferente. A los treinta, ya sabes. —Trago saliva al caer en la cuenta de que el cumpleaños de Koen fue a principios de marzo, cuando aún estaba evitándolo y ni siquiera contestaba sus llamadas. Imagino que lo pasó solo—. Ya casi he completado la lista.

—Déjame ver. —Él se acerca y me coge la botella.

Busco el papel en mi agenda y estiro las arrugas con los dedos. Me tumbo en la cama. Koen se sienta a mi lado. Espero impaciente mientras la lee:

COSAS QUE SOPHIE DEBERÍA HACER

~~Comprar unas cortinas para el salón.~~

~~Pasar un día cerca del mar.~~

~~Ir al supermercado (comprar café).~~

~~Llamar a Ellen más a menudo.~~

~~Hablar con sus compañeras de trabajo.~~

~~Leer algo antes de dormir.~~

~~Comprarse ropa (Ellen dice que nada negro ni gris).~~

~~Ir a por una hamburguesa de Lombardo's.~~

~~Organizar las cosas de Simon.~~

Bailar con los ojos cerrados.

~~Pensar en el futuro.~~

~~Ganar el concurso de cuentos infantiles.~~

~~Cocinar (seguir una receta paso a paso).~~

~~Comprarle a Zoe algo bonito por su compromiso.~~

~~Buscar a Drika.~~

Es una situación extraña. Los dos bebiendo a morro de una botella de vino en mi antigua habitación, pero no me siento incómoda. Me fijo en él mientras lee. Viste un suéter oscuro y vaqueros negros que acentúan sus ojos grises. Son como los ojos de un gato; tienen pequeñas motitas azules y están llenos de cautela. Si fuese un animal, Koen sería sin duda un felino. Solitario, reservado, un poco arisco a veces, pero tierno en las distancias cortas.

—Te queda un punto. «Bailar con los ojos cerrados».

—Ya, no es tan fácil. Pensé que lo tacharía cuando fui a Mallorca, pero, ya sabes, estaba ese chico con el que me besé... —Suspiro hondo—. No me sentía relajada, no. Para bailar con los ojos cerrados tienes que olvidarte del resto del mundo.

Koen apoya la cabeza en el cabezal de mi cama. Yo sigo tumbada. Hablamos en susurros a pesar de que mi habitación está apartada de las demás, al final del pasillo.

—Algún día conocerás a alguien.

Las palabras de Koen flotan sobre nosotros durante unos

segundos. No contesto. Apenas queda vino, así que me incorporo y dejo la botella en la mesilla.

—¿Qué vamos a hacer con el viaje?

—No lo sé. —Koen suspira hondo.

—¿Quieres que lo cancelemos?

—¿Qué es lo que quieres tú?

—Me hacía ilusión recordarlo.

—Pues entonces hagámoslo.

Mi brazo roza el suyo cuando también apoyo la espalda en el cabecero de la cama. Enfrente, vemos nevar a través del cristal de la ventana. Miro sus manos y lo recuerdo con una púa entre los dedos y un cigarrillo encendido en la boca que le hacía entrecerrar los ojos. Levanto la vista, como si lo buscase. Contengo el aliento cuando nota que lo miro y gira la cara hacia mí. Estamos muy cerca. Tanto que por un instante pierdo la cordura y se me acelera el corazón al pensar que apenas unos centímetros separan sus labios de los míos.

No hago nada. No digo nada. Casi ni respiro.

Koen rompe el momento cuando se levanta.

—Es tarde, será mejor que descansemos.

—Claro. Te acompaño a tu habitación.

Mientras camino por el pasillo hacia la habitación de invitados, me siento un poco mareada, pero no es por el vino, no he bebido tanto. Es por otra cosa que no sé explicar. Algo en lo que no quiero pensar. Abro la puerta y le saco unas mantas del armario, por si tuviese frío. Koen asiente agradecido y respira hondo.

—Buenas noches, Sophie.

Ya en mi dormitorio, me meto en la cama y abro el cajón de la mesilla de noche. Saco la lista que encontré allí meses atrás. «Cosas que me gustan de Simon». La leo una y otra vez, intentando aferrarme a cada detalle. ¿Cómo era el tono exacto de su voz? ¿A qué altura estaba el lunar bajo su oreja? ¿Qué notaba cuando su piel rozaba la mía? ¿Cómo era besarlo? Todo sigue ahí, guardado en el desván de mi memoria. Pero es un desván al que cada vez subo menos veces. En ocasiones, durante días, incluso olvido visitarlo. Y se está llenando de polvo. Se está llenando de polvo y estoy empezando a sentir cosas que antes no estaban ahí. Cosas que provocan que me duerma con un nudo en la garganta y el abrazo de la culpa.

ENERO

40

ÁMSTERDAM, 2018

Enero es como una piedra de trescientos kilos que llevo en la espalda durante todo el día. La sola mención del mes me molesta. «Enero». Suena mal, oscuro. «Enero». Frío. Solo veo a mi alrededor árboles desnudos, canales congelados y nieve por todas partes. Está siendo uno de los inviernos más gélidos que recuerdo. Casi me resulta absurdo pensar que, en algún momento, la primavera llegará. ¿De verdad la escarcha dejará de recubrir las calles cada mañana y las plantas florecerán? Supongo que sí, que de algún modo todos somos un poco como esa estación, aunque en algunos momentos parezca imposible.

Quedo con Ellen a comer antes de que se marche de la ciudad.

Aparece con su alegría habitual, algo que en estos momentos casi me irrita. Lleva el pelo rubio suelto, sus ojos brillan bajo la sombra negra y me dedica una sonrisa radiante.

—Vaya, este sitio es muy bonito. Me gusta. —Cuando se sienta, contempla las lámparas de araña, las sillas acolchadas de un azul verdoso y las cestas de mimbre con flores secas que hay en cada mesa. El restaurante tiene un aire muy sofisticado, sí.

—No está mal —contesto—. ¿Qué vas a tomar?

—El menú del día estará bien, ¿no te parece?

El camarero se acerca a tomarnos nota y pedimos las dos lo

mismo. Después, Ellen alarga su mano por encima de la mesa y coge la mía.

—¿Qué tal la noche de año nuevo?

—Un desastre. No debería haber dejado que Amber me convenciese. Fuimos a esa fiesta..., esa fiesta pretenciosa y aburrida. Estaba llena de gente vestida como si..., como si...

—¿Como si fuese fin de año? —Ellen alza una ceja.

—Sí, bueno, sí. —Suspiro sin saber qué más decir.

—Te noto un poco malhumorada, ¿me equivoco?

El camarero aparece y nos sirve el primer plato: una ensalada de aguacate con salsa de miel. Aprovecho la interrupción para no tener que contestar, porque sí, Ellen tiene razón, estoy teniendo unas semanas más malas de lo habitual. Me levanto enfadada con todo el mundo y no sé por qué. En el fondo la fiesta no fue tan terrible, sino como cualquier otra. Amber me convenció para que celebrase el fin de año en un hotel con ella y Vandor. Al principio incluso me lo pasé bien, pero luego fui deprimiéndome. Amber me presentó a algunas amigas suyas y a un chico muy atractivo que se dedicaba a las finanzas. Fue encantador y muy atento, pero no conseguí hablar con él más de cinco minutos prestándole atención, así que al final le dije que tenía que ir al lavabo y subí hasta la azotea del hotel.

Estaba abierta. Desde allí arriba podía contemplarse toda la ciudad de Ámsterdam; los tejados grisáceos, las casas apiñadas como dientes que luchan por encontrar su lugar, los canales creando un sinfín de anillos alrededor y el fulgor de la luna oculta entre las nubes.

Se escuchaba un reloj a lo lejos.

Y uno, dos, tres, cuatro, cinco, seis...

... siete, ocho, nueve, diez, once, doce.

«¡Feliz año nuevo!». Me llegaron algunos murmullos a lo lejos y me odié por no estar celebrándolo junto a mi hermana, que se había tomado la molestia de invitarme a esa fiesta. Hacía días que estaba rara, sintiéndome incómoda en mi propia piel. Y no me gustaba, porque no era algo que conociese. No era tristeza. No era rabia. Era... diferente. Era una mezcla de temor, confusión y desasosiego. Un puñado de emociones enmarañadas. Un nudo que me daba miedo intentar deshacer. ¿Cómo? ¿De qué extremo empezar a tirar? ¿Y qué pasaría cuando lo hiciese? Quizá era mejor no tocarlo. No mirarlo siquiera.

—No he empezado el mes con buen pie —admito.

—¡Pues arriba ese ánimo! Estás a tiempo de cambiarlo.

—Háblame de ti —le pido—. ¿Cómo van las negociaciones?

La mirada de Ellen se ilumina de inmediato y empieza a mover las manos mientras habla, porque es incapaz de estarse quieta. Pese a la nube gris que sobrevuela mi cabeza, es inevitable que se me escape una sonrisa mientras pincho daditos de aguacate con el tenedor.

—Casi está confirmado. ¡Podrás verme en diferido! Lo haré junto a otra chica, Lena Cox, no sé si la conoces. Estuvo dos años en una emisora local de Liverpool. Se trata de presentar una serie de destinos con diferentes apartados: gastronomía, curiosidades, historia... Ya sabes, algo resumido. Estoy deseando empezar.

—Va a ser genial, estoy segura de ello.

—Viajaremos por todo el mundo.

—Cosa que ya hacías.

—Sí, pero ahora todavía más. —Nos sirven el segundo plato, unas patatas con verduras cortadas en tiras finas y crujientes—. Por cierto, Koen está en Corea del Sur. Le he pedido que apunte todos los sitios a los que vaya, quizá lo proponga como destino.

—Qué bien. —Cojo el vaso de agua.

—¿No lo sabías? —Frunce el ceño.

—Hace un par de semanas que no hablo con él. He estado muy ocupada. Hemos presentado un cuento nuevo y sigo intentando que Vandor no me deje colgada y entregue a tiempo su manuscrito; parece sencillo, pero no lo es. Cada vez que lo llamo, terminamos hablando sobre mi hermana. Yo le digo: «Cuéntame, ¿qué pasa en el siguiente capítulo?». Y él contesta: «¿Crees que a Amber le gustará un conjunto de ropa interior negra o mejor se lo compro en azul?». Me merezco un aumento de sueldo por esto.

Ellen se ríe y remuevo mi comida pensando en Koen.

La última vez que lo vi fue delante de la habitación de invitados de la casa de mis padres, cuando aún me latía con fuerza el corazón y me sentía mareada. Al despertar a la mañana siguiente, él ya se había ido. Me mandó un mensaje pidiéndome que les diese las gracias a mis padres por la cena de Navidad. No le contesté. Como tampoco contesté cuando me felicitó el año nuevo. No lo he hecho desde entonces. Y no sé por qué, pero me asusta pensar en ello.

—¿Sophie, estás bien? ¿Hay algo que quieras decirme?

—No. —Sacudo la cabeza y entonces recuerdo algo—. O sí. Estaba esperando el momento perfecto para contártelo, pero hace unos meses... fuimos a ver a Drika. En realidad, estuve buscándola. Quería saber si existía la posibilidad de que te perdonase.

—Drika... —Noto que toma aire.

—No cerró la puerta del todo.

Ellen asiente pensativa y luego coge la servilleta y empieza a juguetear con ella, doblándola y abriéndola una y otra vez. Cuando me mira tiene los ojos brillantes.

—¿Cómo le van las cosas?

—Muy bien. De verdad.

—Cuánto me alegro.

—Sale con una chica llamada Antje y se dedica a componer. Vive en Zwaanshoek. Tiene una casa preciosa, muy ella, de esas que podrían salir en las revistas.

—Es... es genial... —sonríe.

Cuando terminamos y salimos del restaurante, la acompaño hasta la parada más próxima del tranvía. Tiene que hacer las maletas para marcharse a su próximo destino. Quiero preguntarle si es feliz, si realmente se siente satisfecha con su vida, pero creo que no me hace falta hacerlo. Sí que lo es, pese a que haya perdido otras cosas por el camino.

Nos damos un abrazo largo y vuelvo a sentirme como cuando teníamos diecinueve años y nos despedíamos entre lágrimas al llegar el verano. Sigue usando un perfume clásico de Lancôme que huele a flor de azahar, jazmín y avellana. Sus pulseras tintinean cuando se aparta y me mira con una sonrisa llena de cariño y ternura.

—Nos veremos pronto.

—¿Cuándo?

—Quizá en marzo.

—Eso sería genial.

Se escucha el zumbido del tranvía a lo lejos. Ellen me coge de la mano y me mira seria, casi como si estuviese preocupada por mí.

—Cuídate, ¿de acuerdo, Sophie?

Le digo que sí y luego la veo marcharse.

A estas horas podría volver a casa, pero en cambio regreso a la editorial. Queda poca gente en las oficinas, tan solo los que tienen el turno de tarde. Me meto en mi pequeña celda y le echo un vistazo a un nuevo manuscrito que me ha llegado. Luego reviso el correo con atención, casi deseando tener más trabajo para no pensar en nada más.

Tengo un mensaje de Vandor Wass.

El muy imbécil ha puesto en el asunto: «Sorpresa para mi cuñada». Muy a mi pesar, se me escapa una sonrisa y entro para leerlo, pero no hay nada escrito, tan solo una imagen con un dibujo hecho a lápiz y coloreado rápidamente a modo de esbozo. Es Gigi con chaqueta roja y acompañada de su capibara. Y es precioso. Una maravilla.

Lo llamo por teléfono.

—¿Cómo va eso?

—Acabo de ver el dibujo. Es increíble.

—¿Te gusta para la portada?

—Me encanta, de verdad.

Ya en el anterior proyecto Vandor se empeñó en hacer la cubierta y las ilustraciones del interior. Tiene talento, solo que a veces le cuesta sacarlo a relucir.

—Sophie, necesito tu ayuda.

—¿Para el séptimo capítulo?

—No. ¿Crees que a Amber le irán las esposas?

—¿Qué? —Rezo por haberlo escuchado mal.

—Las esposas. Ya sabes, para jugar. Dudo entre eso o el nuevo vibrador del que todo el mundo habla. Por cierto, ¿tú lo has probado?, ¿es cierto lo que dicen?

Hago un ejercicio de autocontrol y suspiro.

—Te voy a colgar, Vandor.

—Pero ¿por qué? Espera.

—¡Y entrégame el capítulo!

Me quedo un rato más en mi despacho mientras intento olvidar la conversación que acabo de tener. Imprimo un manuscrito para leerlo este fin de semana y luego hago un par de cosas pendientes antes de recoger. Solo quedan dos personas cuando salgo y ni siquiera las conozco, así que no estoy segura de que trabajen en la editorial. Puede que sean de mantenimiento. Bajo por las escaleras y voy a por la bicicleta verde.

Es viernes. Todo el mundo quiere volver pronto a casa y las calles están llenas de gente que ha salido de compras o para tomar algo. Echo de menos a Koen. Esa es la verdad. Lo echo dolorosamente de menos. Me gustaría tener algo que hacer esta noche, pero no con cualquiera, sino con él. Ese es el problema. Ir a un musical, a cenar, charlar un rato, regresar a casa dando un paseo tranquilo... puede ser el plan más aburrido o divertido del mundo dependiendo de la compañía.

Me pongo el pijama, cojo lo primero que pillo de la nevera y me tumbo en el sofá. No ponen nada en la televisión; paso de canal hasta que me aburro y la apago. Al final, hastiada, me levanto para acercarme a la estantería. Ahí está el libro preferido de Simon, ese que decidí quedarme, y también el álbum de fotografías que hice años atrás. Lo abro y vuelvo a mirar todas esas instantáneas. En algunas sale la caravana de fondo, en otras están sobre el escenario y las últimas son en el apartamento, junto a la señora Ferguson. Pero me detengo en una que estuve mirando no hace mucho. Simon y Koen juntos sonriéndole a la cámara. Deslizo los dedos por sus rostros y entonces noto que estoy temblando. Simon está tan guapo, tan lleno de vida, tan resplandeciente... Y Koen... Koen tiene algo especial en la mirada que no había visto hasta ahora. Ese algo me atraviesa para quedarse dentro.

41

LEIDEN, 2010

Las dos primeras semanas del viaje fueron bien. O todo lo bien que podrían haber ido teniendo en cuenta que Ivanka se quejaba hasta del ruido que hacíamos al respirar y que Drika y Ellen discutían incluso por quién se había comido las últimas galletas que quedaban. Los Dinosaurios tocaron por todas partes y nos regalaron más bebida de la que deberíamos haber aceptado. Estuvimos en Eindhoven, Utrecht y Ámsterdam. Después, descendimos por la zona de la costa, que ofrecía un paisaje inigualable.

Uno de esos días soleados, paramos en un local de comida rápida que encontramos en medio del camino. No recuerdo exactamente cómo surgió, pero de repente Drika y los chicos estaban discutiendo sobre quién sería capaz de comer más hamburguesas de una sentada. Cinco minutos después, me encontraba en medio de una competición y los perdedores tendrían que bañarse en el agua helada de la playa que estaba al lado.

Fui capaz de comerme dos hamburguesas y media.

No quedé en último lugar porque Ivanka se había rendido cuando llevaba tres bocados. Ellen no aguantó mucho más y yo le pedí a Simon que parase cuando vi que tenía la cara morada. Koen, Drika e Isaäk arrasaron. Mi lado sensato salió a flote.

—¿Queréis parar de una vez? Esto es peligroso.

—Calla, que está interesante —se quejó Ellen.

—Pediré tres hamburguesas más —dijo Simon.

—No, no, yo me bajo. —Isaäk resopló con los carrillos llenos mientras negaba con la cabeza, incapaz de continuar—. Que traigan dos.

Drika y Koen se miraron desafiantes. La camarera les sirvió con una mueca y pensé que nadie podía culparla por ello. En algún momento olvidé que aquello era una estupidez de las grandes y empecé a jalearlos junto a los demás. «¡Come, come, come!». Cuando se terminaron las hamburguesas, ella le sonrió a él.

—¿Pedimos otra más?

—Joder...

—¿Qué significa eso?

—Está bien. Pídela.

Cuando las sirvieron, Drika cogió la suya y le hincó el diente como si fuese la primera que se comía. Koen, sin embargo, empezaba a tener mala cara. Le dio un bocado y después la tiró sobre su plato y lo apartó como si no pudiese ni mirarlo.

—¡A la mierda! Me planto.

—¡Uuuee, Drika ganadora!

Ellen la abrazó como si estuviese participando en un campeonato científico y no en una competición por ver quién comía más hamburguesas. Terminamos riéndonos, pero se nos pasó el efecto en cuanto llegamos un rato más tarde a la playa.

Estaba desierta, no había ni un alma.

Las olas lamían la orilla y todos nos habíamos puesto los bañadores; incluso Drika, aunque no parecía tener intención de seguirnos. Yo metí la punta del pie y grité:

—¡Está congelada!

—Es mejor no pensarlo —me animó Drika.

—¡Pero vamos a morirnos de frío!

—Una apuesta es una apuesta.

—Mierda. —Koen resopló—. Vamos allá.

Fue el primero en atreverse a dar un paso tras otro. Isaäk lo seguía de cerca. A mí me costó un poco más, pero Simon tiró de mi mano con suavidad.

—¡Ay, maldita sea! —me quejé.

—Venga, Sophie, si te lanzas de golpe es mejor. —Simon ya se había metido del todo—. A la de tres, ¿de acuerdo? Una, dos... ¡y tres!

—¡No, no puedo!

—Ven aquí.

Simon sonrió, se lanzó a por mí y un segundo más tarde tenía la cabeza bajo el agua. Tosí cuando salí y le rodeé la cintura con las piernas. Estaba tiritando, pese al tímido sol que se asomaba en lo alto del cielo. Él se movió para que entrásemos en calor. Escuchaba las voces de los demás de fondo, pero en esos momentos solo podía ver a Simon. Tenía las pestañas llenas de gotitas de agua y los labios húmedos y entreabiertos. Lo besé. Él gimió y me apretó contra su cuerpo. Así sí era fácil dejar de tener frío.

—No me tortures así —murmuró.

—Necesitamos intimidad. Lo de la caravana fue una pésima idea.

—Mmmm, deberíamos escaparnos ahora que están todos en la playa.

Cinco minutos después, estábamos medio desnudos y riéndonos en nuestra diminuta cama. Simon se había golpeado la cabeza con el saliente de madera del cabezal y yo me había hecho daño en la espalda. Fue rápido y excitante. Cuando terminamos y nos vestimos, nos quedamos un rato más en la soledad de la caravana. Simon deslizó los dedos por mis labios.

—Imagina que pudieses volar, ¿adónde irías?

—Donde tú estuvieses. —Le sonreí adormilada.

—¿Y si yo no estuviese? —insistió.

—Tú siempre vas a estar, Simon.

Se quedó pensativo unos segundos, como si le costase decidir adónde iría él. Nunca me lo dijo. Yo no le pregunté. Y unos minutos más tarde, Ivanka entró en la caravana diciendo que necesitaba encontrar su laca de uñas, así que el momento de calma se rompió y salimos con los demás, que habían montado un pícnic en la arena.

La noche en la que todo cambió era una noche como cualquier otra. Los Dinosaurios tocaban en un local de Delft. Era muy modesto, pero Koen decía que esos eran precisamente los sitios a los que le gustaba ir. Se sentía mucho más incómodo cuando frecuentábamos *pubs* más grandes o modernos. Así que nos preparamos como de costumbre. Montaron los instrumentos, hicieron las pruebas de sonido y luego, como sobró tiempo, nos fuimos a cenar a una pizzería que estaba en esa misma calle.

Ellen y Drika empezaron a discutir.

No recuerdo exactamente por qué, pero no creo que fuese nada importante. Siempre eran tonterías o celos injustificados. De un grano de arena no hacían una montaña, sino una cordillera. Las dos eran impulsivas e intensas; alargaban las discusiones, perdían el control y se decían cosas de las que luego terminaban arrepintiéndose.

Simon se pidió una *pizza* cuatro quesos que estaba más buena que la mía, así que le robé un par de trozos. Ivanka no dejaba de quejarse. Que si el mantel era cutre. Que si estaban tardando mucho en servir. Que si tenía sueño porque la noche anterior había dormido mal en esa cama. Que si la iluminación era pobre. Que si...

—... los servilleteros son horribles —añadió.

—¿Quieres callarte de una vez? —soltó Ellen.

—Oye, cálmate, Ellen. —Koen intervino.

—Estoy muy calmada —replicó enfadada—. Pero queda una semana de viaje y, sinceramente, me tiraré de la caravana en marcha como tenga que seguir escuchando a tu novia protestando por todo. Es inaguantable.

Koen estaba irritado cuando la miró.

—¿Qué demonios te pasa?

—¿A mí? ¿En serio? Llevamos todo el viaje soportando sus tonterías.

—Yo llevo años soportando vuestras jodidas discusiones.

—¿Sabéis? No pasa nada. Me largo.

Todos miramos a Ivanka mientras se ponía en pie y salía del restaurante. Koen se frotó el rostro con las manos. Parecía cansado y un poco desganado.

—Creo que deberías ir tras ella —le sugirió Simon.

—Joder. —Se levantó con brusquedad.

Nos quedamos callados unos segundos.

—¿Por qué has hecho eso? —Miré a Ellen.

—Alguien tenía que decírselo —replicó.

No sabía qué estaba pasando, pero llevaba unos días más rara y arisca de lo habitual. Quizá la convivencia estaba debilitando su autocontrol. La única persona con la que Ellen estaba acostumbrada a pasar tanto tiempo era conmigo y yo siempre la había dejado que fuese a su aire. La conocía. Era independiente, una de esas personas que necesitan su propio espacio para no enloquecer, pero en nuestro caso nos habíamos entendido bien desde el principio.

Cuando salimos de la pizzería, Koen e Ivanka estaban discutiendo en la calle de enfrente. Fuimos al local. Ya había empezado a llegar gente. Yo me pedí una Coca-Cola y bailé con Simon un rato, hasta que la actitud del resto terminó por mermar también mi buen humor. El dueño del local les dijo que ya podían tocar, pero Drika y Ellen habían desaparecido de repente. Koen estaba tan cabreado que le dio una patada a uno de los altavoces. Isaäk fue en su búsqueda. El público empezó a arremolinarse en torno al escenario con cierta impaciencia, porque pasaban quince minutos de la hora prevista.

No tardé en dar con ellas. Estaban en una esquina gritándose.

—¿Te das cuenta de que nada de lo que dices tiene sentido?

—¿Y tú te das cuenta de que eres insoportable?

—¡Drika! —la llamé—. Tocáis ya.

—Sí, eso, vete. A fin de cuentas, está claro que el grupo es lo único que te importa. No pierdas ni un minuto por mí. —Ellen estaba fuera de sí.

—Tienes razón. Que te den. No pienso hacerlo.

Vi el destello rojo del pelo de Drika antes de que se alejase. Me acerqué a Ellen y la cogí del codo, pero se apartó cabreada. Para complicarlo todo más, había bebido y parecía inestable.

—¿Qué te está pasando? Deberías calmarte.

—Qué fácil son las cosas siempre para ti, Sophie.

—Yo no tengo la culpa de vuestros problemas...

—Déjalo. Voy a por una copa.

Pensé en ir tras ella, probablemente debería haberlo hecho, pero en esos momentos no me apetecía y me marché en dirección contraria hacia el escenario. El grupo empezó a tocar. No era, desde luego, su mejor día. Llevaban puestas las camisetas de Los Dinosaurios y el espectáculo que ofrecieron fue un poco decepcionante, como si a través de las notas y la voz de Koen pudiese percibirse la apatía que arrastraban. Era la primera vez que los veía sola. Ellen estaba bebiendo e Ivanka había desaparecido.

No bailé. No canté. Casi ni me moví.

Llevaban varias canciones cuando Isaäk propuso:

—¿*Las alas de Sophie*? —Y tocó el primer acorde.

—No —contestó Koen—. Cualquier otra.

Me molestó. Me molestó que no quisiese tocar esa canción. Simon comenzó con una versión de Nirvana y los demás se unieron poco a poco. A la gente le gustó porque era una de las más conocidas. Por primera vez sentí alivio cuando el concierto terminó, porque lo único que me apetecía era regresar a la caravana y acostarme junto a Simon.

Los Dinosaurios bajaron del escenario.

Drika vino hacia mí. Hacía casi dos años que nos conocíamos y a esas alturas sabía cuándo tenía las emociones a flor de piel. No le gustaba llorar. Siempre hacía todo lo posible por contener las lágrimas. Le froté el brazo para infundirle ánimos.

—¿Has visto a Ellen?

—No sé dónde está.

Y justo entonces, Isaäk soltó una maldición y hubo algo en su semblante que hizo que me girase para mirar a mi espalda. Ellen estaba entre la gente del local, ajena a todo, besándose con un chico alto y musculoso que tenía varios tatuajes. No parecía ser consciente de que, a mi lado, a una chica pelirroja se le acababa de romper el corazón.

«¿Qué has hecho, Ellen? ¿Qué demonios acabas de hacer?».

El pequeño mundo que habíamos creado se rompió.

Fue la última noche que Los Dinosaurios tocaron.

Fue la última noche que estuvimos todos juntos.

42

ÁMSTERDAM, 2018

Las malas hierbas siguen creciendo entre los adoquines. Reprimo el impulso de agacharme para arrancarlas con mis propias manos y continúo caminando. Me tiemblan las piernas. Es un día gris. Un día más. Todo el mundo se ha levantado para ir a trabajar, las calles están llenas de gente y nadie mira el calendario más de dos veces. Pero hoy es 28 de enero y se cumple un año desde que Simon murió.

Así que avanzo un poco insegura por este lugar que no he vuelto a visitar desde entonces. Llevo unos lirios blancos en la mano derecha e intento no mirar las tumbas de alrededor hasta que llego a la suya. «Simon Visser, querido por su esposa, familia y amigos. Tu amor perdurará para siempre en nuestros corazones». No sé qué hago aquí. No sé qué hago y al mismo tiempo no puedo marcharme. Paso más de media hora mirando la tumba, colocando las flores frescas y arrancando las malas hierbas que han crecido alrededor hasta que me hago un par de cortes en las manos y caigo de rodillas. Una piedra me devuelve la mirada. Una piedra. No es Simon. Trago saliva con fuerza y me pregunto cómo es posible que ya haya pasado tanto tiempo. La última vez que estuve en este lugar ni siquiera era yo misma; no podía aceptar que se había ido, que no volvería a oír su risa ni su voz susurrante.

El corazón me late tan rápido que casi puedo oírlo en el

silencio del cementerio. El viento frío sopla con fuerza y me entumece la piel de las manos cuando deslizo los dedos por el relieve de las letras. «Tu amor perdurará para siempre...». Veo borroso por culpa de las lágrimas. Cojo aire y luego lo expulso lentamente, temblando.

—No sé si puedes oírme, Simon, pero te echo de menos. Te echo tanto de menos que a veces me duele incluso recordarte. Has dejado un vacío que no puedo llenar, pero una persona que conoces bien me dijo hace un tiempo que hay grietas con las que aprendemos a vivir. Ha sido un año duro, el más difícil de mi vida. Pero he conseguido poner una cortina, aunque quedó torcida. Me he disfrazado de ballena y sé que te hubiese encantado verme haciendo el ridículo y ganando ese concurso. El cactus ha sobrevivido. Estuve en Mallorca pasando unos días estupendos con mi hermana y nos hemos unido como nunca. Tu familia está bien y tu hermano Robert va a ser padre. He donado tu ropa. Sigo durmiendo en mi lado de la cama. Y el Ajax va primero en la liga. Pero, sobre todo, quiero que sepas que estoy bien. Sigo adelante, Simon. Sé que te alegrará saber eso.

Permanezco unos minutos en silencio. Unas nubes negras y cargadas se acercan por el oeste. Miro la lápida y comprendo que es probable que nunca vuelva a este lugar. Porque Simon, mi Simon, ya no está aquí. Lo que queda de él permanece en mis recuerdos, todos los que compartimos juntos.

Y esto es un «hasta siempre».

FEBRERO
—

43

—

ÁMSTERDAM, 2018

Si enero fue un mal mes, febrero está siendo mucho peor. Me levanto de mal humor, pero ni siquiera sé por qué. El café me sabe peor que otras veces, el trayecto al trabajo en bicicleta no me despeja y quizá estoy siendo más desconsiderada de lo habitual; por eso, cuando Meghan y Zoe insisten en que coma con ellas el viernes, termino aceptando.

Vamos a un restaurante que está muy cerca de la editorial. La decoración en madera contrasta con la cantidad de plantas que alberga y que le dan un aspecto exótico, pese a encontrarse en el centro de la ciudad. Mis amigas parecen animadas, así que hago un esfuerzo por dejar de comportarme como si me hubiese poseído un gnomo malhumorado.

—¿Cómo va la boda de la temporada? —bromea Meghan.

—Creo que ya tengo el vestido —anuncia Zoe, y luego mordisquea un palito de pan con gesto pensativo—. Aunque aún no tengo claro si llevar velo o no.

—Yo llevé —dice Meghan con nostalgia.

Las dos me miran esperando mi opinión.

—No sé qué decirte, Zoe, es algo tan personal...

—¿Cómo fue tu vestido? —pregunta con curiosidad.

—¿Mi vestido? —Sonrío con melancolía al recordar ese día—. Digamos que no fue una boda convencional. Me casé con vaqueros y una camisa muy mona que había encontrado en la zona de saldo unas semanas antes. Era de color lila. Aún la tengo.

Las chicas se ríen mientras les cuento algunas anécdotas más. Al final, la comida no está tan mal y, cuando acabamos y nos despedimos, me alegro de haberme unido a ellas. Vuelvo a casa pedaleando sin prisas, subo por las escaleras y abro el correo. Nada interesante, tan solo un montón de facturas. Cuando me siento en el sofá no se oye nada alrededor. Tengo la sensación de que mi vida en este nuevo año se resume en ir y volver del trabajo, y ya está. Los fines de semana suelo limpiar la casa a fondo y reorganizar armarios o cajas que en realidad ya están perfectamente ordenadas. He conseguido que Vandor me entregue un primer borrador y, desde entonces, no he vuelto a saber nada de él; imagino que estará teniendo sexo tántrico con mi hermana o algo por el estilo. Y echo de menos a Koen. Ni siquiera sé si sigue de viaje porque no hemos vuelto a hablar.

Debería llamarlo.

Debería hacerlo.

Pero no soy capaz.

MARZO

44

ÁMSTERDAM, 2018

Me miro al espejo una vez más. Llevo haciéndolo durante la última media hora. Me muevo insegura. Me giro. Suspiro. Pruebo a recogerme el pelo en lugar de llevarlo suelto. Cuando termino de colocar todas las horquillas, vuelvo a contemplar mi reflejo. Llevo puesto el vestido rojo que compré con Amber meses atrás. Es sencillo y minimalista, pero hace mucho tiempo que no me arreglo tanto; probablemente desde la última fiesta de fin de año que pasé con Simon. Busco en mi tocador unos pendientes dorados a juego con el colgante y me los pongo. El flequillo abierto cae sobre mi frente y me he maquillado los ojos. No recuerdo la última vez que me vi así de bien, supongo que por eso me siento rara.

Cojo el teléfono cuando suena. Es mi hermana.

—¿Te has puesto el vestido rojo?

—Sí —contesto aún mirándome.

—Bien. Disfruta de la noche.

Es el cumpleaños de Koen. Y es una fecha especial no solo por eso, sino porque vamos a celebrarlo todos juntos, incluso con aquellos que tomaron desvíos a lo largo del camino. Ellen cogió un vuelo para llegar por la tarde a la ciudad, Sue nos sorprendió cuando dijo que sí al recibir la invitación, a Jenna le pareció un buen plan y Drika tardó tanto en responder que di por hecho su negativa, pero aceptó a última hora. Evelyn fue la única que rechazó venir porque ahora vive en la otra punta del país.

Estoy inquieta. No es solo porque Ellen y Drika vayan a verse después de tantos años sin saber nada la una de la otra, sino porque llevo dos meses evitando a Koen entre diversas excusas como sus viajes o lo ocupada que estoy con el trabajo.

El timbre del telefonillo de casa suena un rato más tarde y, cuando bajo a la calle, Ellen ya está esperándome dentro de un taxi que se encuentra en doble fila. Monto atrás junto a ella y nos abrazamos. Lleva un vestido negro corto y escotado que contrasta con su cabello claro.

—Estás impresionante, Sophie.

—Gracias. —Busco el cinturón.

—En serio, no puedo quitarte los ojos de encima.

Se ríe y yo suelto un bufido divertido. Le indica al taxista nuestra próxima parada, un local de la ciudad que se ha puesto de moda porque todo él es una especie de homenaje a la música de los noventa. Cuando Ellen propuso celebrar el cumpleaños de Koen, le hablé del sitio pensando que le gustaría. No quedaba lejos del centro y parecía agradable.

Sujeto la mano de Ellen entre las mías.

—¿Nerviosa? —pregunto.

Ella traga saliva y asiente.

—Un poco.

No suele mostrarse así de vulnerable. Aparta la mirada y la fija por la ventanilla. Las luces de la ciudad son trazos borrosos cuando avanzamos por las calles.

—¿Y si no quiere verme?

—Sabe que hoy estarás.

—Ya —suspira.

Aquella noche en la que todo acabó fue la última vez que se vieron. Cuando Ellen se giró, todavía entre los brazos de ese desconocido, tenía la mirada nublada y yo casi no pude reconocerla. Tiempo después me confesó que había bebido demasiado y que creía que algo no estaba bien en ella; estaba enamorada de Drika, pero la atormentaba darse cuenta de que su relación era tóxica y de que no tenían futuro. Supongo que a veces todo se resume en ver cómo se van acumulando montoncitos de pólvora y esperar hasta que todo estalle. No hubo un solo detonante, fue el arrastre de reproches, discusiones y celos lo que las condujo hasta un desenlace amargo.

El viaje terminó entonces. Fue increíble durante las primeras semanas: unos días llenos de sol, música, amigos, cervezas y locuras imprevistas. Pero también fue el final. Drika salió en ese mismo instante del *pub* con los ojos llenos de lágrimas y le pidió a Koen que la llevase lejos. Él accedió. Los dos se marcharon a Leiden en la furgoneta. Los demás regresamos con la caravana. Nunca volvimos a saber nada más de Ivanka. Y Drika desapareció. Se esfumó. Dejó de coger el teléfono y sus amigas nos pidieron que la dejásemos tranquila.

No puedo recordar ninguna otra relación seria de Ellen. No volvió a comprometerse con nadie más allá de unos meses. Para ella, Drika fue un punto y aparte.

El taxi frena suavemente cuando llegamos al local.

Miro a Ellen y le sonrío para infundirle ánimo.

—¿Preparada? Todo saldrá bien.

—Vamos allá. —Coge aire.

Entramos juntas cuando empujo las puertas de madera oscura. El sitio es bastante grande. La gente está de pie con copas en las manos, charlan y ríen con despreocupación. Una barra de madera cruza el local y suena una canción discotequera de los noventa, *What Is Love*, de Haddaway. En las paredes hay pósteres de Macaulay Culkin, Michael Jordan y de películas como *Titanic* o *Pulp Fiction*, junto a latas decorativas de Cherry Coke. Y las camareras visten con petos vaqueros.

Es como viajar atrás en el tiempo.

Avanzamos entre la multitud hacia el fondo del local. Las vemos enseguida. Sue, Drika y su novia Antje están charlando mientras se beben un Martini.

Apoyo la mano en la espalda de Ellen y noto que tiembla. Pero entonces Drika alza la cabeza, nos mira y sonríe.

Sonríe como si no hubiesen pasado años y ahora fuésemos casi unas desconocidas para ella. Se acerca a nosotras cuando ve que Ellen no lo hace y se miran unos segundos, reconociéndose. Está muy guapa con una falda de pana del mismo color que su pelo.

—Casi no has cambiado. Te veo bien.

Ellen sonríe lentamente, pero contiene el aliento.

—Tú estás fantástica. Gracias por venir.

—Acércate, te presentaré a Antje.

Les dejo un poco de espacio mientras se ponen al día y aprovecho para darle un abrazo a Sue, aunque lo hago a duras penas, porque tiene un bebé de casi siete meses en la barriga que se interpone entre nosotras. Nos miramos y nos reímos tontamente. Antje se acerca y veo que Ellen y Drika se han alejado y están hablando. Creo que se lo merecían. Después de todo, pese al terrible desenlace, se debían una conversación. Hay palabras capaces de sanar las heridas más profundas.

Jenna aparece diez minutos más tarde y está impresionante. Sue, Antje y ella se abrazan con confianza, porque sí que siguieron manteniendo el contacto. Isaäk y Greta no tardan en llegar. Casi parece uno de esos encuentros escolares que se celebran décadas más tarde y donde cada uno lleva una etiqueta con su nombre para reconocerse. Sonrío, pero no puedo evitar hacerlo con un poco de nostalgia.

Cómo hemos cambiado.

Qué vueltas da la vida.

—¿Qué hora es? —pregunta Jenna.

—Le dijimos a Koen que viniese a las diez.

—Ahí está. —Isaäk sonríe mirando hacia el fondo del local.

Yo también lo hago. Koen parece distraído mientras camina entre la gente, pero de repente nos ve y su rostro se ilumina. Sonríe despacio y me estremezco. Lo reciben un montón de abrazos, besos y felicitaciones. Casi me cuesta respirar cuando se gira hacia mí y nos miramos. Doy un paso al frente para rodearle el cuello con los brazos.

—Feliz cumpleaños —susurro.

—Gracias por venir, Sophie.

Me duele que lo dudase, pero me lo merezco después de estos meses poniendo distancia entre nosotros. O lo que sea que esté haciendo. Porque no lo sé. No tengo ni idea. El nudo cada vez se enreda más y empiezo a no ver dónde empieza y dónde acaba.

La noche avanza. Charlamos, nos ponemos al día y bailamos. Puede que sea en la tercera ronda cuando Koen alza su cerveza y propone un brindis:

—Por Simon —dice con la voz ronca.

Me concentro en el tintineo del cristal para no echarme a llorar. Ellen me pasa un brazo por los hombros y me da un beso en la mejilla. Está contenta, lo noto. Todos lo estamos. Sí, hay un hueco imposible de llenar, pero seguimos aquí. La vida continúa. Y es probable que no volvamos a reunirnos hasta dentro de mucho tiempo ahora que llevamos caminos separados, pero hoy estamos aquí y esta noche nos pertenece.

Jenna se pasa la mitad de la velada intentando coquetear con Koen y yo finjo que no me importa. Acabo bailando con Drika y su chica cuando por los altavoces suena *Song 2*, de Blur. En algún momento me olvido de todo. Salto. Salto sin parar. Ellen está a mi lado y no podemos parar de reírnos de cómo baila Sue con su enorme barriga.

Entonces mi espalda choca con algo sólido.

Me giro. Es Koen. Y me está mirando. No parece enfadado

cuando lo hace, tan solo vacilante, como si no supiese qué hacer a continuación. Así que lo cojo de la mano, animada por el ambiente, y doy una vuelta sobre mí misma invitándolo a bailar. Sus labios se curvan imperceptiblemente. Nos acercamos a la barra para que deje el botellín de cerveza y luego nos movemos juntos bajo las luces amarillentas del local.

Hace calor. Koen se ha quitado la chaqueta y lleva una camiseta negra de manga corta. Yo agradezco haberme recogido el pelo, aunque algunas horquillas se han soltado después de haber estado saltando. El tiempo parece parar de golpe cuando él alarga la mano y me coloca detrás de la oreja uno de los mechones. Contengo el aliento al sentir el roce de sus dedos y me pregunto cómo es posible sentir esto, volver... a sentir esto...

Empieza a sonar *Wind of Change* y sus manos caen hasta mi cintura.

Bailamos despacio sin dejar de mirarnos.

Koen se inclina y susurra en mi oreja:

—Cierra los ojos, Sophie.

Y lo hago. Lo hago porque con él puedo hacerlo. No veo nada, pero lo siento cerca y su cuerpo guía mis movimientos. Una canción. Y después otra. Y otra. No sé cuándo ocurre, pero Koen me abraza y yo hundo el rostro en su cuello. Y es... mágico. Es como encontrar un refugio seguro en mitad de una tormenta. Huele deliciosamente bien, a una colonia fresca. Siento sus manos en la parte baja de la espalda apretándome contra él. El corazón me late tan rápido que me pregunto si él también podrá notarlo entre la vibración de la música que nos envuelve. Me siento como si estuviera flotando.

Rozo su cuello con mis labios. Koen tiembla.

Y entonces empieza a sonar otra canción, una rápida que parece romper el embrujo del momento. Me aparto de él. Nos miramos fijamente mientras el mundo vuelve a girar alrededor como si se hubiese descongelado.

¿Qué estoy haciendo?

¿Qué estoy haciendo?

—Sophie, espera...

Pero no lo escucho. De repente las luces, la gente y la música se convierten en un molesto aturdimiento. Necesito salir y respirar. Me doy la vuelta y logro hacerme un hueco entre la clientela que disfruta de la velada. Casi corro hacia la puerta. La noche me recibe.

Hace frío y estoy temblando. He olvidado la chaqueta dentro.

Tengo un nudo en la garganta mientras espero un taxi, pero Ellen aparece antes de que pueda marcharme. Su rostro está lleno de confusión cuando me coge del brazo y tira con suavidad para que la mire a los ojos. Pero no puedo. Es que no puedo.

—¿Qué ha sido eso, Sophie?

—¿El qué?

—Tú y Koen bailando así.

—Quiero irme a casa.

—Sophie.

—Cogeré un taxi.

—Espera. Habla conmigo, por favor. Soy tu mejor amiga. ¿Qué es lo que está pasando? ¿Sientes algo..., sientes algo por él?

—¿Cómo te atreves a decir algo así?

Tengo los ojos llenos de lágrimas y me alejo de ella cuando veo las luces de un taxi. Entro en el coche. Antes de que arranque, me giro hacia la ventanilla y distingo de refilón a Koen saliendo por la puerta del local. Nuestras miradas se entrelazan una milésima de segundo, suficiente para darme cuenta de que estoy cometiendo un error y de que marcharme no hará que desaparezca lo que he sentido al rozar su piel.

45

ÁMSTERDAM, 2014

Era un día caluroso de finales de junio. Me había tenido que quedar hasta tarde trabajando en la editorial para terminar unas cosas pendientes después de una reunión, así que cuando llegué a casa lo único que me apetecía era quitarme los zapatos y tumbarme en el sofá. Colgué la chaqueta tras la puerta y Simon apareció por el pasillo.

—Vaya, ¿qué celebramos? —pregunté, porque en lugar de esperarme en pijama, estaba vestido con vaqueros y una camisa azul oscura que le quedaba muy bien.

—Nada. ¿Te apetece que salgamos a cenar?

—Ay, Dios, Simon, no. Estoy agotada.

Escondió rápido un atisbo de decepción y luego volvió a ser el mismo chico sonriente y encantador que tan bien conocía. Se acercó, me dio un masaje en los hombros y un beso.

—Está bien. Hagamos una cosa, tú ve a darte un baño relajante y yo mientras preparo algo rápido para cenar, ¿de acuerdo?

—¿Por qué eres tan perfecto?

—Ojalá lo supiera.

Me reí y me alejé hacia el dormitorio. Me quité la ropa, llené la bañera y me metí dentro. Cerré los ojos. Sí, estaba cansada, pero aun así era un final de día maravilloso, rodeada de burbujas de jabón y escuchando a Simon a lo lejos cocinando quién sabe qué.

Cuando salí, me vestí con un viejo pantalón de chándal y una sudadera. La cocina olía a algo delicioso: patatas con queso parmesano y pimientos. Abracé a Simon por la espalda, apoyando la mejilla entre sus omoplatos mientras él seguía ultimando los platos.

—¿Te encuentras mejor?

—Sí, gracias. Huele genial.

—No es nada del otro mundo, pero no queda gran cosa en la nevera. Tenemos que ir a comprar. ¿Vino blanco o tinto? Elige tú.

—Mmmm, blanco.

—Abriremos una buena botella.

—¿Y a qué se debe tanto revuelo?

—¿No puedo disfrutar de una cena romántica con mi chica?

—Sí, claro. —Me mordí el labio inferior sin poder ignorar la sospecha de que ocurría algo más—. ¿Cenamos en el sofá?

—¿No prefieres en la mesa?

—No. Así estaremos más cómodos.

Simon suspiró y yo llevé los platos hasta la mesita de centro que había delante del sofá mostaza. Él apareció un minuto más tarde con dos copas de vino y se sentó en la alfombra. Comimos mientras hablábamos de aquella semana, de sus clases en el instituto y de los proyectos que yo estaba cerrando en esos momentos; acababan de ascenderme al puesto de editora y aún me sentía un poco insegura, como si tuviese que demostrar mi valía.

—Ruud sigue dándome problemas.

Era un alumno con el que Simon estaba especialmente volcado. En realidad, se implicaba con todos de una manera que a mí me hacía sentir orgullosa. Ruud tenía una situación complicada en casa y su rendimiento escolar era tan malo como su actitud.

—Ten paciencia. Pobre chico.

—El lunes tendré una tutoría con él. Me gustaría ayudarle, pero para eso tiene que dejar que lo haga. Es muy reacio a la hora de confiar en alguien.

Bebí vino y le sonreí por encima de la pequeña mesa.

—Si alguien puede lograr eso, sin duda eres tú.

—Supongo que sí. —Suspiró.

—Simon, dime qué te pasa.

—¿Qué? ¿A mí? ¡Nada!

Apuré el vino y posé la mano en su pierna.

—Sé cuándo mientes. Te conozco bien.

—No te estoy mintiendo...

—Simon...

—Joder.

Y entonces suspiró hondo, se arrodilló delante de mí, que estaba sentada en el sofá, y sacó un anillo del bolsillo. Era muy sencillo, liso y bonito. No esperaba aquello.

—¿Quieres casarte conmigo, Sophie?

—Dios, Simon. —Me reí—. Sí. Claro que sí.

Lo abracé y los dos caímos al suelo, sobre la alfombra. Simon me besó. Sabía a vino blanco y a una nueva ilusión. Para ser sincera, rara vez habíamos hablado del tema y no era algo que me importase, pero, de pronto, deseaba locamente casarme con él. ¿Sabes cuando tienes una prenda de ropa olvidada en el armario, pero de pronto la sacas y ya solo quieres ponértela a todas horas? Pues eso fue lo que sentí ante la expectativa de esa boda.

—No era así como quería pedírtelo, pero me lo has puesto difícil. La idea era ir a cenar a algún restaurante y luego volver dando un paseo... No tenía claro cuándo declararme, pensé que lo sentiría cuando llegase el momento adecuado.

—Ha sido perfecto. ¿Y cuándo nos casaremos?

Simon deslizó una mano hasta mi trasero y sonrió.

—Cuando tú quieras.

—Ya. Mañana.

—¿Estás loca?

—No. Lo digo muy en serio. —Sí, lo decía en serio—. ¿Por qué esperar si puedes ser mi marido dentro de unas horas? Es estúpido. Hagámoslo.

—Las parejas suelen esperar porque organizan un banquete, eligen las flores, la música, las novias se prueban mil vestidos y peinados...

—¿A ti te apetece todo eso?

—No. Me apetece casarme contigo.

—Entonces, mañana tú y yo seremos marido y mujer.

No conseguimos casarnos al día siguiente; para empezar, porque era sábado y, además, era tan precipitado que no había hueco libre. Pero el martes por la mañana ahí estábamos, en una pequeña iglesia que había en Weesp, un pueblecito a las afueras de Ámsterdam donde, por lo visto, una pareja había anulado su inminente compromiso.

Invitamos a nuestros padres, los hermanos de Simon y los amigos más íntimos. Por suerte, Ellen estaba en la ciudad en esos momentos. Ella y Koen fueron los testigos.

La iglesia era acogedora y de madera. Yo había conjuntado los pantalones con una blusa de color lila y unos pendientes del mismo color. Llevaba el pelo suelto, como cualquier día normal. Simon también vestía vaqueros y una camisa que le había regalado las navidades anteriores. Cuando el sacerdote empezó a hablar y lo miré, me entraron ganas de llorar al darme cuenta de lo afortunada que era. Ese hombre guapo, cariñoso, divertido e inteligente iba a convertirse en mi marido. Él sonrió cuando vio que lo miraba con adoración.

Nadie hablaba mientras el sacerdote leía los votos.

Koen estaba detrás de Simon, imperturbable.

—Sophie, ¿quieres recibir a Simon como esposo, y prometes serle fiel en la prosperidad y en la adversidad, en la salud y en la enfermedad, y, así, amarlo y respetarlo todos los días de tu vida? —preguntó con voz sosegada.

—Sí, quiero.

—Simon, ¿quieres recibir a Sophie como esposa, y prometes serle fiel en la prosperidad y en la adversidad, en la salud y en la enfermedad, y, así, amarla y respetarla todos los días de tu vida?

—Sí, quiero.

—Por el poder que me ha sido concedido, os declaro marido y mujer.

Simon se inclinó. Nuestros labios se encontraron y me sentí la persona más feliz sobre la faz de la tierra. Después, invitamos a comer a todos en un restaurante bastante modesto que estaba cerca de la iglesia. No sirvieron nada espectacular; sin embargo, lo pasamos bien y nos reímos hasta que me dolió la tripa cuando el padre de Simon se tomó dos copas de más y empezó a imitar a Al Pacino en *El Padrino*.

Ya había entrado la tarde cuando nos despedimos de todo el mundo. Simon me cogió de la mano y besó el dorso antes de mirarme con una sonrisa tontorrona.

—¿Qué hacemos ahora, esposa mía?

—No lo sé, maridito. ¿Formalizamos esto?

—Mi mujer manda —dijo, y nos fuimos al hostal donde habíamos alquilado una habitación para pasar la noche. Era muy modesta, con una cama que crujía cada vez que el cuerpo de Simon se movía sobre el mío y una moqueta que tenía vida propia.

Pero nos lo pasamos en grande. Estuvimos todo el día hablando así, como idiotas: «Pásame un pañuelo, mi adorable esposa». «Maridito, ¿podemos ir a buscar algo de cenar? Me estoy muriendo de hambre». «Claro, lo que mi mujer necesite». Sonreímos tanto que tenía las mejillas tirantes. Encontramos un local de comida rápida donde pillamos algo y regresamos al hostal cuando el viento empezó a soplar con más fuerza. Así fue mi noche de bodas. Una noche atípica, quizá, sin grandes lujos. Pero una noche en la que entendí que las cosas materiales nos hacen la vida más cómoda, pero no más feliz.

Con Simon a mi lado no necesitaba nada más.

46

ÁMSTERDAM, 2018

Estoy intentando mantenerme ocupada, así que cuando termino con mi trabajo me hago cargo también de algunas cosas que en realidad le corresponden a Meghan, limpio la casa a fondo y reorganizo todos los cajones, aunque ya están más que ordenados. Por eso cuando Amber me llama para contarme que Vandor le ha propuesto que se vaya a vivir con él, ni siquiera pienso que es una locura con los pocos meses que llevan juntos, sino que es posible que necesite mi ayuda, algo que en estos momentos le regalaría a cualquiera que pasase por la calle. Además, hay tanta ilusión en su voz que apenas la reconozco.

—Es genial, Amber. Me alegro por ti.

—Surgió sin más. Estábamos hablando de que la casera no deja de darme problemas y de que quizá lo mejor sería que buscase otra habitación pronto cuando me dijo que me mudase a finales de mes a su casa y que ya no pagase el siguiente mes. ¿Te lo puedes creer?

—Te echaré una mano con la mudanza.

—Vale, me vendrá bien, sí —accede.

Así que unos días antes de que marzo llegue a su fin, me encuentro subiendo cajas a un apartamento que parece el decorado de una película en la época dorada de Hollywood.

Me cuesta creer que algún ser humano realmente viva en este lugar aséptico y blanco, hasta que recuerdo que se trata de Vandor. Admiro lo limpio que está todo, pese a que tenga claro que no es obra de él, sino de la asistenta que he visto al llegar.

No estoy segura de cómo es posible que mi hermana tenga tantas pertenencias, pero asegura que la mayoría de las cosas se las envían las marcas y promete dejarme elegir algo de entre las cajas de objetos para desechar. Maravilloso. Noto que Vandor empieza a ponerse un poco nervioso conforme su salón se llena de trastos.

—¿Todo esto es de verdad necesario? —pregunta él cuando abre una caja que está llena de pelucas de colores con las que Amber suele fotografiarse.

—Absolutamente sí.

—Pero...

—¿Quieres que esta noche sea una gatita rubia?

Ojalá pudiese quedarme sorda en estos momentos.

—Me has convencido —responde él sonriendo.

Así que abrimos una caja tras otra mientras Vandor va haciendo hueco en armarios y cómodas para ir guardándolo todo. Tiene que quererla de verdad si es capaz de aguantar a una persona que tiene cinco rizadores de pestañas. Cinco.

—No creo que esto sea imprescindible.

—¿Y si se me rompe alguno? —replica Amber.

—Pues seguirás teniendo cuatro —contesto.

—¿Y si se me rompe uno de esos cuatro?

—¡Tendrás tres! —Pierdo la paciencia.

—No me convence. Me quedo los cinco.

Creo que una tiene que saber elegir sus batallas, así que la dejo por imposible y me limito a ordenar, clasificar y organizar, aunque Amber lo pone difícil porque tiene demasiado de todo. Demasiado maquillaje, demasiada ropa, demasiados trastos.

Usamos un cajón entero para guardar sus labiales y necesitaríamos cuatro zapateros para que cupiese todo el calzado.

Vandor aparece en el dormitorio con otra caja más.

—Chicas, tomaos un descanso.

—Estaría bien —contesto sofocada.

—Le pediré a Marge que nos prepare un zumo.

Mi hermana se lanza hacia él y lo abraza como un mono. Vandor la acoge entre sus brazos y le da un morreo de impresión. Yo finjo que la lámpara acapara toda mi atención, pero agradecería que dejasen de hacerse arrumacos cada cinco minutos. Ninguno de los dos va a morir por no tocarse en un rato. Y, además, así no avanzamos.

—¿Hola? Sigo aquí —protesto.

—Oh, sí —Vandor me mira y se ríe.

Nos tomamos el zumo en la cocina. Aprovecho para mirar mi teléfono y compruebo que tengo cero mensajes. Me invade una mezcla de decepción y alivio. Ojalá algo de lo que siento tuviese algún sentido en estos momentos, pero no es así.

La voz cantarina de mi hermana me distrae.

—¿Lista para empezar con el armario?

Es justo lo que necesito, así que nos llevamos el zumo al dormitorio, que es enorme. Creo que es evidente que, pese a que a Vandor le va muy bien con las novelas, debe de ser un niño mimado de papá. Es posible que eso explique su visión algo sesgada del mundo. Y que el vestidor sea casi más grande que mi salón, pero resulta perfecto para pasar una tarde entretenida clasificando la ingente cantidad de ropa que tiene Amber.

Mi hermana se hace una coleta y me mira.

—Por cierto, Ellen me escribió anoche.

—Ah, qué bien —contesto contenida.

—¿No te parece un poco raro?

—¿Por qué iba a serlo?

—Porque me preguntaba por ti, Sophie. Quería saber si estabas bien y le dije que sí. O que eso creía. ¿Desde cuándo no habéis hablado?

Me encojo de hombros y cuelgo una camisa.

—Desde hace unos días, nada importante.

Es cierto. Sí nos hemos mensajeado, aunque admito que he usado demasiados monosílabos. Y me ha llamado unas cuantas veces, pero no he sido capaz de enfrentarme a ella. O, mejor dicho, a la pregunta que lanzó la última noche que la vi: «¿Sientes algo por él?».

Son solo cuatro palabras que parecen inofensivas, pero todavía no puedo contestarlas. Al menos, no en voz alta; porque cuando llega la noche y cierro los ojos, solo puedo pensar en mis labios rozando la piel de Koen cuando hundí el rostro en su cuello.

—Pues deberías llamarla —insiste Amber.

—Sí, lo haré. Pásame el vestido morado.

—¿Y qué tal está Koen? ¿Me echó de menos en su cumpleaños?

—Oh, sí, estuvo llorando sin cesar y preguntándose por qué no habías ido.

—Qué tierno —sonríe divertida—. Dile que, si lo mío con Vandor no funciona, seguiré estando disponible para que pasemos un buen rato.

Ya no me parece tan gracioso, pero guardo silencio.

Es tarde cuando terminamos de desempaquetar todas las cajas. Vandor le propone a mi hermana que pidan algo para cenar y luego repara en mi presencia y me invita a quedarme. Es un ofrecimiento sincero, pero cuando los miro me doy cuenta de que este es su momento y yo tengo que irme ya. Recuerdo la primera noche que pasé con Simon en nuestro apartamento, lo felices que fuimos, lo divertido que resultó cocinar algo y luego cenar en el salón sin dejar de mirarnos como si tuviésemos el mundo a nuestros pies.

No pienso arrebatarles eso a ellos.

—¿Estás segura? —insiste Amber.

—Sí, hablamos pronto. Cuídate.

—Gracias, Sophie.

Me acompaña hasta la puerta y espera mientras sube el ascensor. Me doy cuenta en este momento, cuando la veo apoyada en el marco con el pijama rosa que acaba de ponerse, de que mi hermana se está haciendo mayor. Y se ha enamorado. Se ha enamorado de verdad.

—Disfruta de cada segundo, Amber.

Me sonríe con tristeza y cariño.

—Lo haré —dice antes de cerrar.

Es una noche agradable. Monto en mi bicicleta verde y disfruto del viento gélido que me acaricia el rostro. Llevo gorro y bufanda, pese a que la primavera acaba de dar el pistoletazo de salida. Pedaleo con fuerza. Es curioso, pero he conocido gente a la que la pone nerviosa la idea de vivir en una ciudad que se asienta sobre el agua. A mí, en cambio, me resulta reconfortante y disfruto atravesando sus más de mil puentes y contemplando por la noche el brillo de las luces que se reflejan en los canales. Eso, y la tolerancia y la libertad que se respiran aquí. Cuando nos mudamos al terminar la universidad para buscar trabajo, todavía no sabía que terminaría enamorándome de cada uno de sus rincones.

Estoy a punto de llegar a casa cuando me vibra el móvil.

Es Koen. Su nombre parpadea en la pantalla.

Cojo aire antes de descolgar la llamada.

—¿Cómo estás? —Tiene la voz ronca.

—Bien, volviendo ahora a casa.

La conversación suena casi artificial.

—Esto... —Suspira—. Yo quería saber, bueno, necesito saber... si el viaje sigue en pie. La empresa de caravanas se ha puesto en contacto conmigo para confirmarlo.

Siento que me quedo sin aire. Cierro los ojos, parada en medio de la acera con una mano aún sobre el manillar de la bicicleta. No sé si seré capaz de pasar un fin de semana a solas con Koen fingiendo que no pasa nada. Pero tampoco puedo negarme. El corazón y la razón parecen estar librando una batalla campal. Y temo que uno de los dos salga herido.

—¿A ti te apetece que lo hagamos?

«Di que sí». «Di que no». «Di que sí».

—Sí, siempre que sea lo que tú quieres.

—Vale. Confírmalo.

—Sophie...

—Dime.

—No quiero perderte.

—¿Por qué dices...?

—No «puedo» perderte.

Trago saliva con fuerza.

—Eso no ocurrirá.

Nos despedimos con un «hasta pronto» y me guardo el móvil. Las luces de la ciudad tiemblan en el reflejo del canal tanto como yo. Aprieto con fuerza el manillar de la bicicleta y recorro las dos calles que me separaban de mi casa. La voz de Koen me acompaña durante todo el trayecto. El tono susurrante. La vulnerabilidad que esconden sus palabras. Cuando subo, me pongo cómoda y voy al salón. Cojo mi agenda y arranco una de las hojas de «notas». Trazo con cuidado cada palabra con el corazón latiéndome tan fuerte que casi puedo oírlo.

COSAS QUE ME GUSTAN DE KOEN

No regala su sonrisa fácilmente.

Tiene una memoria prodigiosa.

Su letra es ridículamente bonita.

Es solitario y cariñoso como un gato.

Su voz me eriza la piel.

Sé que siempre puedo contar con él.

Es la persona más leal que conozco.

Sus ojos me recuerdan al cielo de Ámsterdam.

Creo que quiero besarlo.

ABRIL
—

Koen llega puntual. Llama al telefonillo y abro. Estoy nerviosa. Estoy muy nerviosa. Espero sentir indiferencia cuando abro la puerta de casa y lo veo, pero ocurre justo todo lo contrario; todo mi cuerpo parece responder ante su presencia. Nos quedamos mirándonos unos segundos y luego él suelta el aire que está conteniendo y sonríe, aligerando un poco el ambiente. Señala mi maleta de mano y la bolsa de aseo con la cabeza.

—¿Necesitas ayuda?

—No, puedo sola.

La caravana está aparcada en la calle de al lado. Es pequeña pero preciosa. Koen abre la puerta de atrás y me la enseña. Hay dos camas, un sofá, una mesita y una cómoda para guardar algunas cosas. Más que suficiente para nosotros dos.

Subo a su lado cuando él se acomoda tras el volante.

Se pone las gafas de sol y gira la cabeza hacia mí.

—¿Lista para la aventura?

Sonrío un poco más tranquila.

—Sí, vamos allá.

Nos ponemos en marcha. Koen me pide que busque alguna emisora de música y encuentro una en la que suena *Gimme Three Steps* y decido dejarla. Hace un buen día. Algunos rayos de sol consiguen colarse entre la telaraña de nubes y el frío a media mañana se ha disipado. Aquí estamos. Nosotros, la carretera y un montón de kilómetros por delante. No sé si este viaje es un error o la mejor decisión de mi vida, pero tengo el presentimiento de que cuando regrese nada será igual. Una parte de mí piensa que es la última puerta que me queda por cerrar antes de despedirme de Simon. Otra parte teme que suponga abrir otras. Pero no sé si estoy preparada para entrar. Me siento como si estuviese atascada en el umbral, incapaz de ir hacia delante ni tampoco hacia atrás. Paralizada.

Cuando dejamos atrás Ámsterdam, paramos en una gasolinera para repostar. Aprovechamos el buen tiempo para tomarnos un café en el área de descanso; hay unas mesas de madera bajo varios árboles frondosos. Un gato pardo merodea alrededor y se acerca a Koen. Es curioso que a veces los animales y los niños se sientan atraídos por las personas menos abiertas, como si buscasen colarse por alguna rendija.

—Iré a comprarle algo de comer —dice.

—Vale. Píllame de paso una chocolatina.

Koen sonríe y asiente. Cuando sale cinco minutos más tarde, se entretiene dándole al gato un poco de jamón de pavo. Las abejas zumban alrededor y me recuerdan que ya es primavera. Ninguno habla y es un poco incómodo, pero no sé qué decir. La chica que invitó a Koen a subir a su habitación en casa de sus padres y compartió una botella de vino con él, de pronto, me parece muy lejana, casi otra persona. Echo de menos esa versión de nosotros, cuando una sombra no parecía sobrevolarnos a todas horas. Entonces era fácil estar con Koen, más fácil que con cualquier otra persona. Era lo que me hacía sentir tan bien.

—¿Quieres que hablemos? —Tiene la voz ronca.

—No. No hay nada que hablar —susurro.

Koen inspira hondo y luego me mira fijamente.

—De acuerdo. Entonces vamos a intentar disfrutar de este viaje, Sophie. Sin pensar. Tal como éramos entonces —dice refiriéndose a la época de la universidad.

—Me parece bien —sonrío lentamente.

Y lo hago. Me esfuerzo por despejar todos los fantasmas que ahora parecen perseguirnos. Lo miro mientras conduce. Es Koen. Koen. Lo conozco desde hace una década. Confío plenamente en él, y debería estar tranquila a su lado y no tensa como la cuerda de una guitarra. Así que respiro hondo y, aunque sé que no le gusta mucho hablar mientras conduce, le comento los últimos avances en el trabajo.

—Has conseguido que termine la novela...

—Sí, pero te juro que por momentos pensé que no la entregaría a tiempo. Vandor puede ser un poco inmaduro a veces. ¿Qué opinión tienes tú de él?

—¿Yo?

—Sí, lo conociste en Navidad.

Koen gira el volante con suavidad.

—Me pareció un buen tío.

—No puede ser más diferente a ti.

—Ya, pero me gustó cómo miraba a Amber.

Me quito las zapatillas para estar más cómoda e intento recordar esas miradas, pero no me viene ninguna a la cabeza, tan solo sus risitas y sus toqueteos bajo la mesa, algo que me hace sonreír.

—¿Y cómo la miraba?

—Enamorado.

No sé por qué, pero me río.

—No sabía que te fijases en cosas así.

Koen me mira de reojo un segundo.

—Sophie, ¿crees que soy un robot sin corazón? Puedo reconocer el amor cuando lo veo. Y Vandor la quiere. Solo por eso ya me gusta.

A mí también me gusta más de lo que admito, pero el tono serio de Koen me hace tragar saliva e intentar no estropear el momento. Carraspeo.

—Yo no he dicho eso.

—Ya, pero..., déjalo.

Sacude la cabeza y suspira.

—¿Estuviste enamorado de Jenna?

No sé por qué le hago esa pregunta.

—No lo sé.

—¿Y de Ivanka?

—No.

—¿Y Rose...?

—Creo que sí.

Rose fue la última relación larga que tuvo, hace ya un par de años. Era encantadora. Una autora de novelas policiacas que le presentó el agente que ambos compartían. Lo pasábamos bien cuando quedábamos los cuatro juntos, y Simon estaba convencido de que Koen por fin había encontrado a una chica con la que encajaba. Yo también lo creía. Cuando anunciaron que se iban a vivir juntos, fuimos a cenar con ellos y lo celebramos brindando. Rose adoraba a Koen. Lo miraba como quien contempla a una estrella. Pero, una semana antes de que hiciesen la mudanza a un piso que habían encontrado, rompieron.

Koen apareció en casa borracho a la una de la madrugada. Simon se quedó con él en el salón hasta las tantas y después le pidió que no se fuese y durmiese en la habitación de invitados. «No pudo ser», fue lo único que dijo cuando quise saber qué había pasado.

—¿Qué te ocurrió con ella?

Koen frunce el ceño y suspira.

—Sophie, ¿a qué vienen ahora todas estas preguntas? Hace mucho tiempo de aquello. A veces las cosas son así.

—¿No has vuelto a saber nada de ella?

—Se casó.

—Oh, ¿en serio?

—Sí.

Enciende la radio y da por terminada la conversación.

Hemos decidido seguir la ruta que hicimos años atrás la última semana de viaje, por la región costera de Bollenstreek. Admiramos los cuarenta kilómetros entre Haarlem y Leiden inundados de flores de vibrantes colores bajo el cielo pálido de la mañana. Hay miles de bulbos de tulipanes acompañados por salpicaduras moradas y amarillas de algunos jacintos y narcisos. No puedo despegar los ojos de la ventanilla mientras señalo emocionada cada nuevo descubrimiento y Koen conduce con calma, como si quisiese alargar el momento.

El trozo de tierra que hay entre el mar del Norte y el lago IJssel es impresionante. Allí se extiende el mayor campo de bulbos de flores ininterrumpido del mundo. Cuando llevamos un rato de camino, le pido a Koen que pare a un lado de la carretera.

—¿Estás viendo esto? ¡Es precioso!

Él sonríe mientras cierra la puerta de la caravana y me sigue. Camino hacia los campos. Cuando hicimos aquel viaje era verano, así que no pudimos ver las flores como ahora, que están en todo su esplendor. Es como estar a los pies de una alfombra inmensa de colores y lo único que quiero es correr, correr, correr y perderme entre las flores. Y entonces lo hago; salgo disparada sin mirar atrás, sonriendo.

—¡Sophie! —Koen grita—. Pero ¿qué haces?

Avanzo por el estrecho sendero de tierra que separa las hileras de tulipanes. El viento templado me sacude el pelo y algunos insectos se cruzan en mi camino, pero no me importa. Es como estar en el fin del mundo, rodeada de belleza. Me arden los pulmones y es una sensación agradable, porque me recuerda que estoy viva.

Koen me alcanza y sus brazos me rodean la cintura.

Caemos los dos al suelo, pero no me levanto. Tan solo me

giro para quedar tumbada boca arriba y mirar el cielo salpicado de nubes. Estoy jadeando. El corazón me late a mil por hora después de la carrera. El pecho de Koen sube y baja a mi lado.

—¿Te has vuelto loca?

—No. Sí. No lo sé.

—¿Estás bien?

—Sí, es solo que he pensado que este lugar es demasiado bonito. Y me apetecía correr. No podía parar. No podía. Me siento afortunada por estar aquí.

—Yo también.

—Contigo.

La palabra se me escapa y se queda flotando unos segundos sobre nosotros. Koen no se mueve, como si temiese romper el momento. Yo tampoco lo hago. No sé cuánto tiempo nos quedamos allí, rodeados de tulipanes y contemplando las mismas nubes.

Paramos en Katwijk aan Zee para comer. Encontramos un restaurante pequeño que apenas tiene cinco mesas, pero que resulta acogedor. Nos sirven la sopa de guisantes y pescado fresco. Hablamos de su nuevo trabajo; está ilusionado con el proyecto, puedo verlo en sus ojos. Yo me siento relajada, como si me hubiese vaciado después de la carrera entre las flores.

La tarde pasa rápido mientras visitamos unos molinos y recorremos la costa hacia el sur. Koen para frente a la playa para que podamos ver el atardecer y lo hacemos en silencio, sentados en unas rocas, compartiendo un instante íntimo y sentido. En esta misma playa, Drika cumplió su parte del trato después de ganar la apuesta y tuvimos que meternos en el agua congelada. En esta misma playa, Simon y yo nos escapamos a la caravana para estar un rato a solas. En esta misma playa, aún parecíamos inseparables y la vida era muy distinta.

Ya es de noche cuando llegamos al *camping* de caravanas. Nos dan el número de nuestra parcela y nos damos una ducha antes de ir a Tarlen, uno de los locales donde Los Dinosaurios tocaron. Al entrar, sonrío con nostalgia al ver que no ha cambiado mucho, aunque sí está más sucio y viejo. Nos sentamos en una mesa de madera oscura y nos traen la carta. Pedimos dos hamburguesas y cenamos mientras, al fondo, un grupo de chicas monta sus instrumentos sobre el escenario. No puedo dejar de sonreír al mirarlas.

—Van a pensar que las estás acosando.

Me río y le doy un sorbo a mi refresco.

—Es que se las ve muy ilusionadas y no dejo de preguntarme qué será de ellas dentro de, no sé, ¿diez años?, ¿quince? —Suspiro y miro a Koen—. Es más, ¿qué será de nosotros?

—La vida sería muy aburrida si lo supiéramos.

—Ya, pero a mí no me gustan las sorpresas.

Koen se ríe y se pone un poco más de kétchup.

—¿No crees que todo perdería su encanto?

—Pero sería más fácil aceptar algunas cosas...

Sabe que estoy pensando en Simon. Si alguien me hubiese dicho que iba a morirse a los veintinueve años, hubiese exprimido cada día junto a él al máximo, más de lo que ya lo hacíamos. Hubiese discutido menos. Hubiese sonreído más. Hubiese... Hubiese...

—En el fondo, nos gusta lo inesperado.

—Supongo que tienes razón —admito.

Terminamos de cenar y esperamos hasta que el grupo empieza a tocar. Lo hacen bastante bien. La guitarrista destaca sobre las demás. La voz de la cantante es suave y muy dulce, tanto que me emociona cuando tocan una versión de *Eternal Flame*. La mayoría de la gente del público que ha venido a verlas es más joven que nosotros, pero me siento bien allí mientras las escucho con el corazón encogido.

Horas más tarde, dentro de la caravana, me tumbo en mi cama. Koen ocupa la suya. Yo no dejo de moverme de un lado a otro. Él permanece quieto con la vista clavada en el techo, silencioso como un gato. Puedo distinguir su silueta en la oscuridad.

—¿Lo echas de menos?

—¿El qué? —se gira.

—Tocar. La música.

—A veces aún toco la guitarra.

—Ya, pero no es lo mismo.

—Fue una etapa. Así es la vida.

—¿Y si volvieses atrás?

—No cambiaría nada. Sabíamos que en algún momento acabaría, ninguno quería dedicarse a ello de forma profesional. Tan solo queríamos divertirnos.

—¿Tampoco piensas en volver a componer?

—Componer es tener algo que contar.

—¿Cuál era tu canción favorita de las que hicisteis?

—*Las alas de Sophie* —susurra.

—También la mía. Es perfecta.

Lo escucho suspirar hondo.

Está tan cerca. Está tan lejos.

—Duérmete ya, Sophie.

Tardo en hacerlo. Doy vueltas en la cama durante más de media hora. Sé que él está despierto, puedo sentirlo. Al final, agotada, consigo quedarme dormida.

El día ha amanecido gris. Cuando me levanto, Koen ya ha preparado café y está mirando la ruta del día. Los pájaros cantan alrededor y el viento sacude los árboles. Me entristece darme cuenta de que mañana a estas horas ya estaremos regresando a la ciudad. No quiero que se acabe como no quise que se acabase entonces.

—¿Quieres más café?

—No, ya estoy lista.

—Bien, pues vamos.

Ponemos rumbo al faro de Westkapelle. Yo me como algunas galletas que compramos en un área de descanso y cambio de emisora de radio tantas veces que noto que Koen empieza a ponerse nervioso. Cruzamos el dique y pasamos al otro lado. Las olas del mar del Norte rompen aquí y el agua tiene un sugerente tono verdoso. Damos un paseo tranquilo alrededor del faro y luego dejamos la caravana en una zona de la playa. Es un ambiente agradable. La gente está pescando, monta en bicicleta o hace volar sus cometas. Koen propone que nos sentemos en la arena y sencillamente disfrutamos del paisaje y de ver ondear las coloridas cometas que zigzaguean de un lado para otro.

—La vida es fascinante —murmuro.

—¿A qué viene eso? —sonríe divertido.

—No lo sé, míranos. Estamos aquí, más de siete mil millones de personas, tú y yo. Y cada día unos cuantos se van y llegan otros tantos, como si el mundo fuese un supermercado del que va entrando y saliendo gente. Y nosotros tenemos la suerte de estar dentro.

—Me pido la sección de los refrigerados.

—Yo la de pastelería —contesto riendo.

—Bien, podemos encontrarnos a medio camino. ¿Quizá en las frutas y verduras? Al menos hasta que nos echen de aquí a patadas.

—Hecho.

Respiro hondo, consciente del aire que entra en mis pulmones, disfrutando del paisaje y del día, aunque sea gris y unas nubes cargadas se acerquen rápidamente. Viviendo.

Por la tarde, regresamos al *camping*. Dejamos la caravana y decidimos buscar algún lugar donde cenar. Ha empezado a llover. El sitio donde nos hospedamos años atrás está cerrado, así que hemos encontrado otra opción. Le pregunto a un hombre que se cruza en nuestro camino y nos dice que cerca, a unos doscientos metros, solo hay una taberna. Decidimos que nos servirá. Cuando llegamos, miro fascinada a mi alrededor y me río.

El lugar parece prehistórico, pero está lleno de gente, imagino que porque no hay dónde elegir y la lluvia arruina la posibilidad de ir caminando hasta el pueblo, que está un poco más lejos. Suena un disco de Elvis Presley y el dueño sirve una cerveza tras otra.

Nos acercamos a la barra mientras entramos en calor.

—¿Qué te pongo? —pregunta uno de los camareros.

—¿Tenéis algo para comer?

—No, solo bebida.

—¿Ni patatas?

—Esas de bolsa.

Señala un expositor con las típicas bolsas de papas y le digo a Koen que pida dos. Menos es nada. Nos alejamos hacia el fondo del local con las cervezas en la mano. El ambiente es muy agradable, casi todo el mundo parece ser clientela del *camping*. Un grupo de amigos juega a los dardos en una esquina y en el centro algunos bailan *Jailhouse Rock* haciendo el tonto. Nosotros terminamos hablando con una pareja sobre la mejor ruta por carretera para ir hacia el este. Viven en Haarlem y son muy simpáticos. Cuando vamos por la segunda cerveza, jugamos una partida a los dardos contra ellos y otras chicas.

—¡Venga, Sophie! Concéntrate —me pide Koen.

Es curioso que bajo su apariencia de despreocupación e indiferencia sea tan competitivo. Siempre ha sido todo un abanico de contrastes.

—¡Mierda! —No atino ni en la diana.

—¡Hemos vuelto a ganar, cariño!

La pareja se da un beso rápido y yo aprovecho la pausa para ir a buscar otra cerveza. El ambiente es tan animado que es imposible no contagiarse, y Elvis sigue sonando a todo volumen. Tardo un poco en regresar sobre mis pasos porque está lleno de gente.

A lo lejos, veo a Koen. Parece relajado. Sus ojos grises escrutan todo el local mientras bebe un trago, pero se detienen en mí cuando empieza a sonar *Always On My Mind*. Adoro esta canción. Es imposible no adorarla. Y mientras me acerco hacia él con lentitud, me azota una idea que no puedo ignorar más: si no lo conociese, si me hubiese cruzado con él por casualidad en este sitio, me habría pasado toda la noche mirándolo. Porque me gusta. Hay algo profundo e intenso en él que me gusta y es inútil seguir negándolo. Me encanta su manía de tamborilear con los dedos sobre cualquier superficie, su lado reflexivo, lo reservado que parece y lo tierno que es con aquellos que lo conocemos bien. Y cómo me observa y parece masticar siempre un poco las palabras antes de dejarlas ir, dándoles su valor.

Dejo de escuchar la música. El amor es atronador.

—¿Bailas? —le pregunto conteniendo el aliento.

Koen asiente con la cabeza y da un paso hacia mí. Me dejo envolver por las notas lentas y por sus brazos. Volar debe de ser justo así. Si es cierto que tengo alas, si puedo extenderlas y dejarme ir, entonces acabo de hacerlo justo en este instante. Y estoy lejos, arriba. Solo él y yo. Le rodeo el cuello y mis manos rozan su nuca. Siento un cosquilleo. Nuestros cuerpos se acoplan despacio, siguiendo el ritmo de la música, y él apoya su frente en la mía en un gesto tan íntimo, tan suyo, que el corazón me da un vuelco. Hay tres centímetros entre su boca y la mía. Tres. Y deseo que desaparezcan.

—Sophie... —Es un ruego.

Lo miro. Miro esos ojos en los que me reconozco y entonces mis labios buscan los suyos hasta encontrarlos. Lo beso. Y es como una sacudida. Un trueno estallando en lo alto del cielo antes de que se desate la tormenta. Sus dedos se hunden en mi pelo cuando me sostiene la cabeza. Estoy temblando. Creo que los dos lo hacemos. Y es nuevo. Todo esto es nuevo. Diferente. Koen besa con el alma, tan intensamente que me sujeto a sus hombros para mantenerme en pie. Y sabe a él. A algo oscuro y cálido a la vez.

Mi espalda choca con una pared del local y lo aprieto más contra mí. Le muerdo con suavidad. Nos buscamos una y otra vez, como si nunca fuésemos a tener suficiente. Y nos besamos despacio. E impacientes. Y de forma salvaje. Y con dulzura. No recuerdo la última vez que me besé con alguien así, hasta notar los labios entumecidos, hasta memorizar su sabor y conocer sus dientes, su lengua y cada recoveco de su boca.

No tengo ni idea de qué hora es cuando salimos del local. Sigue lloviendo, pero nos da igual. Paramos para besarnos en cada rincón. Me gusta cómo me mira. Me gusta cómo me toca. Me gusta cada segundo de este momento. Al llegar a la caravana, estamos empapados. Impacientes, tropezamos con el mueble y el sofá. Koen me alza para sentarme sobre la mesa y me mira. El cabello mojado cae sobre su frente y tiene los labios entreabiertos mientras suspira agitado. Le rodeo las caderas con las piernas porque ahora mismo no soporto la idea de que se aleje. Deslizo las manos por su pecho, que sube y baja al compás de su respiración irregular. Le levanto despacio la camiseta y lo ayudo a quitársela. Los dedos de Koen suben por mi muslo y van más allá del vestido que llevo puesto.

Me desabrocho lentamente los botones delanteros que lo cierran y, cuando llego al último, dejo caer la prenda revelando mi desnudez. Koen coge aire. Me abraza, sosteniéndome contra su cuerpo, y nos movemos hasta una de las camas. Terminamos de quitarnos la poca ropa que nos queda. El sonido de la lluvia retumba contra el techo y nos envuelve en un nido confortable y aislado de todo lo demás.

Koen me besa por todas partes.

Me besa en el tobillo, en la rodilla, en la cadera, entre las piernas, en el ombligo, en los pechos, el cuello, la clavícula, la frente y los labios.

Y yo me siento como si alguien acabase de encender un fuego en mi interior que llevaba mucho tiempo apagado. El deseo es gasolina. Las llamas se alzan.

«Está pasando», pienso cuando Koen se pone protección. Lo conozco desde hace diez años, pero lo que siento por él ha cambiado. Y es desconcertante y natural a la vez, como si de alguna manera tuviese sentido. No pienso que esté mal. No ahora, con el regusto de las cervezas aún en la lengua, la necesidad apremiante y la sensación de estar flotando.

—Mírame. Por favor, mírame.

Hago lo que me pide, aunque es doloroso comprender por qué lo hace. Le acaricio la mejilla intentando trasmitirle que aquí solo estamos él y yo, no hay nada más, no hay nadie más. En estos momentos, mi mundo se detiene en Koen. Y él se hunde en mí. Encajamos. Clavo las uñas en su espalda. Nos movemos juntos. Nos movemos como las olas, incapaces de detener el ritmo de la marea. Cuando hablamos de sexo, probablemente pueda resumirse en un intercambio de líquidos y toxinas, la búsqueda primitiva del placer.

Pero esto es mucho más que una definición científica.

Es la piel erizada. Dos bocas unidas. Un solo cuerpo.

Un relámpago lleno de luz. Y un comienzo.

Sigo temblando cuando terminamos y el corazón aún me late frenético dentro del pecho, pero me siento bien arropada y cobijada bajo el peso de su cuerpo. Koen esconde el rostro en mi cuello. Yo deslizo los dedos con suavidad por su espalda y acaricio sus cicatrices, las recorro con la yema de los dedos, beso la que encuentro en su hombro e intento borrarlas con mis manos, aunque sé que es imposible.

Él se estremece. Sus labios rozan mi oreja.

—La noche que mi padre murió, fue la única vez que temí no ser capaz de seguir escondiéndome. Nadie me había tocado nunca así. Cuando lo hiciste, comprendí que no iba a poder olvidarte —susurra tan bajito que las palabras parecen desvanecerse.

—¿Olvidarme? —Hundo los dedos en su cabello.

El silencio se vuelve espeso. Koen tarda unos segundos en responder, aunque no me sorprende porque ya estoy acostumbrada a que le cueste soltar las palabras. Pero, en esta ocasión, cuando las deja libres salen de golpe. Y son como un disparo al corazón.

—Te quise desde el primer día que te vi.

Trago saliva y me aparto despacio. Es una reacción impulsiva porque me siento confusa en medio de la neblina que aún nos envuelve. Koen me acaricia la mejilla.

—¿Qué significa eso? —pregunto.

Él toma aire, pero me sostiene la mirada.

—No podía hacer nada por evitarlo...

—No lo entiendo.

Se levanta, probablemente al ver mi expresión de horror, se pone la ropa interior y va a buscar un cigarrillo. Apenas ha fumado desde que empezamos el viaje, pero ahora parece necesitarlo. Yo también me pongo algo encima y espero con impaciencia que diga algo más, no sé qué exactamente, pero algo que me ayude a encajar las piezas.

No estoy segura de haberlo comprendido bien.

Él abre unos centímetros la ventana para que salga el humo. La lluvia repiquetea contra el cristal y Koen da una calada larga antes de volver a mirarme.

—Siempre he estado enamorado de ti. —Antes de que continúe, niego con la cabeza de forma inconsciente—. Joder, no me mires así. Yo nunca habría intentado nada. En el fondo me alegraba de que lo hubieses elegido a él, jamás podría haberte dado nada parecido.

Estoy confundida. Lo miro.

—¿Simon lo sabía?

—Sí. —Koen tira el cigarro poco después y se acerca hasta mí, que sigo sentada en la cama donde acabamos de hacer el amor. Se agacha enfrente, desliza sus manos por mis piernas tan despacio que parece temer que vaya a romperme como una escultura llena de grietas—. Ya llevabais un año saliendo juntos cuando se enteró.

—¿Por qué?

Koen vacila, aunque me sostiene la mirada. Precisamente por eso puedo ver que hay miedo en sus ojos. Miedo y culpa y súplica. Pero también esperanza.

—Porque... Porque te escribí una canción.

Un escalofrío me atraviesa hasta los huesos.

El pánico se apodera de mí al asimilar sus palabras.

Y no me gustan. No me gustan. No, no, no, no...

—No es cierto. —Me falla la voz.

—Lo siento. He dudado mucho, Sophie. No sabía si debía decírtelo, pero si existe alguna posibilidad de que nosotros... —Traga saliva—. Si hay alguna puerta abierta, no quiero seguir mintiéndote. Necesito poder ser sincero contigo.

Me levanto tan enfadada que apenas me reconozco, pero las emociones bullen descontroladas y salpicándolo todo. Koen también se incorpora y me deja espacio, aunque percibo la inquietud que baila en su mirada grisácea.

—¡No puedes destruir ese recuerdo!

—No quiero destruirlo, Sophie.

—Pues acabas de hacerlo.

No controlo las palabras que salen de mi boca y la decepción lo tiñe todo a su paso, porque esa canción me la escribió Simon y me hacía sentir especial, la chica más bonita y afortunada del mundo, la única que tenía un marido que pensaba que era un golpe en el alma, que era como una libélula o la primavera, y que tenía alas en la espalda.

Era algo nuestro. Solo nuestro. Y ahora ya no.

Me echo a llorar de golpe. El calor que minutos antes nos envolvía ha desaparecido por culpa de un golpe de aire frío. No debería haber bebido. Y tampoco debería permitir que un recuerdo empañe lo que acaba de pasar entre nosotros esta noche, porque ha sido mágico, íntimo y perfecto. Pero lo hago. Me dejo arrastrar por el dolor y todo se hace añicos.

—Mierda, Sophie, no llores, por favor.

Y cuando Koen me coge del brazo, lo aparto.

—Simon no me mentiría, nunca lo haría.

—No, pero le pedí que lo hiciese. Pensamos que sería lo mejor. Estuvimos un tiempo sin hablarnos, ¿recuerdas eso? —Me coge de la mano y hay una súplica silenciosa en sus ojos—. Fue por aquello. A Simon no le enfadó lo que sentía por ti, sino que no hubiese confiado en él. Y con el paso del tiempo, todo volvió a la calma. Terminamos de componer juntos la canción, eso es cierto. No sé qué más decirte, Sophie, no puedo cambiar las cosas...

Vuelvo a sollozar. Y esta vez, cuando Koen se acerca, dejo que me abrace. Me besa el pelo, me mece con ternura y me consuela durante tanto rato que al final nos quedamos dormidos mientras continúa lloviendo.

Cuando despierto, Koen no está.

Lo encuentro fuera, pensativo. Yo también me siento así, como si tuviese que poner en orden un cajón lleno de trastos y no supiese qué hacer con la mitad de las cosas. El corazón me da un vuelco cuando alza la vista hacia mí, pero también tiemblo. Me invaden las dudas. Quizá es todo muy reciente. Quizá necesito algo de tiempo. No lo sé. Pero de pronto quiero volver a casa y cobijarme bajo esas cuatro paredes tan familiares.

—Creo que deberíamos irnos ya.

Mi voz es apenas un susurro bajo.

Koen suspira, me mira y asiente con la cabeza.

Durante todo el viaje, sus manos están tensas mientras aferra el volante. Apenas hablamos. No sé qué decir. Es como si acabase de despertar de un sueño y me hubiesen lanzado de golpe a la vida real. Tengo un nudo en el pecho que no puedo deshacer. Casi estamos llegando a la ciudad cuando siento el impulso de alargar la mano para coger la suya, pero me detengo antes de hacerlo. Un rato después, frena delante de mi casa.

Tanteo la manivela de la puerta sin atreverme a abrirla, porque presiento que esta despedida no va a ser como las demás. ¿Y si no vuelvo a verlo? ¿Y si todo ha terminado antes siquiera de darnos la oportunidad de empezar? Eso es lo que parece que está ocurriendo, y la idea de que Koen desaparezca de mi vida me deja sin aliento. No «puedo» perderte, me dijo él hace días. Y le aseguré que eso no ocurriría. Ahora que todo está borroso, lo único que sé con claridad es que, durante estos últimos meses, junto a Koen he vuelto a sentir.

Koen espera impaciente. Noto que abre la boca para decir algo, pero se lo piensa mejor y vuelve a cerrarla. Suspira y baja de la caravana. Si no lo hubiese hecho, probablemente nos hubiésemos quedado el resto del día mirando al frente en silencio y en doble fila. Lo imito. Cierro la puerta a mi espalda. Hace mucho viento y sigue estando nublado. Koen tiene los hombros en tensión cuando me da mi equipaje. Casi parece incapaz de mirarme.

—Cuídate, Sophie. Hablamos pronto.

Yo ni siquiera soy capaz de despedirme.

48

ÁMSTERDAM, 2016

Preparamos un pícnic improvisado para disfrutar del sol que esa mañana iluminaba Ámsterdam. Acabamos en Vondelpark, sentados sobre el césped. La mitad de la ciudad había pensado lo mismo, porque a nuestro alrededor había mucha gente aprovechando aquel sábado de finales de julio. Simon aún no lo sabía, pero le quedaban seis meses de vida. Así que, ignorando el futuro que estaba por llegar, nos comimos los bocadillos de arenques con cebolla que había preparado y bebimos agua con limón.

Después nos tumbamos el uno junto al otro.

—He decidido que quiero tener tres hijos.

—¿Y dónde los meteríamos? ¿En la cocina?

—Nos mudaríamos a las afueras —dije.

Simon se giró para poder mirarme a los ojos.

—Creo que retomaremos esta conversación cuando tengamos al primero y presiento que, para entonces, la palabra «tres» te sonará muy muy lejana.

—No. Me encantan los niños. Además, tengo los nombres listos.

—Hola, me llamo señor Esperma y no tengo ni voz ni voto.

Me eché a reír y Simon alzó las cejas esperando una respuesta.

—Admite que tienes un gusto pésimo para los nombres.

—¿Qué? Si nunca hemos hablado de esto.

—¿Recuerdas el pajarito que encontraste herido? Lo llamaste Pío-pío.

—Fue lo primero que me vino a la cabeza.

—Está bien. ¿Qué nombres te gustan?

—Mmm, pues Gerarda si es niña.

—¿Lo ves? —reprimí una sonrisa.

—¿Qué propones tú?

—Pues Lissa o Sara.

—Como otras trescientas mil niñas.

—En serio, ¿por qué estamos teniendo esta conversación?

—Porque has decidido bautizar tú sola a nuestros hijos.

—Unos hijos que ni siquiera existen. No te enfades.

—No lo hago. Solo me adelanto a los acontecimientos. Así que tres hijos, una casa a las afueras, ¿fines de semana campestres?, ¿qué más tienes en mente?

Me giré y hundí los dedos en su cabello dorado.

—¿No te gusta la idea?

—Me gusta si es contigo.

Lo besé y jugueteé distraída con uno de los botones de su camisa cuando recosté la mejilla sobre su pecho. Podía oír su corazón latiendo con fuerza. Pum, pum, pum. Nunca pensé que fallaría. Que unos meses después se pararía del todo.

—Imagina que lo hacemos. Que tenemos los tres hijos, la casa a las afueras y todo lo que deseemos. Pero luego pasa el tiempo. Y un día te despiertas y tienes ochenta años —dijo Simon pasado un rato, cuando casi me había quedado dormida—. ¿Qué harías, Sophie?

—Lo mismo que ahora. Estar contigo.

—Seremos viejos. Quizá esté muerto.

—En ese caso... —dudé—, no lo sé.

—No puedes no saberlo. Invéntatelo.

Esas eran las reglas del juego. Intenté imaginar una vida sin

Simon, pero no me venía nada a la cabeza. Al final desistí y suspiré hondo.

—Pues tejer bufandas. O leer. Algo así.

—¿Bromeas? Deberías salir por ahí.

—¿Adónde?

—A bailar. O de viaje.

—¿A los ochenta?

—Claro. Nunca es tarde, Sophie. La vida está para vivirla. Podrías irte de vacaciones con un grupo de amigas. O a una de esas discotecas de jubilados. Quizá conocieses a alguien.

—¿Conocer a alguien?

—Podrías volver a enamorarte.

Me reí y me incorporé para mirarlo. Un par de niños jugaban con una cometa unos metros más allá y esta terminó cayendo cerca de nosotros. Pero apenas los miré, estaba concentrada en el rostro serio de Simon. No bromeaba.

—Qué cosas tienes.

—¿Tú no querrías lo mismo al revés?

—Sí —admití—. Pero tenemos veintiocho años, ni siquiera sé por qué estamos hablando de eso. ¿Tú no te has quedado con hambre? Creo que voy a abrir las galletas.

Simon alcanzó el paquete antes de que pudiese cogerlo y me lancé sobre él para arrebatárselo. Rodamos entre la hierba riéndonos. Fue un día más, un día cualquiera cuando todavía no sabíamos que cualquier instante podía ser especial.

49

ÁMSTERDAM, 2018

Llevo toda la semana refugiándome en el trabajo. Queda muy poco para la salida del libro de Vandor, así que me he volcado en ello. Aunque me habría volcado en cualquier cosa que apareciese delante de mis narices y me mantuviese ocupada. Casi he terminado rogándole a Zoe que me deje encargarme de su trabajo. Hoy, poco antes de salir, viene a verme.

—Oh, aquí estás, justo estaba pensando en ir a hablar contigo. No dejo de darle vueltas a la campaña de *marketing*. Y no me malinterpretes, está genial. Pero quizá podríamos darle una vuelta de tuerca, destacar más aspectos: como la chaqueta roja de Gigi o...

—El equipo está haciendo un gran trabajo.

—Sí, estoy de acuerdo, pero...

—Sophie, creo que deberías irte a casa.

—Aún es pronto, me quedaré un poco más.

—Toda la oficina se ha ido. Solo quedamos tú y yo.

—Ah. Pues no te preocupes, ya me encargo yo de las luces y de cerrar al salir.

Zoe arruga su pequeña nariz y se inclina hacia delante. No parece estar dispuesta a darse por vencida y yo no tengo fuerzas para discutir con nadie en estos momentos.

—Lo que intento decir es que creo que lo mejor para ti sería que trabajases un poco menos y disfrutases de la vida un poco más. Para compensar.

—Eso ya lo hago —me defiendo.

—Llevas toda la semana metida aquí.

—Sí, es que quiero ordenar mi despacho.

Ella mira a mi alrededor, supongo que lo hace fijándose en las estanterías inmaculadas, la mesa despejada, los manuscritos y los contratos clasificados por orden alfabético o el suelo reluciente. Para ser sincera, no es culpa mía, sino de todos los demás, que suelen tener el lugar de trabajo hecho un desastre. Yo necesito que reine la armonía.

—No pienso irme hasta que no salgas de aquí.

—¿Es una amenaza?

—Sí. —Sonríe.

Así que al final no puedo negarme, porque no se me ocurren más excusas. Decido seguir trabajando cuando llegue a casa y nos marchamos juntas. Me despido de Zoe en la calle antes de montar en la bicicleta. Esta vez, doy un paseo más largo de lo habitual e intento disfrutar del recorrido; luego, voy al supermercado y cuando llego a casa ya es tarde.

Hablo con mi madre y con Amber, pero no con la única persona a la que realmente me apetece escuchar. Koen no ha vuelto a dar señales de vida. Tampoco esperaba que lo hiciese. Sé cómo es. Sé lo vulnerable que se siente y lo mucho que le cuesta arriesgarse. Que Koen haya guardado silencio durante una década tiene sentido. Es así. Es justo así.

Me preparo una infusión de hierbas y voy al salón. El silencio parece enquistarse en cada pequeño rincón. Deslizo la vista por la estantería mientras me acerco. Miro las fotografías, los libros, los recuerdos. Y, finalmente, mis dedos encuentran la maqueta de Los Dinosaurios. Meto el disco en el reproductor, busco la canción y me siento en el suelo.

Es la voz de Koen. Una voz que suena distinta.

Ahora es una voz que ama, que sufre, que muestra.

Es la voz de alguien que lleva en las sombras mucho tiempo. Y por primera vez me pregunto cómo se habrá sentido todos estos años y cuánto debía de querer a Simon para, pese a todo, ser incapaz de alejarse. Mientras las notas llenan el salón y me envuelven, puedo vivir a través de la piel de Koen. Puedo entender cada una de sus decisiones.

Es casi de madrugada cuando me levanto y busco mi teléfono. No consigo dormir. Llevo noches sin poder hacerlo, porque en cuanto cierro los ojos recuerdo la electrizante sensación de sus labios sobre los míos o el tacto de su piel contra mi piel.

Ellen contesta al tercer tono. Allí aún es temprano. Antes de que pueda decir nada, ni siquiera un «hola», las palabras se escapan como si no fuesen mías.

—Estoy enamorada de Koen. Pero quiero a Simon.

—Son cosas perfectamente compatibles.

—¿Puedes amar a dos personas a la vez?

—Sophie, el amor es el sentimiento más libre e inmenso que existe, ¿de verdad crees que puedes reducirlo a algo tan sencillo como un número? Puedes amar a dos personas. Y a tres. Y a cuatro. Puedes tener muchos amores a lo largo de tu vida o solo uno. Eso no está en tu mano. Pero te diré algo: eres afortunada. No todo el mundo tiene la suerte de vivir algo así de maravilloso con dos personas tan increíbles.

—Lo sé. —No logro contener un sollozo.

—Haz lo que te apetezca hacer, sobre todo cuando se trate de algo que no dañe a nadie. Esa debería ser siempre nuestra filosofía de vida.

Sentada en la cama, me limpio las lágrimas con el dorso de la mano. Nos quedamos un rato las dos calladas, pero escucho su respiración y con eso me basta.

—¿Y tú?

—Hace mucho que supe que, probablemente, Drika fue el gran amor de mi vida, la única persona a la que quise de verdad. Pero también entendí que no estoy hecha para tener relaciones cerradas y estables. Soy feliz así, Sophie. Me gusta conocer gente y me gusta no tener que comprometerme con nadie. No sé si algún día cambiaré de opinión, pero de momento he elegido esta vida. Y tú deberías también poder tomar decisiones sobre la tuya.

50

ÁMSTERDAM, 2018

He estado horas recorriendo el museo Van Gogh. A ratos llevaba los cascos puestos e iba escuchando la audioguía, en otros
momentos prefería el silencio, sobre todo cuando miraba mis
pinturas favoritas. No sé cuánto tiempo he estado mirando
Campo de trigo con cuervos, que refleja un paisaje bello y oscuro a
su vez; el color intenso y amarillento del trigo contrasta con el
cielo de un azul petróleo y los pájaros que alzan el vuelo. Perdida entre trazos cargados de sentimiento, me he sentido vacía al
fin. Vacía de miedo, rabia o tristeza. Y, mientras caminaba por
los pasillos del museo, he sido tan solo una chica de treinta
años sin una mochila cargada de piedras en la espalda. Al salir,
algo en mí había cambiado.

Unas horas más tarde, cuando cae la noche, estoy preparán-
dome unas tostadas para cenar mientras decido que tengo que
hablar con Koen. O quizá no. Quizá las palabras sobren. A veces basta con una mirada o un silencio compartido. Puede que
lo único que necesitemos sea aprender a dejar de perder el
tiempo y a no sentirnos culpables. ¿Por qué en ocasiones cuesta
tanto coger la felicidad cuando la tienes al alcance de tu mano?
¿Por qué damos vueltas, buscamos recovecos, atajos o bifurca-
ciones si la respuesta la tenemos delante de nuestras narices?
¿Acaso nos da tanto miedo fracasar que nos rendimos incluso

antes de ir a por aquello que tanto deseamos? ¿Somos tan irónicamente previsibles?

El teléfono vibra sobre la encimera. Es Koen. Su nombre parpadea en la pantalla y yo dejo lo que estoy haciendo y tomo aire antes de descolgar la llamada.

—Sophie. —Su voz ronca me sacude al instante—. Espera. No digas nada. Yo... tengo que hacerlo. Tengo que cantártela al menos una vez en mi vida sin esconderme. Sé que necesitas tiempo, pero puedo esperar, se me da bien hacerlo. Tú solo... escúchame.

—Koen...

Puedo imaginar sus dedos rozando las cuerdas cuando empiezo a oír una melodía que se alza lentamente. La conozco de memoria, aunque esta sea una versión más lenta y dulce que la que tocó infinidad de veces años atrás. Aprieto tanto el teléfono que tengo los nudillos blancos. Y estoy temblando. Las notas encajan unas con otras, me envuelven y me zarandean. Y Koen está lejos, a kilómetros de distancia, pero lo siento más cerca que nunca. Lo siento colándose en cada rincón, con su voz erizándome la piel y sus manos acariciándome como si la guitarra fuese mi cuerpo. Lloro en silencio.

Es un llanto alegre y triste a la vez.

Una puerta que se abre y otra que se cierra.

Un punto final antes de un comienzo.

—«Ella vuela cuando camina / Ella llena todas las grietas / Ella ríe los días de lluvia / Ella es un golpe en el alma. Y me pierdo en su espalda / Porque Sophie tiene alas / Sophie, Sophie tiene alas».

Cada palabra, cada detalle, toma un nuevo significado.

Y entiendo que no se trata de destruir uno de los recuerdos que tenía de Simon, sino de crear otro diferente. Uno del que no formé parte tiempo atrás, pero que ahora puedo ver ante mis ojos. El recuerdo de dos chicos que fueron inseparables, que terminaron componiendo juntos una canción para la persona a la que querían, que supieron mantener su amistad frente a las adversidades y que fueron leales el uno con el otro hasta el final.

Y yo tuve la insólita suerte de conocerlos a los dos.

La palabra «gracias» me baila en la punta de la lengua, pero Koen cuelga en cuanto la canción termina y me quedo mirando el teléfono todavía temblorosa. Pero me gusta lo que acaba de hacer: mostrar todas sus cartas antes de retirarse. Por una vez, quiero tener la oportunidad de ir tras él y demostrarle lo mucho que me importa. Él se lo merece.

Respiro hondo y se me escapa una sonrisa.

Luego voy a mi habitación y me visto. Lo hago despacio pero segura. Me pongo ropa cómoda, me recojo el pelo en una coleta y salgo de casa. Koen tenía razón en algo: es probable que necesite un tiempo para asimilar lo que siento, pero si algo he aprendido desde que Simon se marchó es que esperar por las cosas que crees que valen la pena es una estupidez. ¿Quién sabe dónde estaré mañana? No tengo ni idea. Pero sí sé dónde estoy hoy.

Koen vive en Spiegelgracht, una zona llena de galerías de arte y pequeños comercios. Ya es tarde cuando llego. Llamo a su puerta, consciente ahora de que tendría que haberlo hecho antes otras muchas veces: cuando estaba tan inmersa en mi dolor que no me preocupé por el que estarían sintiendo los demás, cuando él siguió siendo ese faro estable en medio de la bahía o cuando el peso de la pérdida hizo que todo pareciese desmoronarse alrededor.

Si me hubiesen preguntado hace un año y medio dónde estaría en este instante, habría respondido que con Simon, en nuestro apartamento, probablemente terminando de cenar y charlando en el sofá. Pero vivir significa estar dispuesto a que nos pongan a prueba y que nuestros planes salten por los aires.

Así que aquí estoy. Buscando a ese chico que tiene los ojos del color del cielo de Ámsterdam y pensando que no quiero estar en ningún otro lugar.

La puerta se abre instantes antes de que suba el último escalón. Koen tiene una expresión indescifrable en su rostro, pero logro distinguir un atisbo de sorpresa. No me esperaba. No imaginaba que terminaría delante de él, mirándolo de frente. Lleva una camiseta negra, y hoy no se ha afeitado y parece un poco cansado.

Me acerco. Koen no se mueve. El corazón me late con fuerza y es una sensación embriagadora y mágica y grandiosa. El amor es así: hace que todo cobre sentido. Y me siento afortunada por volver a sentirme como esa chica que se enamoró en la universidad. Ahora tengo diez años más, vivo en otra ciudad, me he enfrentado al duelo y mis amistades han ido cambiando con el paso del tiempo, pero esto..., esto que siento en el pecho es inequívoco.

—Si es verdad que tengo alas, me han llevado hasta ti.

Sus brazos me acogen como siempre han hecho. Siento su respiración cálida en mi mejilla y luego un beso nace lentamente, casi como un aleteo. Y es un beso distinto. Uno lleno de ternura que me sobrecoge. Ya no estoy en el umbral de ninguna puerta. He dado un paso adelante. He vuelto a caminar. Sé que hacerlo implica estar preparada para tropezar, pero también la posibilidad de que lleguen nuevas ilusiones y de seguir avanzando.

—Lo decía en serio, Sophie. Puedo esperar.

—No. Vamos a vivir. Ahora, aquí, en este instante. —Acuno su mejilla con la mano y él se estremece—. No pienso volver a dar por hecho que tengo todo el tiempo del mundo por delante. No es cierto. Estamos de paso, ¿recuerdas? En este supermercado inmenso, pero donde no deja de entrar y salir gente a diario; así que ahora que nos hemos encontrado en la sección de las frutas y verduras no te dejaré escapar.

—También me parece bien —Koen sonríe.

Hay algo fascinante en el magnetismo de dos cuerpos que se buscan y finalmente se encuentran. Una carga eléctrica. O una pizca de magia. Eso es lo que siento cuando nos movemos a la vez; la piel rozando otra piel, las manos jugando a seguir descubriéndonos y aprender a darnos placer, las cuerdas vocales probando cómo suenan nuestros nombres entre susurros quebrados. Y es excitante. Dulce. Romántico. Es la llegada de la primavera, cuando las heladas pasan, la nieve se deshace, la escarcha desaparece... y las flores brotan con fuerza. Crecen hacia el sol y llenan el mundo de salpicaduras de colores, aromas y vida.

Horas más tarde, estoy a punto de quedarme dormida cuando Koen desliza los dedos por mi espalda. Lo hace despacio, recorriendo el hueco entre los omoplatos, familiarizándose con esos tres lunares que tengo un poco más a la derecha. Y luego su voz me arropa.

—Creo que ahora mismo casi puedo tocar tus alas.

Y yo sonrío contra su pecho porque sé que todo va a ir bien.

EPÍLOGO
—
ÁMSTERDAM, 2010

Simon

Es tarde, casi ha anochecido. El rumor de la ciudad y de la lluvia se cuela por el pequeño ventanal que es del todo insuficiente para ventilar el local de ensayo. Sé que aún queda gente en el edificio, porque escucho el sonido rítmico y contundente de una batería.

Estoy sentado en el único sillón que hay aquí; es incómodo y está tapizado con una tela llena de flores naranjas. La señora Ferguson nos llamó un día para pedirnos que lo bajásemos a la calle porque quería tirarlo, pero decidimos quedárnoslo y traerlo aquí. No sé por qué he terminado viniendo al local cuando hoy no teníamos ensayo, pero después de ir a recoger unos libros que olvidé en la taquilla de la universidad, mis pasos me dirigieron hacia la puerta, la empujé y entré. Así que ahora mismo tengo la guitarra entre las manos y deslizo la yema de los dedos por las cuerdas con lentitud, dejando los minutos correr.

Oigo pasos. Levanto la cabeza y veo a Koen aparecer por la puerta calado hasta los huesos. Tarda unos segundos en reparar en mi presencia y, cuando lo hace, parece sorprendido por encontrarme aquí. Sé que antes solía pasarse a solas por el local a menudo, pero, como llevamos semanas sin dirigirnos la palabra, no estaba seguro de que siguiese haciéndolo. Nos miramos en silencio. Él está incómodo.

—Toma, sécate. —Le lanzo la toalla que Drika suele usar para limpiar la batería y Koen la coge al vuelo antes de frotarse la cabeza con ella.

Después me ignora. Da un par de vueltas como si buscase algo y le echa un vistazo a un par de papeles que tenemos con las letras de las canciones, pero sé que tiene la cabeza en otra parte. Alza la vista hacia mí y deja escapar el aire que estaba conteniendo.

—Simon, ¿qué haces aquí?

—Lo mismo que tú, supongo.

—No sueles venir.

—Ya —suspiro.

Nos quedamos mirándonos sin saber qué más decirnos. Y me duele. Me duele porque quiero a Koen y no me gusta esta situación que estamos viviendo, pero tampoco sé cómo arreglarlo. Se suponía que nosotros no teníamos secretos y ahora no solo sé que sí, sino que también voy a tener que empezar a tenerlos con Sophie, porque no puedo decirle quién ha escrito la maldita canción ni por qué nos hemos distanciado. Al principio ni siquiera era capaz de discernir qué era lo que más me había enfadado, pero ahora sé que la falta de confianza es lo único que puedo reprocharle. Porque lo entiendo. Entiendo que el corazón va por libre. Pero hemos sido inseparables desde que nuestras vidas se cruzaron: hemos pasado juntos los últimos veranos en casa de mis padres, nos hemos emborrachado hasta terminar perdiéndonos al volver a casa, hemos ideado todo tipo de bromas para hacer cabrear sin éxito a Isaäk, asistimos juntos al funeral de su madre tres meses después de conocernos y Koen lloró sin esconderse delante de mí, y nos hemos sincerado el uno con el otro como deberían hacerlo más a menudo los hombres, sin miedo a mostrarnos vulnerables.

Y precisamente por todo eso, quizá tenga sentido que no me lo dijese.

Mientras pienso en ello, si dejo a un lado mi propia frustración, puedo verlo todo más claro. Consigo comprender el miedo a que algo cambiase, el dilema en el que se vio metido, incluso el pesar de sus propios demonios...

—¿Tienes la melodía de la canción?

—¿Qué? —pregunta confuso.

—La canción de *Las alas de Sophie*.

Koen está tan sorprendido que ni siquiera encuentra la voz y se limita a negar con la cabeza. El ruido de la lluvia al caer se intensifica por momentos y parece disipar la tensión. Todavía sentado en el viejo sillón de flores, toco un par de acordes con la guitarra.

—¿Qué te parece algo así?

—Me gusta —susurra él.

—Le falta profundidad.

—Espera. —Koen tira la toalla a un lado y se inclina para coger el bajo que está apoyado en la pared. Se lo cuelga y me mira—. Prueba ahora.

Repito la canción y él se une lentamente a ella, como un papel brillante más grave que envuelve las notas y marca el ritmo. Sonrío, porque suena bien. Suena muy bien. Y también porque me gusta la idea de que estemos haciendo esto juntos, aunque era lo último que había imaginado que ocurriría. Koen está concentrado, con la vista fija en el instrumento. Yo pienso en Sophie y sus alas, que me esperan apenas a unas calles de distancia, en ese edificio donde se cruzaron nuestros caminos. Y mientras la melodía parece entrelazarse con el sonido amortiguado de la tormenta, comprendo que apenas existen cosas por las que realmente valga la pena estar enfadados con aquellas personas que son importantes y queremos. Al fin y al cabo, no hay tiempo que perder. La vida es solo una casualidad efímera, un regalo que, en el fondo, nunca llega a pertenecernos.

FIN

AGRADECIMIENTOS

—

Empecé a escribir esta historia el 1 de enero porque pensé que iniciar el año haciendo algo que me hace tan feliz sería un buen punto de partida. No puede decirse que este 2020 esté siendo lo esperado, pero en mi caso encontré refugio en la historia de Simon, Sophie y Koen, así que siempre recordaré con cariño esos meses que pasé junto a ellos. Y también a todas las personas que me acompañaron:

A mi familia, que sigue siendo un pilar indispensable.

A mis amigos, esos que siempre suman; en el caso que nos concierne, mención especial a los que me une el amor por los libros: Abril, que leyó las primeras páginas de esta historia cuando aún tenía muchas dudas; Neïra, con la que divago cada mañana y comparto noches en vela; Saray, la mejor compañera para recorrer librerías; María, a la que sé que tengo al otro lado del teléfono; Audrey, que llegó de manera inesperada; y Dani, el mejor amigo que podría desear. También quiero darle las gracias a Elena por leer esta historia y animarme a correr pequeños riesgos. Y, por supuesto, a todas las compañeras llenas de talento con las que comparto sueños e ilusiones.

A los lectores, que son el motor de esta aventura.

A Pablo, por su confianza en mí desde el principio y su apoyo incondicional. A Lola, que escucha, aporta y siempre está cuando la necesito. Y también a Raquel, Laia, Silvia e Isa, un equipo editorial que no podría ser más maravilloso.

A Juan, que se ocupa de que la casa no se venga abajo cuando a mis días le faltan horas y me da alas siempre, incluso antes de decidir adónde quiero volar.

Y a mi pequeñín, la gran motivación de mi vida.

DEJA QUE OCURRA
Todo lo que nunca fuimos
Todo lo que somos juntos

Leah está rota. Leah ya no pinta. Leah es un espejismo desde el accidente que se llevó a sus padres.

Axel es el mejor amigo de su hermano mayor y, cuando accede a acogerla en su casa durante unos meses, quiere ayudarla a encontrar y unir los pedazos de la chica llena de color que un día fue. Pero no sabe que ella siempre ha estado enamorada de él, a pesar de que sean casi familia, ni que toda su vida está a punto de cambiar.

Porque ella está prohibida, pero le despierta la piel.

Porque es el mar, noches estrelladas y vinilos de Los Beatles.

Porque a veces basta un «deja que ocurra» para tenerlo todo.

Nosotros en la Luna

Una noche en París. Dos caminos entrelazándose.
Cuando Rhys y Ginger se conocen en las calles de la ciudad
de la luz, no imaginan que sus vidas se unirán para siempre,
a pesar de la distancia y de que no puedan ser más diferentes.
Ella vive en Londres y a veces se siente tan perdida que
se ha olvidado hasta de sus propios sueños. Él es incapaz
de quedarse quieto en ningún lugar y cree saber quién es.
Y cada noche su amistad crece entre emails llenos de
confidencias, dudas e inquietudes. Pero ¿qué ocurre cuando
el paso del tiempo pone a prueba su relación? ¿Es posible
colgarse de la luna junto a otra persona sin poner en riesgo
el corazón?

**Una historia sobre el amor, el destino y la búsqueda
de uno mismo.**

Enamórate de las emocionantes historias de
Alice Kellen